REDRUM

Dschinn
1. Auflage
(Deutsche Erstausgabe)

Verleger: Michael Merhi
Lektorat: Stefanie Maucher
Korrektorat: Simon Kossov / Silvia Vogt
Umschlaggestaltung und Konzeption:
MIMO GRAPHICS unter Verwendung einer
Illustration von Shutterstock

ISBN: 978-3-95957-728-1

E-Mail: merhi@gmx.net
www.redrum-verlag.de

YouTube: Michael Merhi Books
Facebook-Seite: REDRUM BOOKS
Facebook-Gruppe:
REDRUM BOOKS - Nichts für Pussys!

André Wegmann

DSCHINN

Zum Buch:

In der weltweit größten Sandwüste lauert seit dem Anbeginn der Zeit etwas Ursprüngliches und Böses. Es wartet nur darauf, zu töten.

Kurz nach einem Urlaub im Sultanat Oman richtet ein sechzehnjähriger Teenager in einem norddeutschen Dorf ein Massaker an, in dessen Verlauf er seine Freunde, seine Familie und dann sich selbst tötet. Wenig später verschwindet eine junge Studentin. Privatermittler Christian Harms erhält den Auftrag, sie zu finden. Bald geschehen weitere bestialische Morde und Harms, der Unterstützung von einer attraktiven Nonne bekommt, sieht sich mit einer entsetzlichen Gefahr konfrontiert, die nicht nur seine Glaubensvorstellungen zerstört, sondern auch sein Leben und das vieler weiterer Menschen bedroht.

Zum Autor:

André Wegmann wurde 1978 in der norddeutschen Kleinstadt Friesoythe geboren, wo er auch heute wieder lebt. Seit 2011 arbeitet er als freiberuflicher Texter und Autor. Er hat bereits mehrere Novellen, Horrorromane und Thriller veröffentlicht. Als Ausgleich zum Schreiben treibt er häufig Sport und genießt gern die Schönheit der freien Natur.

Bisher bei Redrum Books erschienen:

Kutná Hora
Blutwahn
Infam
Albino Devil
Dschinn

André Wegmann

DSCHINN

Horror

Prolog

Die Rub al-Chali ist ein gigantisches Meer aus Dünen, das sich über das südliche Drittel der Arabischen Halbinsel erstreckt und Geheimnisse birgt. Weite Teile der weltweit größten Sandwüste, die etwa die doppelte Fläche von Deutschland einnimmt und von der gnadenlosen Sonne auf bis zu sechzig Grad aufgeheizt wird, gelten als unerforscht und wurden nie von einem Menschen betreten. In der Antike zogen Weihrauch-Karawanen durch das unzugängliche Gebiet. Die erbarmungslose Hitze, das Fehlen von Wasser und Sandstürme, welche die Händler und ihre schwer beladenen Dromedare unter monströsen Sandwolken begruben, forderten viele Opfer. Die fortschreitende Desertifikation machte derartige Handelsreisen später unmöglich und ließ die wenigen entstandenen Handelsposten im Sand versinken.

Die Rub al-Chali ist geprägt von grenzenloser Weite und einer absoluten Stille, die zivilisierten Menschen, die ständige Umgebungsgeräusche gewohnt sind, in den Ohren schmerzt und sie den eigenen Herzschlag hören lässt. Noch beängstigender ist die flimmernde Leere, die beklemmende Gefühle wie Bedeutungslosigkeit und Einsamkeit hervorruft. Sie kann dazu führen, dass man sich im Nichts verliert, wie der Blick am unendlichen Horizont. Wer sich in dem eintönigen Ozean aus Sand verirrt, ist dem Tode geweiht und seine Spuren werden in kürzester Zeit vom Wüstenwind verweht, als hätte es ihn nie gegeben.

Ungeachtet der widrigen Bedingungen, findet sich Leben in der Rub al-Chali: Einige zähe Pflanzen trotzen den Verhältnissen und nach der kurzen Dämmerung, bei der die untergehende Sonne den Wüstenhimmel in den schönsten Rot- und Orangefarben tönt, tauchen Schwarzkäfer, Spinnen, Schlangen und Skorpione aus dem Sand auf. Auch Wüstenfüchse und Nagetiere wie Sandmäuse, die Flüssigkeit über ihre Nahrung aufnehmen, strömen in der abgekühlten Nacht vereinzelt durch die Einöde. Menschen trifft man in der Rub al-Chali nur äußerst selten. Selbst die Beduinen meiden diese Wüste. Nur an ihren Randzonen, wo es Wasser gibt, unterhalten sie Weideplätze für ihre Dromedare, Schafe und Ziegen. Abends versammeln sich die in blütenweiße Dschellabas gehüllten Nomaden um prasselnde Lagerfeuer herum und trinken Minztee, während am samtschwarzen Nachthimmel, der von ungeheurer Klarheit und Intensität ist, die Sterne funkeln. Die Wüstenbewohner umklammern ihre Teegläser, starren in die lodernden Flammen und spüren, wie sich ihre Herzen mit Sehnsucht füllen. Nachdem sie eine Weile den wehmütigen Klängen der Oud, der birnenförmigen arabischen Laute, gelauscht haben, erzählen sie sich Anekdoten aus einer besseren Vergangenheit. Sie vertrauen einander ihre Träume und Ängste an, während das Feuer leise knistert. Die Nomaden wissen, dass der Wind die Dünen zwar ständig neu formt, die Wüste aber ihre grundsätzliche Gestalt und ihren unbarmherzigen Charakter nie ändert.

Zeitlos und unermesslich wird sie immer mächtiger sein als der Mensch, der sich ihr anpassen muss, um in der abweisenden Ödnis zu überleben. Oft hilft jedoch auch das nicht. Denn neben den vielen natürlichen Gefahren lauert in der majestätischen Rub al-Chali noch etwas anderes – etwas Urtümliches und Böses, das seit Anbeginn der Zeit darauf wartet, alles Leben zu vernichten.

Kapitel 1

Vor den mächtigen Lehmmauern, der im Nordwesten des Sultanats Oman gelegenen Wüstenstadt Al-Bahia, hielt ein Reisebus. Er spuckte eine Gruppe Touristen aus, die kollektiv aufstöhnten, als sie aus dem klimatisierten Fahrzeug in die nachmittägliche Hitze traten. Augenblicklich holten die ersten ihre Wasserflaschen hervor und tranken gierig daraus. Marvin Stratmann, ein übergewichtiger sechzehnjähriger Teenager mit kurzen dunkelblonden Locken, wischte sich Schweiß von der Stirn und trottete missmutig hinter seinen Eltern her. Zu seinem Verdruss trug er eine lange Jeans, weil sowohl ein Flyer des Tourismusministeriums im Hotel als auch ihr Reiseleiter darauf hingewiesen hatten, aus Respekt vor den Einheimischen und zur eigenen Sicherheit auf allzu freizügige Kleidung zu verzichten.

Hätte er doch nur zu Hause bleiben können – sein Kumpel Olaf hatte ihn damit aufgezogen, dass es in seinem Alter total uncool wäre, noch mit den Eltern in den Urlaub zu fahren. Aber nachdem seine jüngere Schwester Sarah mal wieder krank geworden war, hatten seine älteren Herrschaften darauf bestanden, dass zumindest er die Reise mit ihnen antrat. Am Puderzuckerstrand von Salalah hatte er es ja noch aushalten können, immerhin wehte dort eine kühlende Brise und es gab eine nette Aussicht auf das Meer. Zudem sah man die lediglich mit hauchdünnem Stoff verhüllten Brüste und Ärsche hübscher Frauen, die sich nicht um die landestypischen Sitten scherten. Ungeniert stolzierten sie neben verschleierten Araberinnen über den Strand. Nun aber musste er seine Eltern in dieses Wüstenkaff begleiten, in das die Urlauber gekarrt wurden, um das ursprüngliche Leben der Einheimischen und das Flair von Tausendundeiner Nacht kennenzulernen, wie es der Reisekatalog anpries.

Andererseits ist dieser Urlaub gar nicht so verkehrt, dachte Marvin. Nachdem er im Sommer die Versetzung nicht geschafft hatte, kämpfte er mit starken Selbstzweifeln und in seiner neuen Klasse wurde er gemobbt. Deswegen brauchte er dringend Erholung und das eine oder andere schöne Erlebnis fernab seines tristen Alltags.

Zusammen mit den anderen aus der Gruppe trat er durch einen breiten, von Dattelpalmen gesäumten Durchgang und fand sich auf einem Platz von der Größe eines halben Fußballfelds wieder, auf dem das Leben pulsierte. Frauen in Abayas, weiten schwarzen Umhängen, deren Gesichter von Niqabs verhüllt waren, hasteten an den leger gekleideten Urlaubern vorbei, auf deren geröteten Gesichtern der Schweiß glänzte. Zwischen hellhäutigen Männern in Jeans und T-Shirts, die Sonnenhüte auf den Köpfen und Kameras um die Hälse trugen, bewegten sich mit Dischdaschas bekleidete Einheimische. Zu ihren luftigen weißen Gewändern trugen sie Kummahs auf dem Kopf, traditionelle runde Kappen. Die Luft war erfüllt von den Gerüchen nach exotischen Gewürzen und dem süßen Duft frischer Datteln, Tee und Zucker. Außerdem roch es nach Kirche, fand Marvin, der sich gebannt umsah und mehrere Stände entdeckte, an denen neben anderen Waren Weihrauch angeboten wurde. Die lauten Rufe der Händler vermengten sich mit dem Stimmengewirr, dem Klappern von Handwagen und orientalischen Flötenklängen.

»Hört mal kurz!« Ihr Reiseleiter, ein unscheinbarer Kerl in den Dreißigern mit Halbglatze und Brille, musste schreien, um die Aufmerksamkeit der Gruppe auf sich zu lenken. »Schon vor vielen hundert Jahren war das ein beliebter Handelsplatz. Die sagenumwobenen Weihrauch-Karawanen kamen hier entlang und Händler aus dem Jemen, Oman und Saudi-Arabien feilschten um Gold, Seide, Salz, Leder und Gewürze. Da hier im Mittelalter auch Hinrichtungen stattfanden, nennen ihn die Einheimischen den *Platz der Toten*. Ihr könnt euch hier und in den Suqs«, er deutete zur Seite, wo überdachte Gassen zwischen sandfarbenen Häusern verliefen, »in Ruhe umschauen. Wir treffen uns in einer Stunde im Eingangsbereich wieder.« Der Reiseleiter klopfte demonstrativ auf seine Armbanduhr.

Marvin erspähte den Lockenkopf seiner Mutter Astrid, die sich bei seinem Vater eingehakt hatte und interessiert das Geschehen verfolgte, das sich unter einem Sonnenschirm abspielte. Er stellte sich zu seinen Eltern und beobachtete eine von einem Niqab verhüllte Einheimische, die auf einem niedrigen Hocker gegenüber einer jungen Touristin saß, der sie konzentriert mit einer Spritze ein Henna-Tattoo auf den Arm auftrug. Anerkennend bestaunte Marvin das filigrane Blumenmotiv auf der glatten Haut des blonden Mädchens, das kaum älter sein konnte als er selbst. Neben den beiden saß eine komplett verhüllte Araberin an einem Tischchen, auf dem ein aufgeschlagener Ordner mit Tattoo-Motiven lag.

Eine quäkende Melodie ertönte und lenkte die Aufmerksamkeit der drei Urlauber auf einen weißbärtigen Mann in einem orangefarbenen Gewand und einem dazu passenden Turban, der einige Meter weiter im Schneidersitz auf einer Matte saß. Er spielte eine monotone Melodie auf einem Holzblasinstrument, der sogenannten Ghaita, die einer Flöte glich. Mit einer schnellen Bewegung nahm er den Deckel eines Weidenkorbs herunter, der vor ihm auf dem Boden stand. Sofort schoss der Kopf einer Kobra aus dem Korb. Mit gespreiztem Hals visierte sie den Mann an, während ihre Zunge bedrohlich zischend hervorschnellte. Der Bärtige schwang seine Ghaita rhythmisch hin und her und die Schlange richtete ihren Kopf nach den Bewegungen des Instruments aus. Scheinbar tanzte sie zur Musik. Ein Raunen ging durch die Gruppe der Schaulustigen, die sich vor dem Schlangenbeschwörer versammelt hatte. Einige warfen Münzen in die mit Ornamenten verzierte Kummah, die umgedreht vor dem Mann auf dem Boden lag.

Marvins Eltern schlenderten weiter und er hinter ihnen her, fasziniert von den bunten Eindrücken, die alle Sinne berauschten. Ein zahnloser Greis spielte auf einer Mundharmonika und streckte die Hand aus, woraufhin ein Tourist ihm etwas Geld zusteckte. Eine mit einer hellblauen Burka verschleierte Frau kam ihnen entgegen. Als Marvin durch das Stoffgitter vor ihren Augen starrte und sich ihre Blicke für einen Sekundenbruchteil begegneten, hatte er den Eindruck, in eine faszinierende fremde Welt eingetaucht zu sein. Ein paar Meter rechts von ihm führte ein betagter Mann mit einem Turban auf dem Kopf einen Kapuzineraffen, der eine Windel trug, an einer Kette im Kreis herum. Der Mann sprach Vorbeilaufende an und forderte sie auf, auf einem Hocker Platz zu nehmen. Als eine stämmige Touristin dies tat, kletterte der Affe in Windeseile auf ihren Schoß und entlockte ihr ein Lachen. Ihr Begleiter zückte sein Handy und schoss ein Foto. *Das arme Tier*, dachte Marvin. In der buchstäblichen Affenhitze als Zirkusnummer missbraucht zu werden, hatte mit einer artgerechten Haltung sicher nichts gemeinsam.

»Guck mal, Marvin.« Sein Vater deutete lächelnd auf einen Stand zu ihrer Linken. Ein weiß gekleideter Araber stand hinter einem Tisch, auf dessen Decke scheinbar zahlreiche Erdnüsse lagen. Beim Nähertreten erkannte Marvin, dass es sich nicht um Nüsse handelte, sondern um Hunderte einzelne Zähne. Daneben waren Gebisse aufgereiht. Marvin lief ein kalter Schauer über den Rücken.

***

Die Sonne verschwand hinter dem die Stadt überragenden Minarett der Moschee und der Muezzin rief zum Gebet. Der feierliche arabische Sprechgesang aus dem Lautsprecher bescherte Marvin zusätzlich eine Gänsehaut.

Wenig später fanden sie sich in einem Labyrinth aus engen Gassen wieder, die von zahlreichen Geschäften gesäumt wurden, in denen sich die verschiedensten Waren türmten. Farbenprächtige Gewänder, Lederwaren, Handwerksprodukte, Erzeugnisse aus Gold und Silber, Wasserpfeifen und Krummdolche, aber auch Obst und Gemüse sowie Dinge des täglichen Lebens wie Hygieneartikel und Waschmittel wurden hier angeboten. Menschen aller Altersklassen bummelten durch die Einkaufsstraßen: Marvin und seine Eltern zogen an kleinen Läden vorbei, die bis unter die Decke mit feinen Tüchern, orientalischen Lampen oder Schmuck gefüllt waren. Schlangenhäute baumelten von der Markise eines Geschäfts, das auf einem Tisch getrocknete Echsen und Skorpione sowie Terrarien mit lebendigen Waranen, Geckos und Schildkröten aufgereiht hatte.

Marvins Mutter zog es in ein mit Dekorationsartikeln vollgestopftes Lädchen, in dem bei jedem Schritt die Gefahr bestand, auf irgendetwas zu treten. Sie deutete auf einen an der Wand hängenden, bunt bemalten Teller, auf dem ein auf einem Kamel sitzender Nomade in der Wüste abgebildet war. Gestenreich verhandelte sie mit dem Ladenbesitzer, bis dieser nickte, lächelnd den Teller von der Wand nahm und ihn ihr reichte. Mit ihrem Souvenir kehrte sie zu Marvin und seinem Vater zurück, die vor dem Geschäft auf sie warteten.

»Für Oma«, sagte sie schmunzelnd. »Ohne Mitbringsel brauchen wir gar nicht wieder heimzukommen.«

Einige Meter weiter beobachteten sie einen Händler, der eine handliche Schaufel in einen Haufen mit braungelben Steinchen grub, die sich in einem großen Behälter in der Warenauslage vor seinem Geschäft befanden. Er drehte sich um und schippte ein paar Steine auf eine altertümliche Waage.

Der aromatische Geruch nach Weihnachten und Kirche, den Marvin schon auf dem Platz wahrgenommen hatte, war hier besonders ausgeprägt. Er vermischte sich mit einem Potpourri exotischer Düfte, die von vielen weiteren Gewürzen und Kräutern stammten, die in den unterschiedlichsten Farben in zahlreichen Behältnissen leuchteten.

Ein paar Minuten später hatte Marvins Mutter auch für seine Schwester etwas gefunden: Eine orientalische Puppe in einem farbenprächtigen Kleid. Sein Vater erinnerte gerade daran, dass es Zeit wurde umzukehren – inzwischen waren sie tief in das Gassenlabyrinth vorgedrungen – als sie an zwei Einheimischen vorbeikamen, die am Rande des Weges vor einer sandfarbenen Hausfassade auf dem Boden hockten und eine schmutzige Decke vor sich ausgebreitet hatten, auf der verschiedener Krimskrams lag. Neben Tonkrügen und Vasen fiel Marvin ein altes cremefarbenes Röhrenradio ins Auge – ein klobiger Kasten mit hellem Holzgehäuse, Tasten und arabischen Schriftzeichen auf der Frequenzanzeige zwischen den Drehreglern. Marvin hatte eine Idee, also zeigte er auf das Gerät und sah den in löchrige, schmutzige Lumpen gekleideten Mann fragend an. Dessen Antwort auf Arabisch klang brüsk und Marvin zuckte hilflos mit den Schultern, weil er kein Wort verstanden hatte. Der Mann hob daraufhin eine Hand und Marvin vermutete, dass er fünf omanische Rial von ihm wollte. Marvin hatte keine Lust, mit dem Typen zu feilschen, also zog er sein Portemonnaie aus der Hosentasche und reichte ihm einen Schein. Er riss Marvin das Geld förmlich aus der Hand, entblößte sein marodes Gebiss mit einem Grinsen und machte eine wegwerfende Handbewegung in Richtung des Radios. Marvin bückte sich und hob das Gerät auf, wobei sein Blick kurz auf die Begleiterin des Mannes fiel. Die stämmige Gestalt saß im Schneidersitz da und war vollständig in ein weites schwarzes Gewand gehüllt. Eine Kapuze bedeckte ihren Kopf und tauchte ihr Gesicht in Schatten. Aufgrund der Silberringe an den Fingern ihrer faltigen Hände, deren Haut an eingerissenes Leder erinnerte, vermutete Marvin, dass es sich um eine ältere Frau handelte. Sicher war er sich nicht. Beim Aufstehen murmelte er ein Dankeschön, anschließend ging er mit seinen Eltern weiter.

Sein Vater fragte ihn, was er mit dem alten Ding wolle.

»Wahrscheinlich funktioniert es nicht mal«, fügte er hinzu.

Marvin zuckte nur mit den Schultern. Er spürte den Blick des unfreundlichen Händlers in seinem Rücken. Als er instinktiv über die Schulter zurückblickte, sah er, dass die alte Frau ihre Kapuze vom Kopf gezogen hatte, unter der schwarze verfilzte Haare zum Vorschein kamen, und ihm ebenfalls hinterherschaute. Zumindest schien es so, denn ihre Augen waren nur milchig-weiße Kugeln und blind.

Kapitel 2

Drei Wochen später, Esterwegen, Deutschland

Marvin saß in seinem Zimmer, das von etlichen Kerzen und einer Beistelllampe in schummriges Licht getaucht wurde, an einem Glastisch und schnitt mit einer Schere kleine Papiervierecke aus, auf denen die Buchstaben des Alphabets geschrieben standen.

»Wir hätten doch einfach ein Ouija-Brett nehmen können. Das hier ist voll altbacken«, maulte Olaf, der ihm gegenübersaß und wie fast immer eine Kappe trug. Heute hatte er sich für eine grauschwarze Snapback Cap mit der Aufschrift ›YOLO‹ entschieden. Auch er schnitt Schnipsel aus einem Blatt Papier. Seine waren mit den Zahlen null bis neun versehen.

»Das Ouija-Brett ist über hundert Jahre alt, du Einstein«, schnaubte Marvin und legte ein mit einem X beschriebenes Papierquadrat auf den Tisch.

»Bleibt locker, Jungs.« Carina, die alle nur Chari nannten, nippte an ihrer Flasche Alster. Warum sich das H in ihren Spitznamen eingeschlichen hatte und auch noch mitgesprochen wurde, vermochte sie selbst nicht zu sagen. Marvin vermutete, dass der Spitzname auf ihr Charisma anspielte, denn sie besaß eine vollkommen natürliche Ausstrahlung, die sie in ihrer Klasse sehr beliebt machte.

In meiner ehemaligen Klasse, dachte er wehmütig. Mit ihren blonden wuscheligen Locken und den strahlend blauen Augen sah sie obendrein richtig süß aus, fand er. Spätestens, nachdem sie in letzter Zeit auch noch unübersehbar an Oberweite gewonnen hatte, stand er auf sie.

Sie hatte von seiner Zuneigung bisher nichts mitbekommen. Meistens, so auch heute Abend, war sie mit ihren Gedanken bei ihrer schwerkranken Mutter, die gestern schon wieder ins Krankenhaus eingeliefert worden war. Nur, weil sie sich ablenken wollte, hatte sie sich mit den Jungs getroffen. Außerdem hegte sie die vage Hoffnung, bei der Geisterbeschwörung womöglich in Erfahrung zu bringen, wie ihre Mutter wieder gesund werden könnte.

»So, und nun?« Olaf war mit seiner Aufgabe fertig und lehnte sich zurück.

»Nun ordnen wir alles im Kreis an«, antwortete Marvin, nachdem er alle Buchstaben und noch zwei weitere Zettel, die mit ›Ja‹ und ›Nein‹ beschriftet waren, ausgeschnitten hatte. »Gib das mal her, ich lege das beiseite.« Er deutete auf Olafs Schere und die Papierreste, stand auf und nahm ihm die Sachen ab. Zusammen mit seinen eigenen Utensilien deponierte er sie auf dem Schreibtisch.

Durch das große Fenster warf der Vollmond silbernes Licht, das zusammen mit dem Kerzenschein bizarre Muster und Schatten an der Zimmerwand bildete, die mit Postern von Jennifer Love Hewitt tapeziert war. Marvin war ein riesiger Fan der Schauspielerin, die sowohl in der Serie *Client List* als auch in seinen feuchten Träumen die Hauptrolle spielte. Er kehrte zu den anderen an den Tisch zurück, die schon damit beschäftigt waren, die Papierschnipsel auszulegen. Seine Anspannung wuchs. Er hatte diverse Berichte und Filme im Internet gesehen, denen zufolge Gläserrücken wirklich funktionierte. Vielleicht konnte er heute Kontakt zu seinem vor drei Jahren verstorbenen Opa aufnehmen, den er sehr vermisste.

»Das Glas fehlt noch, Alter«, sagte Olaf.

»Wo soll ich die hinstellen?« Chari hielt eine leere Flasche hoch und sah Marvin fragend an. Er bedeutete ihr mit einer Geste, ihm die Flasche zu geben und stellte sie auf die Kommode, neben die, die er und Olaf bereits ausgetrunken hatten. Dort standen auch einige Gläser und er nahm eines davon mit zum Tisch: ein normales Trinkglas ohne Aufschrift und Schnörkel. Umgedreht stellte er es in die Mitte des Kreises aus Buchstaben und Zahlen, den die anderen inzwischen gebildet hatten. Dann legte er noch die Zettel mit den Antwortmöglichkeiten ›Ja‹ und ›Nein‹ hinein, sodass sich das Glas genau zwischen ihnen befand.

Er setzte sich und atmete tief durch. »Seid ihr bereit?« Chari sah ihn ernst an, nickte und biss sich auf die Unterlippe.

Olafs Mund, der von zartem Bartflaum umrandet war, verzog sich zu einem spöttischen Grinsen. »Ich zittere bereits vor Aufregung und Angst.« Er hatte wenig Lust auf diesen Firlefanz und wollte lieber mit Marvin *FIFA 19* auf dessen Playstation zocken.

Marvin rollte mit den Augen. »Also, entweder betrachtest du das mit dem nötigen Ernst, oder du brauchst gar nicht erst mitzumachen.«

»Stimmt, sehe ich wie Marvin«, pflichtete Chari ihm bei. Ihre Solidarität ging ihm runter wie Öl.

»Ist ja schon gut«, nuschelte Olaf, räusperte sich und nahm demonstrativ eine aufrechtere Sitzposition ein.

»Dann mal los!« Marvin legte die Kuppe seines rechten Zeigefingers auf das Glas und die anderen taten es ihm nach. Für einen Moment herrschte Stille. Gedämpft war der Wind zu hören, der um das Haus pfiff. Die Schatten der Kerzenflammen tanzten an den Wänden.

»Ist ein Geist anwesend?« Marvin sprach deutlich und bestimmt. Alle drei starrten gebannt auf das Glas, das sich keinen Millimeter bewegte. Die Sekunden verstrichen und nichts tat sich. »Ist ein Geist hier unter uns?« Auch diesmal erfolgte keine Reaktion. Marvin sah auf und sein Blick begegnete dem von Chari, in dem er Enttäuschung las. Plötzlich setzte ein leises Scharren ein. Das Glas bewegte sich langsam zu dem Zettel, auf dem ›Ja‹ stand.

»Hat jemand von euch geschoben?«, fragte Marvin. Alle drei sahen sich an und Olaf und Chari schüttelten synchron den Kopf. Marvin kratzte sich mit der freien Hand am Hals. Aufregung und Skepsis vermischten sich in seinem Inneren. Kommunizierten sie gerade wirklich mit einem nicht körperlichen Wesen, das mit ihnen im Raum war? Oder gab es eine andere Erklärung für die Bewegungen des Glases? Schob einer der beiden anderen etwa doch?

»Bist du ein guter Geist?« Marvin hatte in einer Anleitung zum Gläserrücken im Internet gelesen, dass man diese Frage stellen sollte.

»Was macht ihr da?«, erklang auf einmal eine hohe Stimme. Marvins Blick zuckte nach rechts. Seine kleine Schwester Sarah stand in ihrem weißen Nachthemd im Türrahmen, ihren Teddybären vor sich an den Bauch gepresst. Im fahlen Kerzenlicht wirkte ihr Teint gespenstisch blass.

»Sarah, du störst«, sagte Marvin barscher als beabsichtigt und stand auf. »Das hier ist nichts für Kinder.«

Das zehnjährige Mädchen schaute vom Tisch zu seinem Gesicht und wieder zurück. Er legte ihr eine Hand auf die Schulter und schob sie aus dem Raum. »Geh wieder ins Bett.«

»Ich will mitmachen!«, quengelte sie.

»Das ist ein Erwachsenenspiel. Bitte komm nicht noch mal rein.« Marvin hob ermahnend den Zeigefinger und schloss die Tür vor ihrer Nase. Seufzend setzte er sich wieder hin und entschuldigte sich bei seinen Freunden für die Unterbrechung ihrer Geisterbeschwörung. »Tut mir leid.«

»Sei doch nicht so ruppig zu deiner kleinen Schwester.« Chari warf ihm einen tadelnden Blick zu. »Immerhin ist sie krank.«

»War nicht so gemeint«, murmelte Marvin. »War nur wirklich ein ungünstiger Zeitpunkt, um zu stören.« Gewissensbisse machten sich in ihm breit. Sarah litt unter einer Immunschwäche, was häufige Infekte mit sich brachte. Sie war ständig krank und hatte es wahrlich nicht leicht. Er beschloss, sich morgen ausgiebig mit ihr zu beschäftigen.

»Also noch mal.« Marvin stellte das Glas zurück in die Mitte des Tisches, legte seinen Zeigefinger darauf und sah seine Freunde entschlossen an. Chari beugte sich ein Stück vor und positionierte ihren Finger ebenfalls auf dem Glas. Begleitet von einem Seufzen folgte schließlich auch Olaf ihrem Beispiel.

»Ist ein Geist da?«, fragte Marvin. Es herrschte Stille, das Glas bewegte sich nicht. Der Wind pfiff jetzt kräftiger um das Haus, das Laub der Bäume raschelte. Die Sekunden verstrichen und nachdem mehr als eine halbe Minute vergangen war, wiederholte Marvin die Frage. Es erfolgte keine Reaktion.

»Na toll«, schmollte Chari missmutig. »Das war ja eine gelungene Séance.«

Marvin zog den Finger vom Glas, seufzte genervt und verschränkte die Arme vor der Brust. »Ich habe noch eine andere Idee. Wollte ich eh mal ausprobieren. Keine Ahnung, ob es funktioniert.«

Er erhob sich und zog unter seinem Schreibtisch einen Karton hervor, dem er das Röhrenradio entnahm, das er im Oman gekauft hatte.

»Ein Mitbringsel aus dem Urlaub«, sagte er grinsend, als er mit dem klobigen Kasten zum Tisch zurückkehrte.

Chari zog das Glas zu sich heran, damit er Platz hatte, das Radio mitten auf dem Tisch abzustellen.

»Was ist denn das für ein Teil, Alter?« Olaf betrachtete den Kasten skeptisch.

»Ein altes Röhrenradio.« Marvin fummelte an der Klappe auf der Rückseite des Gehäuses herum.

»Das kennt man doch«, meinte Chari. Sie sah Olaf verwundert an.

»Ich hab so etwas noch nie gesehen«, sagte der schulterzuckend.

»Ich hole eben Batterien.« Marvin legte die Kunststoffabdeckung des Batteriefachs auf den Tisch und machte sich auf den Weg zum Arbeitszimmer seines Vaters. Dieser bewahrte dort in einer Schublade verschiedene davon auf. Als er die Tür zum Flur öffnete, starrte er in das Gesicht von Sarah, die erschrocken zusammenzuckte und schuldbewusst zu ihm aufsah. Er stemmte die Hände in die Hüften und sah sie tadelnd an. »Ich hatte dich doch gebeten, ins Bett zu gehen.«

»Ist ja gut«, erwiderte sie und tapste mit ihren nackten Füßen über den Flur, den ihre Eltern gerade renovierten, in Richtung ihres Zimmers.

Wenig später kehrte Marvin mit Batterien der Größe D in der Hand zu seinen Freunden zurück.

»Und was hast du nun mit diesem Ding da vor?«, fragte Olaf, der wieder lässig auf seinem Stuhl lümmelte und eine herablassende Handbewegung machte.

»Die Radio-Methode ist eine alte Vorgehensweise, um mit den Toten in Kontakt zu treten. Ich hatte schon mal davon gehört, deswegen hab ich das Radio gekauft und das Thema nach dem Urlaub noch mal gegoogelt. Oft wird die Mittelwellenfrequenz 1485 Kilohertz, die sogenannte Jürgenson-Frequenz, benutzt, um den Kontakt zu Geistern herzustellen. Benannt nach dem Schweden

Friedrich Jürgenson, dem Entdecker des Tonbandstimmenphänomens. Eigentlich brauchen wir ein Mikrofon. Laut verschiedener Onlineseiten geht es aber auch ohne, wenn wir einen Fremdsprachensender suchen. Mit etwas Glück treten wir in Kontakt mit einem Geist, der uns klar und deutlich in Deutsch antwortet.«

Olaf zog eine Augenbraue hoch, nahm seine Kappe ab, fuhr sich durch seine braunen Haare und setzte sie wieder auf. »Das ist doch alles Humbug, Leute. Lasst uns lieber gechillt einen Film streamen.«

»Können wir immer noch machen.« Marvin setzte die Batterien in das Radio ein und verschloss das Fach wieder. Anschließend drehte er das Gerät herum und betrachtete es genauer. Er vermutete, dass die beiden hellen Drehregler, zwischen denen sich das mit arabischen Schriftzeichen und Zahlen versehene Display befand, zur Lautstärkeregelung beziehungsweise Frequenzsuche dienten. Er drehte an dem rechten Knopf und nach einem kurzen Klacken setzte ein leises Rauschen ein. Langsam bewegte er den Knopf weiter. Das Rauschen wich einem Knistern und plötzlich war eine monotone männliche Stimme zu vernehmen: *»Liverpool went back to the summit of the Premier League with a victory over Fulham at Craven Cottage …«*

»Na, immerhin wissen wir jetzt, wie die Reds mit Kloppo gespielt haben«, sagte Olaf betont gelangweilt. Marvin drehte weiter an dem Regler, wodurch die Stimme wieder Knistern und Rauschen wich. Dann erklang eine weibliche französische Stimme, die sich allerdings ständig mit Störgeräuschen mischte. Also stellte

Marvin wieder den englischen Sender ein, deponierte das Radio in der Tischmitte und setzte sich.

»Seid ihr bereit?«, fragte er seine Freunde.

Chari nickte ernst.

Olaf presste die Lippen aufeinander und verdrehte die Augen. »Meinetwegen.«

Marvin räusperte sich. »Ist der Geist, der vorhin bei uns war, oder ein anderer anwesend?«, fragte er langsam und deutlich.

»Klopp's team started the second half in characteristically dominant fashion …«, berichtete der Nachrichtensprecher.

»Ist ein Geist anwesend?«, wiederholte Marvin.

»Wir haben auch Bier und Chips da«, warf Olaf flapsig ein.

»In the fifty-eighth minute, Fulham had a goal disallowed after …« Ein an- und abschwellendes Knistern setzte ein und verschluckte ganze Satzteile. *»A few minutes later Fabinho's cross was …«* Starkes Rauschen dröhnte aus dem Lautsprecher.

»IBN HARAM QAHBA IN SARIF XINXIR!« Die abgehackten und harten Laute, die eine kehlige, grollende Stimme förmlich ausgespien hatte, ließen Marvin zusammenzucken. Auch Olaf und Chari sahen erschrocken aus. Es hatte sich so deutlich und laut angehört, man hätte meinen können, der Sprecher stünde direkt neben ihnen. Die drei Freunde blickten abwechselnd sich und das Radio an, als eine Explosion von zerberstendem Glas Marvins Kopf entsetzt nach links zum Fenster zucken ließ. Etwas Schwarzes war in den Raum geschossen und gegen seinen Arm geprallt. Panisch

sprang Marvin auf und stolperte ein paar Schritte weg vom Fenster in Richtung Tür, während er zu begreifen versuchte, was geschehen war. Der Fußboden zwischen dem Fenster und seinem Stuhl war ein Meer aus Scherben, die im Mondlicht funkelten. Chari starrte mit offenem Mund von der kaputten Scheibe, die nur noch aus einigen spitzen Zacken an den Rändern bestand, zu Marvin. Der trat langsam wieder näher an den Stuhl heran, um zu sehen, was dort in den Raum geflogen war. Auf dem Boden zuckte ein dicker Rabe im Todeskampf – die Flügel schlaff zur Seite ausgebreitet, den Schnabel zu einem stummen Schrei weit aufgerissen. Eines der dunklen Knopfaugen schien Marvin anklagend anzustarren. Der hielt sich entsetzt die Hand vor den Mund.

»Wie … wie konnte das denn …?« Er sah zu Olaf, der seinen Blick mit großen Augen erwiderte. Urplötzlich überkam Marvin ein gewaltiges Schwindelgefühl, alles drehte sich in seinem Kopf und er glaubte, die Kontrolle über seinen Körper zu verlieren. Er wankte auf schwachen Beinen zur Wand, stützte sich daran ab und schüttelte heftig den Kopf, um wieder Klarheit zu erlangen.

»Marvin, was ist?« Chari blickte besorgt zu ihrem Freund, der mit dem Rücken zu ihr vornübergebeugt an der Wand lehnte wie ein Betrunkener, der sich gerade erbrochen hatte. Nachdem er nicht reagierte, stand sie auf und näherte sich ihm. »Ist alles okay mit dir?« Ein Anflug von Erleichterung überkam sie, als er sich aufrichtete.

Marvin trat einen Schritt zur Seite und öffnete die Tür seines CD-Turms. Er griff sich ein Album – *Birds in the*

Trap Sing McKnight von Travis Scott – klappte die Verpackung auf und entnahm die CD.

»Was hast du denn?« Chari legte ihm besorgt eine Hand auf die Schulter. In diesem Moment fuhr er herum, griff mit der Linken in ihre Locken und riss ihren Kopf nach hinten. Ihre Augen weiteten sich, Entsetzen flammte in ihrem Blick auf. Mit der CD in der rechten Hand schnitt er ihr kraftvoll horizontal in den zarten Hals, den ein Kettchen mit dem Unendlichkeitssymbol umschmeichelte. Ihre weiche Haut gab bereitwillig nach und ein warmer Blutschwall ergoss sich über seine Hand, während Chari erstickt röchelte. Marvin drückte die CD brutal in ihren Hals hinein und ließ ihre Haare los. Chari stürzte, sich panisch an die Kehle greifend, zu Boden. Bei ihrem verzweifelten Bemühen, Luft zu holen, klang sie wie ein erstickender Asthmatiker. Marvin beachtete sie nicht weiter und hielt auf Olaf zu, der blitzartig mit grotesk weit aufgerissenen Augen aus seiner lässigen Sitzposition aufsprang und in die Zimmerecke stolperte.

»Was … was …?« Olaf gelang es nicht, die Frage zu formulieren. Marvin ging entschlossen am Tisch vorbei und auf ihn zu. Mit zwei schnellen Schritten nach links schnappte er sich eine der Scheren vom Schreibtisch, mit denen sie vorhin die Zettel ausgeschnitten hatten. Olaf, obwohl etwas größer und kräftiger als Marvin, hielt sich die Arme vors Gesicht und kauerte in der Ecke wie ein verängstigtes Tier. Als Marvin näherkam, versuchte er, an der Wand entlang vor ihm zu flüchten, aber Marvin packte seinen Arm und hielt ihn fest. Daraufhin schlug Olaf ihm die andere Faust ins Gesicht, aber Marvin steckte den Schlag einfach weg und rammte seinem Freund die Schere in den Bauch. Begleitet von einem schmerzerfüllten Jaulen krümmte der sich, während Marvin die Schere herauszog und erneut zustach. Wie mechanisch wiederholte er die Aktion mehrfach, wobei Schwall um Schwall warmen Blutes über seine Hand strömte. Olafs Schmerzenslaute ebbten ab und als Marvin seinen Arm losließ und die Hand mit der Schere zurückzog, sackte er zu Boden, verlor dabei seine Kappe und blieb in Embryonalhaltung liegen.

Marvins Augen, die eine schwarze Färbung angenommen hatten, blieben einen Moment auf ihn gerichtet, bevor er mit einem Blick über die Schulter feststellte, dass auch Chari bewegungslos dalag. Er wandte sich zur Tür und legte im Vorbeigehen die blutüberströmte Schere auf dem Tisch ab, was ein lautes Klirren verursachte. Er zog die einen Spalt offen stehende Tür ganz auf und blickte in den Flur, der von einer Stehleuchte am gegenüberliegenden Ende in schwaches Licht getaucht wurde. Das Getrampel von Sarahs kleinen Füßen war zu hören. Sie passierte gerade einen Tapeziertisch, der in der Mitte des Gangs an der Wand stand, und war noch zwei Meter von der Treppe entfernt, die auf der rechten Seite ins Erdgeschoss führte, als sich Marvins Blick auf sie richtete. Sarah stolperte und schlug, begleitet von einem Aufschrei, unsanft auf dem Boden auf. Marvin ging entschlossen auf sie zu, zwängte sich an dem Tisch vorbei und beugte sich vor, um sie zu greifen. Sie rappelte sich auf, stieß einen schrillen Schrei aus und wollte die Treppe hinunterlaufen, doch er packte sie am

Handgelenk und hielt sie fest. Begleitet von Schreien, zerrte sie mit aller Kraft. Es gelang ihr, ihm ihre Hand zu entziehen. Sie stürmte geradeaus weiter in ihr Zimmer und schlug die Tür hinter sich zu. Marvin machte Anstalten ihr nachzusetzen, verharrte aber, als die Stimme seiner Mutter von unten erklang: »Was ist denn da los bei euch?« Schritte auf der Treppe. Er drehte sich um und erblickte eine blau-orange Werkzeugkiste, die neben dem Tapeziertisch an der Wand stand. Ohne Eile bückte er sich und griff hinein.

»Was ist denn das für ein Gepolter und Geschrei hier?« Seine Mutter hatte den Treppenabsatz erreicht und stand keine zwei Meter hinter ihm. »Marvin?«

Sie näherte sich ihm gerade, als er herumwirbelte und schwungvoll mit dem Stahlkopf eines etwa dreißig Zentimeter langen Schlosserhammers direkt auf ihre Stirn schlug. Es gab ein dumpfes Geräusch und sie sackte zu Boden, ohne dass ihr ein Laut über die Lippen kam. Er stellte sich breitbeinig über seine Mutter, deren rosafarbener Morgenmantel sich beim Sturz so weit geöffnet hatte, dass eine ihrer schweren Brüste entblößt war. Marvin blickte in ihre nach oben verdrehten Augen, holte aus und zog ihr den Hammer mit voller Kraft erneut über den Schädel. Der zerplatzte wie eine explodierende überreife Melone. Blut und gallertartige Gehirnflüssigkeit spritzten in alle Richtungen.

Die einsetzende Stille wurde nach einigen Sekunden erneut von Schritten auf der Treppe durchbrochen. Marvin schmiss den Hammer achtlos weg, der polternd auf dem Parkettboden aufschlug und noch ein Stück darüberglitt, und drehte sich erneut zu der Werkzeugkiste um.

»Monika?« Marvins Vater war nur noch wenige Treppenstufen vom Obergeschoss entfernt. »Was ist denn da los, meine Güte.«

Marvin wandte sich um und sah seinen Vater in den Flur kommen. Der blieb stehen und sein Mund öffnete sich zu einem Schrei stummen Entsetzens, während sich gleichzeitig seine Augen weiteten, als er auf seine Frau und ihren zermatschten Kopf hinunterblickte.

Das laute Surren eines Akkuschraubers setzte ein, den Marvin wie eine Pistole auf seinen keine zwei Meter entfernt stehenden Vater gerichtet hielt. In der Maschine steckte ein schnell rotierender, sechs Zentimeter langer Bohraufsatz aus Metall. Das gestammelte »Herrgott« seines Vaters wurde von den Motorgeräuschen der Maschine verschluckt, mit der Marvin auf ihn zupreschte. Geistesgegenwärtig wich sein Vater dem Angriff mit einem schnellen Schritt zur Seite aus.

»Was hast du getan?«, schrie er voller Inbrunst, während er wiederholt nach Marvins Hand schlug, mit der dieser den Akkuschrauber festhielt. Marvin zog die Hand zurück und packte mit der Linken die Kehle seines Vaters. Mit spielerischer Leichtigkeit hob er den großen Mann vom Boden hoch und presste ihn mit dem Rücken gegen die Flurwand. Mit irrwitzig weit aufgerissenen Augen gab der Vater gurgelnde Geräusche von sich und strampelte mit den Füßen. Langsam drückte Marvin den Bohraufsatz in den Bauch des Mannes, dessen entsetzlicher Schrei durch den Würgegriff erstickt wurde. Wie ein Pürierstab durch Tomaten fraß sich die Maschine in das Fleisch und zermalmte Gedärme und Knochen, deren blutige Splitter aus der Eintrittswunde spritzten. Marvin schob den Schrauber immer tiefer hinein, bis ein ohrenbetäubendes Dröhnen erklang, als der Bohraufsatz durch den Rücken in die Gipskartonwand drang. Der Kopf seines Vaters sank schlaff nach vorn, während sein ganzer Körper durch die starke Vibration bebte. Marvin zog den Bohrer zurück und ließ die Kehle seines Vaters los, der daraufhin an der Wand hinabrutschte. Als Marvin zur Seite trat, sank sein Vater auf die Knie und kippte vornüber.

Marvin trat über die Leiche und schaltete den Akkuschrauber aus. Er legte das Gerät, an dessen Spitze Blut und undefinierbare Körpersubstanzen klebten, auf den Tapeziertisch und drehte sich um. Sein starrer, psychotischer Blick heftete sich an Sarahs Zimmertür fest. Er bahnte sich seinen Weg durch den nunmehr mit zwei leblosen Körpern gefüllten Flur, packte die Klinke und drückte die Tür auf. In dem kleinen Raum, der nicht viel mehr enthielt als ein Bett, einen Schreibtisch und eine Kleiderkommode, hielt sich niemand auf. Durch das offen stehende Fenster drang schwaches Mondlicht, das die sich leise im Wind aufbauschende Gardine wie ein im Zimmer schwebendes Gespenst aussehen ließ. Regungslos blieb Marvin einige Sekunde stehen. Dann drehte er sich um und kehrte in den Flur zurück.

Zehn Minuten später präsentierte sich die Wand dort in einer neuen Optik, die sicher nicht den Renovierungsplänen der Stratmanns entsprochen hätte. Mit dem

Blut seiner Eltern hatte Marvin fremdartige Zeichen auf die Wand gezeichnet. Als er fertig war, nahm er den Akkuschrauber vom Tisch, schaltete ihn ein und setzte den Bohrer an seinem Kehlkopf an, wo er ihn mit voller Wucht hineintrieb.

Kapitel 3

Gedankenverloren stakste Lisa Weiß über einen schmalen Trampelpfad, der zwischen einer kleinen Rasenfläche zu einem Holzbohlenweg führte. Die zweiundzwanzigjährige Studentin passierte eine hölzerne Hütte, in der Schautafeln auf den Lehrpfad im Melmmoor/Kuhdammmoor einstimmten. Ihre Schritte hallten dumpf auf den verwitterten grauen Bohlen wider. Nach einigen Metern machte der Weg eine Biegung und eine strohgelbe, stellenweise schwarze Landschaft breitete sich vor ihr aus. Hier und da wuchsen ein paar kahle Büsche und Wasser glitzerte in dunklen Moortümpeln. Die Sonne lag hinter dichten grauen Wolken verborgen und es würde nicht mehr lange dauern, bis die Dämmerung einsetzte. Das trostlose Gelände verstärkte das Unbehagen und die Traurigkeit, die sie nach dem Besuch in der Gedenkstätte Esterwegen erfüllt hatten, die von den herunterhängenden langen Zweigen knorriger Birken verdeckt keine dreißig Meter links von ihr lag.

Egal, dachte sie, *ich muss mir etwas die Beine vertreten und frische Luft schnappen, um die bedrückenden Eindrücke sacken zu lassen.* Eindrücke, welche die Einrichtung, die zur Erinnerung an die fünfzehn Konzentrationslager im Emsland errichtet worden war, hervorgerufen hatte. Sie schloss den Reißverschluss ihrer Daunenjacke und blieb stehen, um auf einem Blechschild neben dem Weg etwas über die Rekonstruktion zweier Kultfiguren aus dem zweiten Jahrhundert vor Christus zu lesen. Die beiden hüfthohen Gebilde, von denen eins links, das andere rechts des Wegs im Moor aufgestellt worden waren, erinnerten Lisa an Strichmännchen aus verwittertem Holz. Im Geschichtskurs an der Uni hatte sie aufgeschnappt, dass es früher in vielen Mooren Kult- und Opferstätten gegeben hatte, weil die Menschen glaubten, die unwirtlichen Gebiete wären Aufenthaltsorte böser Geister und Pforten zur Hölle. Lisa ging weiter und der Holzbohlenweg verbreiterte sich nun etwas, weil auf der rechten Seite mehrere grün umrandete Informationstafeln aufgestellt worden waren.

Sie überflog die Texte und erfuhr einiges über die Gründe für Torfabbau. So war das dunkelbraune bis schwarze Sediment bis in die Sechzigerjahre des 20. Jahrhunderts als Brennmaterial in Deutschland sehr beliebt. In vielen Ländern wurde es noch immer zur Energiegewinnung genutzt. Es handelte sich außerdem um einen Ausgangsstoff für Kultursubstrate, die im Gartenbau Anwendung fanden, und aus Torffasern wurden Textilien sowie Massageöle hergestellt. Dankbar, etwas Ablenkung von ihren trüben Gedanken gefunden zu haben, ging Lisa weiter. Vor ihr gabelte sich der Weg, eine Abzweigung führte zu einer Aussichtsplattform hinauf. Lisa folgte dem Holzbohlenweg, der kurz darauf von einem rostroten Stahlweg gequert wurde. Dieser verlief vom Eingang der Gedenkstätte, die früher ein NS-Arbeitslager gewesen war, in das Moor und endete dort nach ungefähr hundert Metern im Nirgendwo. Der Boden schepperte leicht, als Lisa ihn überquerte. Während sie weiterlief, dachte sie an die Berichte über die Zwangsarbeit im Moor, welcher die KZ-Häftlinge tagein, tagaus nachgehen mussten.

»Die armen Menschen«, flüsterte sie. Auf einer Schrifttafel in der Gedenkstätte hatte sie von einem Juden namens Alexander gelesen, der zusammen mit anderen Inhaftierten in einem Graben gearbeitet hatte. An einem Nachmittag wurde er von einem Aufseher zurückgezogen, der ihm den Befehl gab, innerhalb des Geländes zu planieren. Abseits der anderen war Alexander damit etwa eine halbe Stunde beschäftigt gewesen, als ein Schuss fiel. Ein Mithäftling sah, wie Alexander auf die Knie ging.

»Ihr Schweinehunde! Ihr Mörder!«, rief Alexander sichtlich schmerzerfüllt. Daraufhin rannten von allen Seiten SS-Männer zu ihm und es fielen weitere Pistolenschüsse. Später wurde der tote Alexander in einer Zelle aufgebahrt und sämtliche Juden mussten antreten, an der Leiche vorbeigehen, ihren Finger in die Schusswunde tauchen und sich mit dem Blut ein Kreuz auf die Stirn malen. Dabei wurden sie von den KZ-Kommandanten verhöhnt.

Lisa blies die Backen auf und schüttelte den Kopf, teils aus Fassungslosigkeit über diese Grausamkeit, teils aus dem Bestreben heraus, die deprimierenden Gedanken zu verscheuchen. Auf einer weiteren Informationstafel las sie etwas über Moorleichen, die durch das saure Milieu und den Sauerstoffabschluss im Moor oft ausgezeichnet konserviert wurden. So kam es immer wieder vor, dass jahrtausendealte Leichen gefunden wurden, die, von einer durch die im Moor vorkommende Huminsäure herrührenden geschwärzten Haut abgesehen, wie erst kürzlich verstorben aussahen. Lisa entfernte sich ein paar Schritte von der Tafel und blickte über die ockerfarbene und schwarze, mit Moosen und Gräsern bewachsene Landschaft. Es war totenstill. Nur der Hall ihrer Schritte durchbrach die unheimliche Ruhe. Nicht weit vor ihr verdichtete sich die Vegetation zu beiden Seiten des Weges und der Bohlenweg führte in einen Wald.

Vielleicht sollte ich umkehren, überlegte Lisa. *Ein Café suchen und einen heißen Kakao trinken.* Das würde sicher eher zur Verbesserung ihrer Stimmung beitragen, als in dieser Ödnis zu spazieren und über schaurige Dinge nachzudenken. Allerdings fand sie es immer noch angenehmer, über Moorleichen und KZ-Schicksale nachzusinnen, als sich mit ihren eigenen Problemen auseinanderzusetzen, die sie wieder überfallen würden, sobald sie ihrem Geist Ruhe gönnte. Vor allem wollte sie nicht an Fabian denken. *Dieser Scheißkerl.* Lisas vornehm blasse Haut rötete sich, was sie selbst nicht sehen, aber fühlen konnte. Sie schämte sich, dass die Martyrien der vielen tausend Seelen, die in dieser Gegend ihr Leben ließen, ihr weniger zusetzten als ihr eigener Kummer.

Sie strich sich eine Haarsträhne aus der Stirn und hielt sich mit einer Hand an einer Balustrade fest, die den Weg auf der rechten Seite säumte. Dahinter erstreckte sich ein Moorteich, der sich wie ein Fluss durch die Landschaft schlängelte, bis er sich irgendwo im aufgekommenen Nebel verlor. Der wolkenverhangene Himmel spiegelte sich auf dem ölig glänzenden Wasser.

Ein Geräusch ließ Lisa herumfahren. *Was war das?* Es hatte geklungen wie ein Flüstern, das irgendwo aus den kahlen Sandbirken gekommen war, deren Äste und Zweige auf der anderen Seite des Weges in etwa zehn Metern Entfernung eine schier undurchdringliche Wand bildeten. Vielleicht ein Windhauch in den Bäumen, den ihr überstrapazierter Geist als Flüstern gedeutet hatte. *Allerdings regt sich kein Lüftchen*, stellte Lisa fest und drehte sich, die Umgebung aufmerksam absuchend, wieder um. Wie ein feines weißes Leichentuch hing der Nebel über den Torfmoosen. Er umhüllte die Moorbirken, die, anders als die bis zu zwanzig Meter hohen Sandbirken, kleinen Sträuchern ähnelten, die wie bucklige alte Weiber aussahen. *Wo kommt der Nebel so plötzlich her?,* fragte sie sich. Aus dem Moorteich ragte ein knorriger Zweig heraus, der in der zunehmenden Dämmerung einer Klaue glich.

Forschen Schrittes ging Lisa weiter und kicherte in sich hinein, weil sie jetzt an jeder Ecke Gespenster sah. *Vielleicht sollte ich umkehren.* Einem plötzlichen Impuls folgend, drehte sie sich um. Wabernde Nebelschwaden, die sich sekündlich verdichteten, trieben wie Rauchwolken umher und verschlangen die Umgebung. Die allumfassende Stille erschien ihr nun beklemmend. Plötzlich hörte sie wieder dieses Geräusch. Es klang wie ein Wispern, das aus mehreren Kehlen gleichzeitig drang – ein geflüsterter Kanon. Ihr Blick zuckte zu den Bäumen, deren Konturen sich nur noch undeutlich in der weißgrauen Masse abzeichneten. Dann setzte Stille ein.

»Hallo?«, rief Lisa zaghaft. Als ihre Stimme die vollkommene Lautlosigkeit durchschnitt, fühlte Lisa sich unbehaglich, als hätte sie in einer kirchlichen Andacht das Wort erhoben. Sie schluckte ihre Nervosität herunter und machte sich auf den Rückweg, während sie den Blick auf den Bohlenweg vor sich gerichtet hielt.

Alles gut, nur Nebel und ein merkwürdiges Geräusch. Gleich bin ich wieder unter Leuten. Leise vor sich hin summend ging sie weiter und als sie sich vergegenwärtigte, dass ihr Verhalten dem Pfeifen im Wald glich, musste sie schmunzeln. Auf einmal hörte sie etwas hinter sich und wirbelte herum. Da waren Schritte auf den Bohlen. Irgendjemand, der von dem weiß flimmernden Nebel verborgen wurde, kam auf sie zu. Angst kroch Lisas Rücken hinauf und ihr Herz pochte schneller. Unschlüssig verharrend, versuchte sie, sich zu beruhigen und sich davon zu überzeugen, dass es keinen Grund gab, ängstlich zu sein. Jemand war auf dem Moorweg unterwegs gewesen und kehrte nun um, genauso wie sie. Sie sollte einfach weitergehen. Wahrscheinlich würde sie die andere Person sonst noch zu Tode erschrecken, wenn sie hier stand und plötzlich durch den weißgrauen Schleier sichtbar wurde.

Allerdings konnte sie sich nicht überwinden, den lauter werdenden Schritten den Rücken zuzukehren. Sie musste wissen, wer da war. Zögerlich begab sie sich etwas nach rechts, sodass sie am Rand des Weges stand und nicht womöglich noch einen Zusammenstoß verursachte. Plötzlich setzten die Schritte aus, es war wieder vollkommen still um sie herum. Ihr Herz schlug immer wilder.

»Hallo?«, rief sie mit erstickter Stimme. Sie räusperte sich, um den Kloß aus ihrer Kehle zu vertreiben. *Warum antwortest du nicht?* Hektisch tastete Lisa in ihrer Hosentasche nach ihrem Handy, ohne den Blick vom Weg abzuwenden. Sie wollte es gerade herausziehen, als sich Konturen aus der weißgrauen Masse schälten. *Jetzt kann ich mich entspannen*, dachte sie gerade, weil es sich sicherlich um einen harmlosen Spaziergänger handelte. In dem Moment, als sie Details wahrnahm, wurde sie schon gepackt. Ihre Augen weiteten sich panisch und ein erstickter Schrei drang aus ihrer Kehle. Schnell wurde er zu einem Röcheln und erstarb schließlich ganz.

Kapitel 4

Der Regen prasselte unnachgiebig auf das Kopfsteinpflaster der Oldenburger Fußgängerzone und trieb die Menschen zu noch mehr Eile an, als an vielen anderen Morgen. Auch Christian Harms, der sich zum Schutz vor dem Wolkenguss eine Baseballkappe tief ins Gesicht gezogen hatte, hetzte durch die von Geschäften gesäumte Straße. Als er in eine Gasse abbog, bemerkte er einen Obdachlosen, der mit angewinkelten Beinen, über denen eine Plane ausgebreitet war, an die Wand gelehnt dasaß und im Regen zitterte. Harms blieb stehen, kramte sein Portemonnaie aus der Hosentasche und zog einen Fünfeuroschein heraus.

»Hier, geh irgendwo einen Kaffee trinken.« Er hielt dem Mann, der eine Wollmütze trug und auf seine gefalteten Hände hinabsah, das Geld hin. Der Obdachlose hob den Kopf und sah Harms mit gläsernem Blick an. Nach einem Moment des Zögerns nahm er das Geld.

»Gott sei mit dir«, nuschelte er.

»Lieber nicht, sonst wäre er schnell einen Kopf kürzer«, erwiderte Harms im Weitergehen. Er passierte einen Modeladen und wandte sich einer Eingangstür zu seiner Linken zu, neben der mehrere Firmenschilder an der Fassade hingen. Während er seinen Schlüsselbund aus der Jackentasche kramte, streifte sein Blick das schlichte gläserne Schild mit der Aufschrift ›Detektei Harms und Partner‹.

Im Haus angekommen, stieg er die Treppe bis in den dritten Stock hinauf und schloss angestrengt schnaufend die Tür zu seinem Büro auf. Er wusste zu gut, dass die ungesunde Mischung aus regelmäßigem Schlafmangel und zu viel Alkohol einen beträchtlichen Anteil daran hatte, dass ihn das kurze Treppensteigen schon aus der Puste brachte. Mit seinen sechsundvierzig Jahren war er außerdem nicht mehr der Jüngste. Eigentlich ein Grund mehr, auf einen gesünderen Lebensstil zu achten.

Er durchquerte die zweckmäßig eingerichtete Diele – auf einer Seite befand sich ein Tresen, hinter dem er oder seine beiden Kollegen die Buchführung erledigten, auf der anderen ein kleiner Wartebereich – und betrat eine Teeküche.

Wenig später stellte er eine dampfende Kaffeetasse auf seinem Schreibtisch ab und ließ sich ächzend in seinen Lederstuhl sinken. Er nahm die durchnässte Kappe vom Kopf, warf sie vor sich auf den Tisch und fuhr sich mit der Hand über seine Glatze. Schlafen! Im Moment wollte er nichts lieber als schlafen. Sein Blick schweifte von der Kappe, welche die grün-weißen Farben und das Emblem der Philadelphia Eagles zierten, durch sein überschaubares Büro. An einer Wand standen drei gerammelt volle Aktenschränke, und neben der Eingangstür hing ein gerahmtes Schwarzweißbild, das Basil Rathbone als Sherlock Holmes zeigte. Er trug eine karierte Mütze, hatte eine Pfeife im Mund und blickte ernst zur Seite. Harms hatte sich das Bild vor Jahren aus dem Holmes-Museum in London mitgebracht. Ein Whiteboard und einige Büromöbel komplettierten die Ausstattung.

Er beugte sich vor, klappte seinen Laptop auf und schaltete ihn an. Während das Gerät hochfuhr, schaute er zu dem Bild, das gerahmt am Rand seines Schreibtischs stand. Jeden Morgen nahm er sich vor, nicht hinzusehen, aber er konnte einfach nicht anders. Es zeigte ihn, seine Frau Jasmin und seinen Sohn Tim, der fünf Jahre alt war, als das Bild gemacht wurde, am Strand von Teneriffa. Sie strahlten alle drei mit der Sonne um die Wette und das Meer glitzerte im Hintergrund. Harms seufzte und zwang sich, an seine heutigen Aufgaben zu denken, um die Wirkung des giftigen Gefühlscocktails abzumildern, der durch seine Venen rauschte. Immerhin konnte er es ruhig angehen lassen. Zunächst stand Recherchearbeit an: Eine Adressermittlung für ein örtliches Versandhandelsunternehmen, das einem säumigen und unbekannt verzogenen Schuldner eine Mahnung zustellen wollte. Da er Zugriff auf weitläufige Datenbanken hatte, die wesentlich mehr Informationen enthielten, als gängige Personensuchmaschinen im Internet, sollte er bei dieser Angelegenheit schnell Erfolg haben.

Er griff nach seinem Becher, nippte daran und hoffte, dass der vollmundige Kaffee die aufkommenden Kopfschmerzen, die ihn seit ein paar Minuten plagten, schnell verschwinden lassen würde.

»Du bist schon richtig zu so einem versoffenen, übellaunigen Ermittler wie in den Krimis geworden, die ich immer lese«, hatte Lars neulich in der Kneipe zu ihm gesagt.

»Ich habe ja auch allen Grund dazu«, war Harms' Antwort gewesen. Die verbalen Ergüsse von weltfremden Schreiberlingen interessierten ihn sowieso herzlich wenig. *»Nach vorn schauen müsse er langsam mal«*, hatte Lars gemeint und ihm dabei kameradschaftlich auf die Schulter geklopft.

Ein Klingeln riss Harms aus seinen Gedanken. Außer ihm war niemand im Büro. Sein Kollege Stefan ging einem Fall von Krankschreibungsbetrug nach und Niko, ihr PC-Experte, arbeitete die meiste Zeit von zu Hause aus. Also stand Harms auf, durchquerte die Diele und betätigte die Gegensprechanlage neben der Tür: »Ja?«

»Mein Name ist Weiß. Ich möchte zur Detektei Harms«, antwortete eine junge Frauenstimme.

»Dritter Stock rechts.« Er drückte den Summer, um sie ins Haus zu lassen, öffnete die Eingangstür ein Stück weit und setzte sich auf einen der Stühle, die eigentlich für wartende Klienten bestimmt waren. Nach kurzer Zeit trat eine schlanke Frau ein, deren Gesicht von einer Kapuze mit Fellbesatz verborgen wurde, die zu einer weißen Daunenjacke gehörte. Als sie ihn sah, schenkte sie ihm ein Lächeln. Harms stand auf, streckte ihr die Hand entgegen und bemühte sich, das freundlichste Gesicht zu machen, das ihm gerade möglich war.

»Christian Harms, hallo.« Sie schüttelten sich die Hand und die Frau stellte sich als Anna Weiß vor. Als sie die Kapuze herunterzog, kam ein von schwarzen Haaren umspieltes, hübsches Gesicht mit ausdrucksstarken grünen Augen zum Vorschein. Harms schloss die Tür hinter ihr und deutete auf sein Büro. »Gehen Sie bitte durch. Die Jacke können Sie an der Garderobe aufhängen. Möchten Sie einen Kaffee?«

»Nein, danke«, antwortete sie und begann, sich aus ihrer Jacke zu schälen.

In seinem Büro angekommen, deutete er auf einen Stuhl vor seinem Schreibtisch und bat sie, Platz zu nehmen, während er sich dahinter setzte. Harms musterte sie und bemerkte die dunklen Augenringe, die von zu wenig Schlaf und Kummer zeugten. Ihr Lächeln konnte nicht verbergen, dass ihr etwas arg zusetzte.

»Wie kann ich Ihnen helfen?«, fragte er freundlich.

»Meine Schwester ist vor rund einer Woche verschwunden. Ich möchte, dass Sie sie finden.« Anna Weiß strich sich mit ihrer zierlichen Hand eine Haarsträhne aus der Stirn. Um ihren Hals funkelte eine filigrane silberne Kette, deren Kreuz-Anhänger in den V-Ausschnitt ihres grauen Strickpullovers hing, unter dem sich formschöne Kurven abzeichneten. Harms lehnte sich zurück, verschränkte die Arme vor der Brust und spannte seinen voluminösen Bizeps an.

»Erzählen Sie mal.«

»Lisa, so heißt meine Schwester, hat einen Ausflug nach Esterwegen gemacht, um dort die KZ-Gedenkstätte zu besuchen. Dort wurde sie zuletzt gesehen, dann verliert sich ihre Spur. Es ist, als wäre sie vom Erdboden verschwunden. Die Polizei hat das Gelände und die Umgebung großflächig durchkämmt, aber keine Spur von ihr gefunden. Im Dorf will sie auch niemand gesehen haben. Das war es im Grunde. Die Polizei meint, ohne neue Ansätze kann sie wenig tun. Ich will und werde mich damit aber nicht abfinden, dass Lisa einfach weg ist und niemand etwas gesehen oder gehört haben will.« Verzweiflung und Wut hatten sich in ihre Stimme geschlichen. Sie schüttelte den Kopf und strich sich erneut eine widerspenstige Haarsträhne aus dem Gesicht. »Haben Sie davon gelesen? Ging ja durch die Presse.«

Harms fuhr sich mit der Hand über seinen Henriquatre, einen Rund-um-den-Mund-Bart, der aufgrund mangelnder Pflege in den letzten Tagen eher einem Vollbart glich. »Esterwegen stand zuletzt wegen des Stratmann-Massakers ständig in der Zeitung, das ist ja noch nicht lange her. Vom Verschwinden einer jungen Frau habe ich nichts gehört. Erzählen Sie mal etwas über Ihre Schwester. Warum wollte sie sich die Gedenkstätte anschauen? Ist es denkbar, dass sie untertauchen wollte?«

Anna Weiß schüttelte entrüstet den Kopf. »Wir stehen uns sehr nahe. Sie würde nie einfach so abhauen, ohne mir was zu sagen. Ich habe das Gefühl, die Polizei hegt auch Vermutungen in diese Richtung. Aber nein, völlig undenkbar. Lisa studiert an der Carl-von-Ossietzky-Universität auf Lehramt. Eines ihrer Studienfächer ist Geschichte. Vermutlich wollte sie sich die Gedenkstätte deshalb anschauen. Genau hat sie mir das nicht gesagt. Aber sie ist sowieso vielseitig interessiert. An Menschen, Schicksalen, Weltanschauungen oder auch Spiritualität. Sie denkt über alles viel nach, sucht nach dem Sinn des Lebens und ihrem Platz in der Welt. Sie ist die Sensiblere von uns beiden. Ich nehme das Leben eher wie es kommt und muss nicht alles verstehen und hinterfragen.« Anna blickte gedankenverloren auf die Hände in ihrem Schoß, bevor sie Harms mit flehenden Augen ansah. »Helfen Sie mir?«

Harms seufzte. »Ich kann es gern versuchen, will aber ehrlich zu Ihnen sein. Wenn ein Mensch verschwindet, nimmt die Polizei das in der Regel schon ernst. Klar, ich kann mit anderen Ansätzen an die Sache herangehen, aber ich will Ihnen keine Illusionen machen. Dass ich mit Ihrer Schwester an der Hand nach ein paar Tagen bei Ihnen vor der Tür stehe, ist eher unwahrscheinlich.«

»Sie sollen alles versuchen, sie zu finden. Das reicht mir«, sagte Anna entschlossen.

Harms überlegte. Die Frau, eigentlich war es fast noch ein Mädchen, er schätzte sie auf Anfang zwanzig, tat ihm leid und er wollte ihr helfen. Er wusste zwar nicht, ob er das konnte, aber darauf gab es bei den meisten Fällen keine Garantie. Eine Herausforderung würde ihm außerdem guttun und ihn vielleicht davor bewahren, sich weiterhin zu sehr gehenzulassen und seinen Kummer ständig im Alkohol zu ertränken. Die Leidenschaft für seinen neuen Beruf, die er nach Eröffnung seiner Detektei verspürt hatte, drohte bereits, unter einer dicken Schicht Apathie verlorenzugehen, und er konnte es sich nicht erlauben, wieder zu scheitern.

»Wie sieht Lisa denn aus? Am besten mailen Sie mir ein Foto und fügen gleich einen Steckbrief an. Äußerliche Merkmale, besondere Interessen, die Namen von Freunden, Liebhabern – alles, was Ihnen einfällt.«

»Sie haben Lisa eigentlich schon gesehen«, sagte Anna.

»Bitte?«

»Na, sie ist meine Zwillingsschwester und sieht aus wie ich.«

Harms musste schmunzeln. »Dass es so viel Schönheit gleich im Doppelpack gibt, ist ja unglaublich.« Anna Weiß lachte und es war ein echtes Lachen, keines aus Höflichkeit wegen des Kompliments. »Ein Foto brauche ich trotzdem. Haben Sie sich eigentlich selbst in Esterwegen umgesehen?«

»Nein, davon riet mir die Polizei dringend ab. Sonst hätten Leute irrtümlicherweise gemeint, sie hätten Lisa gesehen.«

Harms nickte, darauf hatte er hinausgewollt. »Mein Stundensatz beträgt sechzig Euro brutto plus Spesen und Kilometerpauschale. Muss ich Kollegen hinzuziehen, gilt für die derselbe Stundensatz. Ist das okay für Sie?« Anna Weiß nickte lässig. »Ich werde mir zunächst einen Überblick verschaffen. Medienberichte lesen, bei der Polizei nachhorchen und vor Ort Erkundigungen einholen. Sie schicken mir die Mail am besten noch heute Morgen. Okay?«

»Danke«. Hoffnung flammte in Annas Augen auf. Sie machte Anstalten aufzustehen.

»Wie kamen Sie überhaupt auf meine Detektei?«

»Ach, ich hab von Freunden gehört, wie Sie Christine Olliges geholfen haben.«

Harms nickte und erinnerte sich. Christine, eine hübsche blonde Frau Ende zwanzig, hatte als Angestellte in einem Blumenfachgeschäft gearbeitet. Eines Tages erschien ein Mann um die dreißig und kaufte einen Strauß Blumen bei ihr. Sie beriet ihn, war freundlich, machte

Smalltalk. In der Folge kam er öfter vorbei, um Blumen zu kaufen. Immer verhielt sie sich höflich und einmal schenkte sie ihm sogar aus einer spontanen Laune heraus eine weiße Gerbera. Freudestrahlend bedankte der Mann sich und meinte, dass ihm noch nie eine Frau auf so süße Art ihre Zuneigung gezeigt hätte. Christine fand die Aussage irritierend, dachte aber nicht weiter darüber nach. Fast jeden Tag besuchte der Mann nun ihren Laden. Einmal fragte er sie plötzlich, wann er sie denn endlich ausführen dürfe, die täglichen Blumensträuße wären immerhin auf Dauer ziemlich kostspielig. Christine war fassungslos und antwortete, das käme nicht infrage, immerhin hätte sie einen Freund. Nachdem der Mann daraufhin aggressiv geworden war und sie jeden Tag belästigte, wandte sich Christine an Harms, da sich die Polizei nicht zuständig fühlte. Immerhin sei nichts Konkretes passiert. Das änderte sich aber noch in der Nacht, bevor Harms eine verdeckte Observation bei dem Blumenladen durchführen wollte. Der Stalker klingelte bei Christine zu Hause Sturm, beleidigte sie von der Straße aus als Schlampe und warf einen Stein durch ihr Wohnzimmerfenster. In der folgenden Nacht kam er wieder, aber diesmal waren Harms und seine Kollegen zur Stelle. Zunächst dokumentierten sie seine Drohungen und Hasstiraden, dann überwältigten sie ihn, als er gerade wieder einen Stein in ihre Wohnung werfen wollte. Aufgrund ihrer Aussagen und des aufgezeichneten Videomaterials wurde der Mann wegen Sachbeschädigung, Bedrohung und weiterer Delikte verurteilt. Zusätzlich bekam er ein Annäherungsverbot auferlegt.

Harms stand auf und strecke Anna Weiß die Hand entgegen. »Ich hoffe, ich kann Ihnen helfen.«

Kapitel 5

Die Scheibenwischer bewegten sich monoton über die Windschutzscheibe und gaben den Blick auf den im Regen glänzenden Asphalt und die roten Rücklichter eines grauen SUV frei, der vor Harms über die Straße kroch.

»Herrje, nun fahr doch, du Pfosten!«, murmelte Harms, der aufgrund des stetigen Gegenverkehrs nicht überholen konnte. Bei einem Blick in den Rückspiegel seines silberfarbenen Ford Mondeo stellte er fest, dass hinter ihm etliche Fahrzeuge aufgeschlossen hatten.

Bestimmt so ein zartes Mütterchen, für das die Anschaffung eines SUV mit dem ersten Nachwuchs genauso dazugehörte, wie ein Jahresvorrat an Windeln und der Kinderwagen. Harms war kein Anhänger der *Frauen-am-Steuer*-Witze, denn er kannte einige Damen, die sicher und angenehm fuhren. Wenn ihm jedoch einer dieser halben Busse wegen unsicheren Fahrverhaltens ins Auge sprang, saß eine Frau darin. Unter dem Rückspiegel baumelte ein kleiner gelber Plüsch-Emoji mit Sonnenbrille und grinste scheinbar hämisch. Harms trommelte ungeduldig mit den Fingern aufs Lenkrad, während links von ihm das trübe Wasser des Küstenkanals zwischen den kahlen Sträuchern am Straßenrand hindurchschimmerte.

Nach dem Besuch von Anna Weiß hatte er sich online einen kurzen Überblick über die Medienberichte zu dem

Fall verschafft. Nun war er auf dem Weg nach Esterwegen. Während sein Unmut darüber wuchs, dass er mit Tempo sechzig über die Straße gurken musste, griff er nach seinem Handy, das er auf den Beifahrersitz gelegt hatte. Mit routinierten Bewegungen scrollte er die Kontaktliste bis zu einem bestimmten Namen durch und stellte die Verbindung her. Er schaltete das Telefon auf Lautsprecher und steckte es in die Freisprechanlage. Nach dem dritten Klingeln wurde abgenommen.

»Chris! Ich habe gerade Pause. Schön, mal wieder was von dir zu hören.« Kathrin Frerichs, eine einundvierzig Jahre alte Polizeimeisterin, war einer der wenigen Menschen, die ihn Chris nannten. Die meisten sagten einfach Harms zu ihm. Vor über zehn Jahren, als sie noch Kollegen gewesen waren, hatte er ein kurzes Techtelmechtel mit ihr gehabt, wenige Monate später hatte sie einen anderen geheiratet. Als ihr wegen schweren, durch Myome verursachten Blutungsstörungen die Gebärmutter entfernt werden musste, hatte ihr Angetrauter den Treueschwur ziemlich schnell gebrochen und sich eine andere gesucht, die ihm den erwünschten Nachwuchs schenkte. Seitdem lebte Kathrin allein und Harms unterstützte sie gelegentlich bei Arbeiten an ihrem Haus, mit denen sie überfordert war.

»Kathrin, meine Liebe! Du bist um keinen Tag gealtert, seit wir uns das letzte Mal sahen.«

»Spinner!« Kathrin schmunzelte. »Was hast du denn auf dem Herzen? Du meldest dich doch nicht, um Hallo zu sagen.«

»Hach, du kennst mich einfach zu gut. Es geht um den Fall einer vermissten jungen Frau. Ihr Name ist Lisa Weiß und sie verschwand vor acht Tagen in Esterwegen. Es wäre hilfreich, wenn ich wüsste, was deine Kollegen zur Sache haben.« Harms drückte auf die Hupe und es war wie ein Ausrufezeichen hinter sein Statement.

Kathrin seufzte: »Du weißt doch, ich sitze am Schreibtisch und befasse mich mit Wirtschaftsdelikten. Ich weiß nicht …«

»Du schaffst das schon, bisher konnte ich mich noch immer auf dich verlassen.«

Erneutes Seufzen am anderen Ende der Leitung. »Ich gucke, was ich machen kann.«

»Du bist die Beste.« Nachdem ein Lkw vorbeigerauscht war, bestand endlich die Möglichkeit zum Überholen. Harms betätigte den Blinker und trat euphorisch aufs Gaspedal.

»Ich habe mir übrigens gerade eine Smart-Home-Anlage angeschafft. Geht mir vor allem um Einbruchschutz. Ich wohne doch so nahe am Waldrand. Könntest du mir bei der Installation helfen?«

»Geht klar, eine Hand wäscht die andere. Schick mir eine Mail mit den Infos, ja? Ich melde mich.« Als sie sich verabschiedeten, lenkte Harms sein Auto zurück auf die rechte Fahrbahn und warf einen grimmigen Blick in den Rückspiegel. Hinter dem Steuer des SUV kauerte ein Greis, dessen Kopf gerade so über das Armaturenbrett hinausragte. Harms schmunzelte.

Ein kleines Schild am Straßenrand wies daraufhin, dass er den Landkreis Emsland erreicht hatte. Auf der rechten Seite erstreckte sich eine endlos erscheinende strohgelbe Landschaft mit schwarzen Moortümpeln. Harms fischte eine Packung *Fisherman's Friend Cherry* aus einer Ablage unter dem Autoradio und steckte sich eine der Pastillen in den Mund. Seit er auf dringenden Rat seines Arztes das Rauchen stark eingeschränkt hatte, überfiel ihn häufig das Verlangen nach etwas Süßem.

Ein gelbes Straßenschild veranlasste ihn dazu, links abzubiegen. Er überquerte eine Brücke, die sich über den Kanal spannte, auf dem ein tief im Wasser liegendes Frachtschiff tuckerte. Nachdem er erneut abgebogen war, bretterte das Auto durch ein Schlagloch und Harms wurde nach vorn in seinen Gurt gedrückt. Die Straße war in einem desolaten Zustand. Neben ihr erhoben sich zu beiden Seiten wuchtige Eichen, deren kahle Äste gespenstische Schatten warfen. Harms trat auf die Bremse und verringerte das Tempo. Auf der rechten Seite blitzte zwischen Gestrüpp das helle Gelb eines Schaufelbaggers auf, der in der trostlosen Moorlandschaft stand. Links zog ein flaches graues Haus vorüber, in dessen Garten allerlei Gerümpel lag. Eine Hälfte des Daches – Harms traute seinen Augen nicht und schaute zweimal hin – war vollständig mit grünen Sträuchern bewachsen. Er passierte ein paar Felder, auf denen der Dauerregen großflächige Pfützen gebildet hatte, und erreichte den asphaltierten Parkplatz, der zur Gedenkstätte Esterwegen gehörte. Ein Bus und einige Autos standen darauf. Harms parkte, schnappte sich seine Kappe vom Beifahrersitz und setzte sie auf.

Nachdem er ausgestiegen war, folgte er einem Weg zu einer Informationstafel mit einem Lageplan und den Öffnungszeiten der Einrichtung. Ein kurzer Text informierte darüber, dass die Gedenkstätte sich am Ort des ehemaligen Konzentrationslagers Esterwegen befand und als zentraler Erinnerungsort für alle fünfzehn Emslandlager diente. Jenseits eines kurzen Stücks Rasens stand hinter vereinzelten Bäumen ein lang gestrecktes, aus Ziegelsteinen errichtetes Gebäude.

Der Regen prasselte unablässig vom Himmel hernieder, während Harms dem Gehweg weiter zum Eingang folgte. Rechts von ihm bildeten unzählige graue Birkenstämme mit ihren kahlen fächerartigen Ästen einen unheimlich anmutenden Wald. Zwanzig Meter weiter führte ein rostbrauner Weg aus Stahl von der Gedenkstätte durch diesen Geisterwald ins Moor hinein.

Harms betrat die Einrichtung durch eine wuchtige Glastür und fand sich in einem Eingangsbereich wieder, dessen Ambiente dem Zweck angemessen war. Trotz der raumhohen Fenster auf zwei Seiten war es düster, denn es gab keine Deckenlampen. Nur die großen beleuchteten Gedenktafeln, die an den Wänden hingen, verströmten ein karges Licht. Es herrschte Stille wie in einer meditativen Andacht, obwohl eine Schulklasse mit Jugendlichen anwesend war. Seitlich neben dem Eingang gab es eine Ecke mit Büchern, die sich mit Themen wie Nationalsozialismus und Konzentrationslager befassten. Auf der anderen Seite befand sich ein Tresen aus dunklem Holz, hinter dem ein Mann mit grauem Zopf und Brille konzentriert auf etwas vor sich starrte – vermutlich auf einen Computermonitor. Durchlässe in den Ecken führten zu weiteren Räumlichkeiten der Anlage.

Harms trat vor eine Leuchttafel, die horizontal auf kurzen Sockeln angebracht worden war. Die Grafik darauf sah aus wie eine unscharfe Luftaufnahme von Google Earth und zeigte eine mit zahlreichen Nummern versehene Topografie des Lagers. Unter der Karte standen nähere Informationen zu den einzelnen Nummern. Harms erfuhr, dass die Häftlinge über den Stahlweg, der ihm aufgefallen war, zur Zwangsarbeit im Moor getrieben worden waren. Er blickte zur Seite und las auf einer Wandtafel mit viel Text, vor der zwei sichtlich erschütterte jugendliche Mädchen standen, die Überschrift: *›Die Hölle im Moor: Verfolgung und Gewalt in den Emslandlagern 1933 – 1945.‹*

Harms trat vor den Tresen und räusperte sich. Der Mann dahinter hob den Kopf und sah ihn fragend an. Er wirkte wie eine Mischung aus intellektuellem Lehrer und alterndem Hippie. Harms stellte sich vor, zog sein Portemonnaie aus der Hosentasche und entnahm diesem ein postkartengroßes Foto, das er sich im Büro ausgedruckt hatte. Er entfaltete es und zeigte es dem Mann. »Ich suche diese Frau. Sie ist vor einer Woche verschwunden. Haben Sie sie zufällig hier gesehen?«

Der Museumsangestellte warf einen kurzen Blick auf das Foto und nickte. »Ja, sie war hier. Hat sich die Ausstellung angesehen und ist wieder gegangen. Das habe ich der Polizei aber alles schon gesagt.«

»Ist Ihnen an ihr irgendetwas Ungewöhnliches aufgefallen? Wirkte sie vielleicht besonders niedergeschlagen?«

Der Mann lehnte sich auf seinem Bürostuhl zurück, nahm seine Brille ab und rieb sich die Augen, unter denen sich Tränensäcke wölbten. »Wie Sie sich sicher denken können, sind die Leute hier in einer anderen Stimmung, als sie es in irgendeinem Vergnügungstempel wären. Das Schicksal der Menschen, die in den Emslandlagern umgebracht wurden, lässt kaum jemanden kalt. Traurige Gesichter sind also die Regel. Aber nein, die Frau wirkte nicht mehr mitgenommen, als andere auch. Ich habe sie auch nur zweimal kurz gesehen.«

Harms rieb sich über seinen Bart. »War sie allein oder in Begleitung?«

»Allein.«

Harms bedankte sich bei dem Angestellten und verließ die Einrichtung. Er hatte damit gerechnet, dass er hier auf keinen Ansatz stoßen würde. Das wäre auch zu einfach gewesen. Als er sich schon auf den Weg zurück zum Parkplatz machen wollte, sah er einen hölzernen Wegweiser, der auf ein Kloster hinwies. Harms erinnerte sich, dass Anna Weiß ihre Schwester als spirituell interessiert beschrieben hatte. Sein Instinkt veranlasste ihn, dem Schild zu folgen. Der Regen prasselte mit unnachgiebiger Intensität auf den Pflasterweg, der an der Einrichtung entlang verlief und schließlich eine Biegung nach links machte.

Harms wusste nicht genau, was er erwartet hatte – vielleicht mächtige hohe Mauern, die den wuchtigen Bau dahinter zu einem abgeschiedenen Refugium machten. Stattdessen lag hinter einer kahlen Hecke ein flaches rotes Backsteingebäude mit grünem Dach und strahlend weißen Fensterläden, das wunderbar in eine Wochenendhaussiedlung gepasst hätte. In einem Kiesbett vor der Hecke war ein meterhohes hölzernes T eingelassen, auf dem die Inschrift ›Kloster Esterwegen‹ prangte. Harms betrat das Klostergelände durch einen auffälligen, mehrere Meter hohen Torbogen und ging über den Hof auf die weiß umrandete Eingangstür zu. Er zog sie auf und fand sich gleich darauf in einem überschaubaren Eingangsraum wieder. Eine beinahe greifbare Stille lag in der Luft, die dezent nach Weihrauch roch. In einer mit Torf gefüllten Nische rechts neben dem Eingang standen drei Betonblöcke nebeneinander, auf denen Teelichter brannten. Ein alter Mann zündete gerade ein weiteres Teelicht an und stellte es auf einen der rechteckigen Steine. An der Wand dahinter, die von einer länglichen Leuchte in schummriges Licht getaucht wurde, waren die Strophen eines Liedes aufgedruckt worden. Harms überflog den Text, in dem die Sehnsucht nach Freiheit und Heimat mitschwang. Er handelte von den Moorsoldaten, die tagein, tagaus mit dem Spaten in die Ödnis gezogen waren, um ihre Zwangsarbeit zu verrichten. Anscheinend hatte Harms im Schulunterricht doch hin und wieder aufgepasst, denn er entsann sich, dass die Häftlinge der Emslandlager sich selbst als Moorsoldaten bezeichnet hatten.

Neugierig sah er sich weiter um und folgte schließlich einer von Wänden aus Metallmaschen gesäumten, nach unten führenden Rampe. Sie brachte ihn in einen klinisch steril wirkenden Raum, dessen Fenster ebenfalls hinter Metallmaschen lagen, wodurch er in diffuses, schwaches Licht gehüllt war. In seiner Mitte befanden sich eine Torf-Lore auf verrosteten Rädern und ein hölzernes Drehkreuz, das davor auf dem Boden lag. *Offenbar Gerätschaften, welche die Gefangenen damals zum Torfabbau verwendet haben*, dachte Harms. Ein paar längliche Holzblöcke, die als Sitzgelegenheit genutzt werden konnten, komplettierten die Ausstattung des beklemmend wirkenden Raums. Ein wenig eingeschüchtert von der Stille, dem surrealen Licht und der geschichtsträchtigen Symbolik, durchquerte Harms das Zimmer. Er gelangte zu einer weiteren Rampe, die hinauf zu einem kargen Raum führte, der auf den ersten Blick nicht mehr enthielt als einige Holzwürfel und ein großes Kreuz an der Wand, dessen helle Eichenbalken an der Schnittstelle von Feuer geschwärzt waren.

Harms war gerade am Ende der Rampe angekommen, als der Song *Eye of the Tiger* aus seinem Handy dröhnte, das in der Hosentasche steckte. Er zog es heraus und dabei rutschte es aus der Lederhülle, die er versehentlich mit der Öffnung nach unten in die Hose gesteckt hatte. Scheppernd schlitterte es über den Boden.

»Verdammter Mist«, entfuhrt es ihm, als er sich bückte, das Handy an sich nahm und es lautlos schaltete.

»Hier wird nicht geflucht. Das ist Gottes Haus!« Eine schneidende weibliche Stimme ließ ihn aufblicken. Mit in die Hüfte gestemmten Händen stand eine in einen grauen Habit gehüllte Nonne vor ihm. Harms schob das Handy zurück in das Lederetui, erhob sich und steckte es in die Hosentasche.

»Entschuldigung«, murmelte er, obwohl er sonst keineswegs so kleinlaut war. Die Nonne funkelte ihn streng an. Ihre wachen Augen waren von solch strahlendem Saphirblau wie das Meerwasser in einem mediterranen Urlaubsparadies. Um ihren Hals baumelte ein silberfarbenes Amulett, welches das von einem Kreisring eingeschlossene Taukreuz zeigte. Das Zeichen des Franziskanerordens.

»Waren Sie in der Gedenkstätte?« Ihre Gesichtszüge wurden freundlicher. Nur ein paar Krähenfüße und zarte Fältchen, die ihren sinnlichen Mund umgaben, trübten ihren makellosen, blassen Teint. Die Unterlippe ragte leicht unter der oberen hervor, was ihr einen trotzigen Ausdruck verlieh. Obwohl sie schmächtig und einen guten Kopf kleiner als Harms mit seinen eins achtzig war, strahlte sie eine solche Souveränität aus, dass er sich beinahe eingeschüchtert vorkam. Er schätzte sie auf etwa vierzig und sie zerstörte sein Weltbild. Nonnen waren für ihn bislang biedere Jungfern und gutmütige Tanten gewesen, aber keine attraktiven Frauen mit einer hohen weiblichen Anziehungskraft.

»Ja, kurz.« Er räusperte sich.

»Wollen Sie einem Angehörigen gedenken oder beten?« Sie drehte sich zur Seite und deutete einladend auf die Holzblöcke. Auf einem von ihnen lag ein aufgeschlagener Wälzer – die Bibel.

»Nein, sicher nicht.« Harms schmunzelte, als hätte die Nonne einen schlechten Witz gemacht. »Mein Name ist Harms, ich bin Privatdetektiv. Ich suche jemanden. Vielleicht können Sie mir weiterhelfen.«

Die Nonne betrachtete ihn einen Moment lang ernst. »Kommen Sie mit.« Sie wandte sich ab und führte ihn durch eine offen stehende Tür zurück in den Eingangsraum. Hier ging sie links durch einen schmalen Flur, der direkt zu einem Sitzbereich führte. Zwischen zwei schwarzen Ledersesseln stand ein schlichter Beistelltisch mit einem Blumengesteck. An der Wand darüber hing ein Kreuz mit einer kunstvoll und plastisch geschnitzten Jesusfigur. Die Nonne drehte sich zu Harms um und deutete mit einer vagen Geste auf den linken Sessel. Harms setzte sich, nahm die Kappe vom Kopf, legte sie auf seinem Schoß ab und schaute sich um. Der helle Parkettfußboden glänzte wie frisch poliert und die gegenüberliegende blütenweiße Wand schmückten zwei Bilder, die Leidensszenen Jesu Christi darstellten.

Die Nonne setzte sich ihm gegenüber. »Ich bin übrigens Schwester Bernadette. Was kann ich für Sie tun?« Sie war nicht unfreundlich, aber in ihrer samtenen Stimme schwang eine gewisse Reserviertheit mit.

Harms erklärte sein Anliegen und zeigte auch ihr das Foto von Lisa Weiß. Schwester Bernadette betrachtete es einige Sekunden lang, dann schüttelte sie den Kopf und gab ihm das Bild zurück. »Sie war nicht hier. Ein Polizist hat mich ebenfalls nach ihr gefragt. Wir sind hier zu dritt, drei Schwestern der Mauritzer Franziskanerinnen. Unser Mutterhaus ist allerdings in Münster. Nicht immer sind alle von uns da, um die Menschen durch unsere Gedenkräume zu begleiten, mit ihnen zu sprechen oder zu beten. Am Tag ihres Verschwindens war ich jedoch hier und hätte sie gesehen.« Harms nickte verdrießlich und rieb sich über die Glatze. Am anderen Ende des Flurs schlurfte eine alte Frau vorbei und sah neugierig zu ihm hinüber.

»Dann will ich Sie nicht weiter aufhalten …«

»Warum haben Sie vorhin so verächtlich geschmunzelt, als ich fragte, ob Sie beten möchten? Sind Sie nicht gläubig?«

Harms blickte ihr direkt in das hübsche Gesicht. »War ich mal, in gewissem Maße. Ich respektiere, was Sie hier tun und jeder soll glauben, was er möchte, aber für mich gibt es definitiv keinen allmächtigen Gott.«

»Was ist passiert? Sie wirken nicht nur ungläubig, sondern auch verbittert.«

Harms überlegte, ob er einfach aufstehen und sich freundlich verabschieden sollte. Bei einem solchen Gespräch würde er sich nur aufregen. Er spürte bereits, dass sein Blutdruck stieg. Trotzdem blieb er sitzen, während die Nonne ihn mit ihrem Blick fixierte. Ihre Augen wirkten nicht nur betörend, sondern auch intelligent. Er fragte sich, wie sie allen Ernstes von der Existenz irgendeines Gottes überzeugt sein konnte. »Ein paar Meter von hier entfernt befindet sich eine Einrichtung zum Gedenken an unfassbare Gräuel und einen Massenmord. Jeden Tag geschieht unzähligen Kindern auf der Welt ungeheures Leid. Und gelegentlich steigt ein drogensüchtiger Kleinkrimineller besoffen ins Auto, wird zum Geisterfahrer und löscht zusammen mit seiner jämmerlichen Existenz auch die einer herzensguten Frau und ihres siebenjährigen Sohnes aus. Meiner Frau und meines Sohnes! Wie kann Ihr Gott das zulassen?« Harms Stimme bebte, Wut pulsierte durch seine Adern.

Schwester Bernadette wandte den Blick ab und nestelte kurz am Anhänger ihres Amuletts herum, bevor sie die Hände im Schoß faltete und sich räusperte. »Die Frage der Theodizee wird uns häufiger gestellt. Das ist kein einfaches Thema, es füllt ganze Bibliotheken. Sie gehen von einem Gott aus«, sie hob eine Hand, weil Harms schon zu einer Erwiderung angesetzt hatte, »der alles geschaffen hat, jederzeit in seine Schöpfung eingreifen kann und grausam und ungerecht ist, weil er so viel Leid zulässt. Solch einen Gott lehnen Sie ab, was verständlich ist. Im Grunde ist Ihr Gottesbild aber nicht dasselbe, was das Christentum verkündet. Gott hat uns Menschen nie versprochen, dass wir ohne Leid auf dieser Welt leben können. Das Leid ist nicht etwa eine Strafe, es ist einfach ein Teil der Welt, so wie eben auch das Leben und der Tod. Glück und Erfüllung wären überhaupt nicht möglich, ohne den Kontrast durch Leid und Leere. Es ist unsere Aufgabe im Leben, das Leid zu lindern und dabei lässt uns Gott nicht allein. Er ist als Mensch«, sie deutete auf das Kreuz an der Wand hinter ihnen, »auf diese Welt gekommen und hat alles durchlebt, was auch wir Menschen durchleben. Die ganze Bandbreite der Gefühle. Gott ist in besonderem Maße bei den Leidenden und verheißt uns nach dem Tod die Erlösung. Das verspricht er uns, nicht etwa eine Welt ohne Kummer. Natürlich ist es schwer verdaulich, wenn Unschuldigen Leid widerfährt, aber auch das kann passieren Gott hat nicht gesagt, dass er das Geschehen lenkt.«

»Das ist doch Unsinn.« Harms musste seine gesamte Willenskraft aufbringen, um seine Stimme auf eine normale Lautstärke zu dämpfen. Immerhin befand er sich hier in einem Kloster und er wollte nicht den Anschein erwecken, jeden Moment auf eine Nonne loszugehen. »Wieso hat Gott denn überhaupt das Böse geschaffen? Dieser liebe, allmächtige Gott.«

»Wie gesagt: Ohne Leid gibt es auch kein Glück. Außerdem hat er den Menschen und andere Wesen mit einem freien Willen ausgestattet. Dies bedeutet, sie können Gutes tun, sich aber auch für die andere Seite entscheiden. Eines dieser Wesen war Satan, der das Böse in die Welt gebracht hat.«

Harms stand auf und knallte sich förmlich die Baseballkappe zurück auf den Kopf. »Jetzt wird es mir zu bunt, Schwester. Was für ein Gelaber von einer eigentlich intelligent wirkenden Frau wie Ihnen. Wahrscheinlich ist aber genau das der springende Punkt. Kluge Menschen, die viel nachdenken und über den Sinn des Lebens grübeln, kommen einfach nicht damit klar, dass da nichts ist. Wir führen ein Leben mit viel Leid, das mit zunehmendem Alter und Verfall immer schwerer zu ertragen ist. Da ist es natürlich praktisch, wenn nach dem Tod die Aussicht auf Erlösung und die Wonnen im ewigen Paradies warten. Sich stattdessen zu vergegenwärtigen, dass einfach die Lichter ausgehen, wie bei einer Maschine, welcher der Strom abgedreht wird, ist deprimierend. Mit einer solchen Aussicht bringt man nicht die Energie auf, Krankheiten, Trauer und Verfall lange auszuhalten. Deswegen werden von ihresgleichen hanebüchene Geschichten und Erklärungen konstruiert und die Leute klammern sich verzweifelt daran fest. Wie Äffchen an eine Liane, die sie vor dem Sturz ins Bodenlose bewahrt.«

»Sie sind so voller Zynismus und Verbitterung.« Schwester Bernadette schaute mitfühlend zu ihm auf und schüttelte kaum merklich den Kopf. »Wer an den Sohn, also Jesus, glaubt, der hat das ewige Leben. Wer dem Sohn nicht glaubt, der wird das Leben nicht sehen, sondern der Zorn Gottes bleibt über ihm. So steht es schon im Johannesevangelium.« Ihre Augen schimmerten feucht.

So schön und so verquer, schoss es Harms durch den Kopf. *Warum haben die attraktivsten Frauen eigentlich meist den größten Dachschaden?* Er wandte den Blick ab und atmete tief durch. »Danke für Ihre Zeit, Schwester. Ich muss dann mal.«

»Viel Erfolg bei Ihrer Suche. Ich würde aber nicht damit rechnen, die Frau lebend zu finden.«

Harms, der sich schon abgewandt hatte, verharrte und wandte sich der Nonne erneut zu. »Wie kommen Sie darauf?«, fragte er argwöhnisch.

»Ein Gefühl. In den umliegenden Moorlandschaften gab es schon vor Jahrtausenden Opfer- und Hinrichtungsstätten. Dann die Schrecken der Nationalsozialisten in den Konzentrationslagern. Vor Kurzem das entsetzliche Stratmann-Massaker und nun das Verschwinden der jungen Frau.«

»Ja und? Diese Dinge haben offensichtlich nicht das Geringste miteinander zu tun.«

»Diese Gegend zog das Böse bereits an, bevor die ersten Menschen das Land besiedelten. Es war nie gänzlich verschwunden und nun mehren sich die Anzeichen, dass es wieder präsent und stärker denn je ist.«

Kapitel 6

Carsten von Garrel pfiff gut gelaunt die Melodie des Evergreens *Kung Fu Fighting* aus den Siebzigern mit, der aus dem Autoradio drang. Die Scheibenwischer seines sportlichen BMW schoben im schnellen Takt die Wassermassen beiseite, die sich vom nächtlichen Himmel ergossen und den Asphalt der Landstraße im Scheinwerferlicht glänzen ließen. Das schlechte Wetter konnte Carstens Stimmung aber kein bisschen trüben.

Endlich Urlaub, richtiger Urlaub. Die Woche in den Sommerferien auf Lanzarote, mit seiner Frau Katharina und den Kindern, war zwar angenehm und weniger langweilig als befürchtet verlaufen, aber dennoch kein Vergleich zu der Zeit, die ihn erwartete. Ein Blick auf das beleuchtete Display seines Navigationsgeräts verriet ihm, dass er nur noch drei Kilometer von seinem Ziel entfernt war. Monatelang hatte er auf dieses Wochenende hin gefiebert, auf ihr *richtiges Weihnachten*, wie Andrea ihr jährliches Treffen einmal scherzhaft genannt hatte. Jedes Jahr verabredeten sie sich an einem anderen Ort, zu einer von Leidenschaft und lange unterdrückten Gefühlen befeuerten, zügellosen Orgie, nach der jeder erschöpft, aber tief befriedigt und beschwingt in seine eigene Welt zurückkehrte. Heute jährte sich dieses Treffen bereits zum zehnten Mal und sie hatten beide vor, es besonders ausschweifend zu treiben.

Die monotone weibliche Stimme des Navigationsgeräts wies Carsten an, in dreihundert Metern links abzubiegen. Er betätigte den Blinker, während eine Erektion sich gegen den Stoff seiner Designerjeans presste. *Mein gar nicht so kleiner Freund kann seine Vorfreude auch nicht mehr zügeln*, dachte Carsten erheitert und bog ab. Eine ziemlich ländliche Gegend hatte sich Andrea für ihr Techtelmechtel ausgesucht. Nachdem er wieder beschleunigt hatte, rauschten in Dunkelheit gehüllte Felder und Moorflächen an ihm vorüber. Nur gelegentlich flammten die Scheinwerfer eines entgegenkommenden Fahrzeugs auf.

Angefangen hatte ihr besonderes Arrangement nach einem Klassentreffen vor zehn Jahren. Er und Andrea waren in der Schule anderthalb Jahre ein Paar gewesen, hatten sich dann aber aus den Augen verloren. Sie hatte in Hannover eine Ausbildung begonnen, er war in Hamburg geblieben, um Immobilienwirtschaft zu studieren. Die Fernbeziehung, mit der sie es anfänglich versucht hatten, schlief schnell ein, die Zeit verstrich und irgendwann waren beide anderweitig liiert gewesen. Bei ihrem Wiedersehen loderten die Gefühle zwischen ihnen neu auf und während intensiver Gespräche stellte sich schnell heraus, dass sie beide in ihren Beziehungen nicht mehr glücklich waren. Eine Trennung kam für Andrea hauptsächlich wegen ihrer zwei kleinen Kinder jedoch nicht infrage, also entstand diese Vereinbarung. Sie hätte sich gern öfters mit ihm getroffen, aber er bestand auf einmal im Jahr. Das war seine Rache dafür, dass sie nicht alles für ihn aufgegeben hätte. Er hatte zumindest ernsthaft erwogen, seine Familie für sie zu verlassen. Mittlerweile konnte er mit ihrer Übereinkunft aber gut leben. Zwar hätte er sie auch gern öfter gesehen, aber in der Hinsicht blieb er stur. Außerdem erhöhte das die Vorfreude und garantierte, dass ihr Treffen immer einen ganz besonderen Stellenwert einnahm.

Das Navigationsgerät verkündete, dass sich sein Ziel in fünfhundert Metern auf der rechten Seite befand. Carsten verringerte das Tempo, passierte ein hell erleuchtetes Haus und fuhr weiter auf der von kahlen Bäumen umsäumten Straße. Als er das Radio ausstellte, vernahm er den Regen, der auf das Autodach trommelte. Langsam bog er auf die Einfahrt ab, die zu dem von Andrea gemieteten Ferienhaus gehörte. Sein Puls beschleunigte sich, als er ihren roten Ford Focus vor der Garage erblickte. Er parkte daneben. Im Obergeschoss des Hauses hatte er einen schwachen Lichtschein ausgemacht. Sie wartete wie vereinbart bereits auf ihn. Er stellte den Motor ab und holte mit einem Grinsen im Gesicht tief Luft. Die Glückshormone in seinem Bauch tanzten Salsa. Nachdem er die Innenraumbeleuchtung angeschaltet hatte, kontrollierte er sein Erscheinungsbild im Spiegel. Für seine zweiundvierzig Jahre hatte er sich gut gehalten: Die dunkelblonden kurzen Haare wiesen noch keinen Ansatz von Grau auf und nur wenige Falten prägten sein sonnengebräuntes Gesicht. Hinter der modischen Brille mit dem schwarzen Gestell leuchteten seine blauen Augen wie die eines kleinen Jungen vor der Bescherung.

Carsten beugte sich zu der Reisetasche hinunter, die auf dem Beifahrersitz stand, und holte eine Flasche Whiskey daraus hervor. Er drehte sie auf und gönnte sich einen großen Schluck. Der kräftige schottische Whiskey entfachte eine Explosion in seinem Mund, die nach Rauch und Torf schmeckte, gefolgt von einem Brennen in der Kehle. Eine wohltuende Wärme breitete sich augenblicklich in seinem Inneren aus. Er gönnte sich einen weiteren Schluck und spürte, wie die Entspannung ihn gänzlich erfüllte. Fröhlich vor sich hin summend, zog er den Zündschlüssel und verharrte einen Moment. Die Reisetasche würde er später holen, aber den Whiskey würde er mitnehmen. Er griff nach einer kleinen Plastiktasche, die er im Fußraum deponiert hatte, und steckte die Flasche zu den anderen Utensilien darin.

Anschließend verließ er das Auto, schob den Schlüssel in seine Hosentasche und genoss für einen Moment die klare Luft, in welcher der würzige Duft von nassem Laub lag. In Seelenruhe ging er durch den strömenden Regen den gepflasterten Weg entlang, der zwischen der Hausfassade und einem Blumenbeet verlief und zu einer kleinen Veranda führte. Eine Außenwandleuchte verströmte spärliches Licht. Carsten bückte sich und tastete hinter einem konischen Pflanzkübel den Boden ab, bis er den kühlen Edelstahl eines Schlüssels ertastete, den er aufhob. Er schloss damit die Tür auf, trat ein und lauschte. Nichts als Stille. Vor ihm erstreckte sich der weiß geflieste Flur in das dunkle Haus hinein. Direkt links neben dem Eingang befand sich eine helle Keramiktreppe. Er schloss die Tür hinter sich und ging, ohne

Licht einzuschalten, die Stufen hinauf. Oben fand er sich in einem weiteren Flur wieder, von dem mehrere Räume abgingen. Aus einer halb geöffneten Tür am Ende des Flurs drang spärliches Licht.

Carsten leckte sich über die Lippen und sein Herz trommelte wild, während er sich dem Raum näherte. Lange hatten sie sich nicht gesehen und gleich würden sich Sehnsucht, Begierde und angestaute Lust endlich wieder in ihr entladen. Sie würden miteinander verschmelzen, die Zeit vergessen und sich hemmungsloser Lust hingeben. Die Tür knarrte leise, als er sie weiter aufschob und eintrat. Der unspektakulär eingerichtete Raum mit dem hellen Holzfußboden wurde von einem imposanten Säulenbett aus dunklem Mahagoni dominiert. Die Säulen verfügten über geschnitzte Zierelemente und verliefen im oberen Bereich spiralförmig bis zu einer phallusartigen Spitze. Das Bett war leer, die weiße Decke zurückgeschlagen. Eine Stehlampe in einer Ecke spendete gemütliches Licht. Zwei Nachttische und eine Kommode, über der ein austauschbares Landschaftsporträt hing, stellten die restliche Ausstattung dar.

Wo ist sie denn?, fragte sich Carsten gerade, als ein freudiges Miauen ertönte. Andrea, eine einundvierzigjährige schlanke und kleine Frau, kam nackt und auf allen vieren krabbelnd um das Bett herum auf ihn zu. Ihre kurzen braunen Haare waren komplett unter einer schwarzen Katzenmaske aus Latex verborgen, die mit ihren spitzen Ohren an Catwoman erinnerte. Durch die weiten Öffnungen der Maske strahlten Andreas' stark geschminkte grüne Augen mit dem knalligen Rot ihrer

Lippen um die Wette, über die sie sich lasziv leckte. In ihrem Hintern steckte ein Analplug mit einem geschwungenen flauschigen Katzenschwanz aus Kunstfell. Ihre langen Fingernägel waren, wie auch die Zehennägel, schwarz lackiert. Zwei Meter von Carsten entfernt verharrte sie, schaute ergeben zu ihm hoch und miaute erneut. Ihr sinnlicher Mund und die zwischen den Armen schwingenden Brüste waren so verführerisch wie köstliche reife Früchte, die er nur noch pflücken musste, um ihre himmlische Süße zu kosten. Das Blut pumpte in Carstens Schwanz, der schmerzhaft gegen die Hose drückte. Er legte die Plastiktüte auf die Kommode, zog sein Sakko aus und ließ es achtlos zu Boden gleiten.

»Seraphina, meine Süße.« Freudestrahlend trat er auf seine Freundin zu, ging in die Hocke und streichelte ihr über den Kopf. Verspielt reckte sie ihm ihr Gesicht entgegen und schmiegte es an seine Hand, während sie ausgedehnt miaute. Sie schleckte über seine Hände, krabbelte näher an ihn heran und leckte mit ihrer feuchten Zunge über seine Wangen und Lippen. Er genoss ihre Zuwendung und hätte sie am liebsten minutenlang geküsst, was jedoch gegen ihre Regeln verstoßen würde. Sie hatte mit diesem Petplay vor drei Jahren angefangen und auch wenn er es größtenteils albern fand, gönnte er ihr den Spaß. Außerdem mochte er ihre devote Haltung und fand das Katzenoutfit sexy. Auf das Geschlecke, Miauen und weitere Komponenten des Spiels hätte er zwar verzichten können, aber nach dem Kasperletheater konnte er sie ausgiebig ficken, also war alles gut. Als sie ihm über die Nase leckte, wich er lächelnd zurück und streichelte ihre Schulter, woraufhin sie ein anhaltendes, lang gezogenes »Rrrr« von sich gab, womit sie Schnurren imitierte.

»Ich hab dir was mitgebracht, mein süßes Kätzchen.« Carsten erhob sich, trat vor die Kommode und holte aus der Plastiktasche eine Flasche Milch und einen Edelstahlnapf hervor. Er füllte Milch in den Napf und wandte sich wieder seiner Freundin zu. Die lag jetzt auf dem Rücken und rekelte sich. Durch ihre weit gespreizten Gliedmaßen gewährte sie ihm einen ungehinderten Ausblick auf ihre rasierte Spalte, was seine Erektion noch verstärkte. Er leckte sich gierig über die Lippen und bückte sich, um den Napf auf dem Boden abzustellen.

»Komm her, du geile Pussy, hier hast du deine Milch.« Mit einer gekonnten Umdrehung rollte sich Seraphina, wie Andrea in ihrer Katzenrolle genannt werden wollte, zurück auf den Bauch. Freudig miauend krabbelte sie zu dem Napf, näherte sich mit dem Gesicht der Milch und schleckte begehrlich die weiße Flüssigkeit. Carsten stieg währenddessen aus seinen Schuhen und zog seine Jeans aus. In Sekundenschnelle entledigte er sich auch seines Shirts und der Unterhose. Nackt und mit einem stattlichen Ständer sah er seiner Freundin beim Auflecken der Milch zu. Er war eins fünfundachtzig groß und hatte eine sportliche Figur, auf die er stolz war. Die meisten seiner etwa gleichaltrigen Freunde hatten einen Bierbauch längst als natürliches Merkmal verblichener Jugend akzeptiert.

»Komm jetzt zu Herrchen. Sei ein liebes Kätzchen.« Ruckartig drehte Seraphina ihm den Kopf zu, leckte sich die Milch von den Lippen und miaute. Sie krabbelte lächelnd auf ihn zu. Das Weiß ihrer Zähne bildete einen ansprechenden Kontrast zum Rot der Lippen. Als sie sich auf die Knie begab, lockerte sie die Regeln ihres Petplays und wurde wieder vorrangig zu einer Frau. Mit einem entzückten Gesichtsausdruck betrachtete sie Carstens Schwanz, bevor sie ihn mit einer Hand umfasste und einige Sekunden massierte. Die Berührung und der Anblick ihrer schwarzen Krallen und der roten Lippen entfachten einen Rausch der Endorphine in Carsten. Wohltuende Lustgefühle strömten durch seinen Körper, als sich ihre Lippen um seinen Schwanz schlossen und sie ihren Kopf erst langsam und dann immer schneller vor- und zurückbewegte. Laut aufstöhnend und mit geschlossenen Augen fasste er an ihren Hinterkopf, spürte das kühle Latex der Maske an seinen Fingern und zog ihren Kopf näher zu sich heran, um tiefer in sie zu stoßen. Sie wimmerte leise, während sie sich ergeben in den Mund ficken ließ und sein hartes Glied mit Lippen und Zunge stimulierte. Als Carsten sich einem gewaltigen Orgasmus näherte, zog er seinen Schwanz aus ihrem Mund und zerrte sie auf die Beine. Er schubste sie auf das Bett und kniete sich hinter sie auf die mit einem dunklen Laken bespannte Matratze. Sie ging auf alle viere und er zog unsanft an dem Katzenschwanz, woraufhin sich der konisch geformte Analplug aus ihrem Arsch löste. Sie stieß einen überraschten, hohen Schrei aus, dem ein tiefes Stöhnen folgte, als Carsten seinen voll erigierten Schwanz in ihrem Arschloch versenkte, sie an den Hüften packte und heftig zustieß. Die Pobacken ihres prallen weißen Arsches wackelten rhythmisch unter seinen Stößen und ihr lautes und kehliges Stöhnen wurde hin und wieder von spitzen Schreien unterbrochen, wenn er seinen Schwanz mit maximaler Intensität bis zum Anschlag in sie stieß. Sie hatte ihren Kopf zur Seite gedreht und ihr Gesicht in die Matratze gedrückt. Carsten erhöhte das Tempo und rammelte sie wie von Sinnen, befeuert von ihrer absoluten Hingabe und ihrem inzwischen hohen Wimmern. Seine Muskeln spannten sich an, als sich seine Lust in einem intensiven Orgasmus entlud. Außer Atem pumpte er sein Sperma in ihren Arsch und genoss die Glücksgefühle, die seinen Körper in konzentrischen Wellen durchfuhren. Schließlich zog er seinen Schwanz langsam aus ihrem Arschloch, aus dem augenblicklich sein weißes Gold sickerte.

Befriedigt legte er sich neben Andrea auf den Bauch und schaute sie an. Dem Lächeln auf ihren Lippen und dem Glanz in ihren Augen nach zu urteilen, war auch sie zum Orgasmus gekommen. Carsten merkte erst jetzt, wie sehr er schwitzte. Glücklich lächelte er seine Freundin an und gab ihr zum ersten Mal an diesem Tag einen richtigen Kuss. Als er eine Hand zu ihrem Gesicht führte, um sie zu streicheln und ihr die Maske abzunehmen, schepperte es lautstark und er erstarrte erschrocken. Überrascht drehten er und Andrea synchron ihre Köpfe in Richtung der Kommode. Das Bild darüber war von der Wand gefallen und hinter das Möbelstück gerutscht.

Ein entferntes Geräusch ertönte, das klang, als wäre im Untergeschoss Glas zerborsten. Er und seine Geliebte tauschten einen verwirrten Blick. Darüber verärgert, dass die entspannten Momente nach dem Sex dahin waren, richtete sich Carsten auf, um nachzusehen, was los war.

Kapitel 7

Die Gaststätte lag gegenüber der Esterweger St. Johanneskirche und trug passenderweise den Namen *An de Kark*. Mit knurrendem Magen betrat Harms mit seinem Notebook in der Hand die schummrig beleuchtete Wirtsstube, in der es nach Frittierfett, Möbelpolitur und Alkohol roch. Im Hintergrund dudelte leise Popmusik. Dem Eingang gegenüber befand sich eine dunkelbraune Holztheke, hinter welcher der Wirt, ein Mann mittleren Alters mit zerzausten grauen Haaren und Brille, gerade ein Bier zapfte.

»Moin«, grüßte er freundlich. Harms erwiderte den Gruß und wandte sich nach rechts, wo es einige Sitzgelegenheiten gab. Er wählte gewohnheitsgemäß einen Platz in der Ecke am Fenster, von wo aus er einen guten Überblick hatte. Nachdem er das Notebook auf den Tisch gestellt hatte, zog er seine Lederjacke aus, hängte sie über die Stuhllehne und setzte sich. Außer ihm waren nur ein paar weitere Leute anwesend. An der Theke klammerten sich zwei ältere Männer so routiniert an ihre Biergläser, dass es sich bei ihnen nur um regelmäßige Kneipengänger handeln konnte. Harms schräg gegenüber saß ein junges Paar beim Essen und auf der anderen Seite des Raums vergnügten sich einige Leute beim Billardspielen und an einem Flipperautomaten.

Harms griff nach einer Speisekarte, blätterte durch die laminierten Seiten und überflog die darauf aufgelisteten Gerichte.

»Haben Sie sich schon entschieden?« Er sah auf und blickte in das lächelnde Gesicht der Bedienung, deren mandelförmige Augen ihr ein leicht exotisches Aussehen verliehen.

»Den Texas-Burger und eine Cola bitte.« Er klappte die Karte zu und legte sie beiseite.

»Bringe ich Ihnen gleich«, sagte sie und ging flotten Schrittes in einen Bereich hinter der Theke. Harms klappte sein Notebook auf, ließ es hochfahren und klickte sich zu seinem E-Mail-Postfach durch. Über die App seines Mailanbieters hatte er unterwegs gesehen, dass seine Freundin bei der Polizei fleißig gewesen war. Harms öffnete ihre Mail und die Anhänge zum Fall Lisa Weiß und begann zu lesen. Als die Bedienung seine Cola brachte und das Glas auf einen Bierdeckel neben ihm abstellte, sah er kurz auf und bedankte sich. Anschließend vertiefte er sich wieder in die Auszüge aus der Akte, während er sich mit der Seite seines Zeigefingers über die Lippen strich. Hin und wieder hob er überrascht die Augenbrauen.

Die Polizei bewertete das Verschwinden der jungen Frau bisher lediglich als Vermisstenfall, weil es keinerlei Hinweise gab, dass es zu einem Kapitalverbrechen gekommen war. Eine ausgedehnte Suchaktion war ergebnislos verlaufen. Die Beamten hatten beim Durchkämmen der großflächigen Wald- und Moorgebiete rund um Esterwegen sogar Wärmebildkameras eingesetzt. Interessant fand Harms, dass Lisa Weiß einige Tage vor ihrem Verschwinden von ihrem Freund verlassen worden war und am Tage ihres Ausflugs nach Esterwegen dreihundert Euro von ihrer Bank in Oldenburg abgehoben hatte. Davon hatte ihre Schwester kein Wort gesagt, doch zumindest über Lisas Liebesleben musste sie Bescheid wissen, wenn sich die Zwillinge so nahestanden.

Harms nippte an seiner Cola und genoss, wie sie im Mund prickelte.

Womöglich ist der Kleinen nach den deprimierenden Eindrücken in der Gedenkstätte alles zu viel geworden und sie ist einfach ausgebüxt, dachte Harms. Allerdings hatte die Polizei alle Bus- und Taxifahrer, die am Tag ihres Verschwindens in der Gegend tätig gewesen waren, einer Befragung unterzogen und keiner konnte sich an sie erinnern. Vielleicht war sie getrampt. Er hatte schon öfter Anhalter an der Küstenkanalstraße stehen sehen. Falls sie über die Grenze in die Niederlande verschwunden war, würde es nicht einfach werden, sie ausfindig zu machen. Da käme noch einiges an Arbeit auf ihn zu. Jedenfalls war ein freiwilliges Verschwinden die naheliegendste Erklärung, auch wenn er andere Möglichkeiten weiterhin in Betracht zog. Harms hoffte, dass Lisa einfach wiederauftauchen würde, wenn sie ihr gewohntes Umfeld vermisste.

»So, Ihr Essen!« Die Bedienung war an seinen Tisch zurückgekehrt. Harms räumte sein Notebook beiseite, woraufhin sie den Teller mit dem Burger und den

Steakhouse Fries vor ihm abstellte. »Guten Appetit!«, wünschte sie mit freundlichem Lächeln.

Harms bedankte sich und leckte sich gierig über die Lippen. Ein Holzstock, der an einen überdimensionalen Zahnstocher erinnerte, steckte in dem Burger und hielt ihn trotz seiner stattlichen Größe zusammen. Er war mit einem wunderbar dicken Patty belegt, von dessen Rändern Fett und Barbecue-Sauce heruntertropften.

Food Porn at its best, dachte Harms, der ein großer Freund von amerikanischem Essen und auch dem Land an sich war. Bereits mehrere Male hatte er in den Staaten Urlaub gemacht, war mit dem Mietwagen von Motel zu Motel gereist und hatte sich Footballspiele und Sehenswürdigkeiten angeschaut. Beim letzten Mal war seine Frau dabei gewesen und sie hatten eine Busrundreise durch den Osten unternommen. Harms verscheuchte die Erinnerung, wie sie fröhlich vor den Niagarafällen posiert und der Reiseleiter ein Foto von ihnen geschossen hatte.

Er biss in den Burger. Die Kombination von saftigem Rindfleisch, Rucola, roten Zwiebeln, Tomaten, würzigem Bacon, aromatischem Cheddar und rauchiger Barbecue-Sauce entfachte einen Orgasmus in seinen Geschmacksnerven. Die goldgelben Steakhouse Fries ergänzten das kulinarische Erlebnis perfekt. Harms schaufelte das Essen nur so in sich hinein. Einmal schaute er zur Seite und fing den verstohlenen Blick der perfekt geschminkten jungen Frau am Nachbartisch auf, deren Figur Modelmaße aufwies. Er formte aus Daumen und Zeigefinger seiner rechten Hand einen Kreis, woraufhin sie schnell den Blick abwandte und auf den Salatteller vor sich schaute. *Tja Mädel, wer schön sein will, muss leiden!*

Nachdem er aufgegessen hatte, begab er sich an den Tresen und bestellte ein Bier als Nachtisch. Während der Wirt ein Glas unter die Zapfanlage hielt, holte Harms sein Portemonnaie hervor und zog das Foto von Lisa Weiß heraus.

»So, zum Wohl.« Der Wirt legte mit routinierten Bewegungen einen Bierdeckel vor Harms auf die Theke und stellte das Pils mit seiner verlockenden Schaumkrone darauf ab.

»Danke Ihnen. Haben Sie diese Frau vielleicht schon mal gesehen?« Er hielt dem Wirt das Bild hin und der dünne Mann warf einen teilnahmslosen Blick darauf.

»Nur in der Zeitung«. Er hatte sich schon wieder abgewandt und griff nach einem Geschirrtuch.

»Was ist mit Ihnen?« Zwei Plätze rechts von Harms hielt sich ein älterer Mann mit längeren grauen Haaren und Rauschebart an seinem Bierglas fest. Harms beugte sich zu ihm und zeigte ihm das Foto. Seine aufgedunsene, von roten und blauen Äderchen durchzogene Knollennase und die geröteten Augen wiesen den Mann als regelmäßigen Trinker aus.

»Hübsches Ding«, lallte er und starrte weiter auf das Bild. »Kenne ich leider auch nur aus der Zeitung.«

Harms steckte das Foto zurück in sein Portemonnaie und schob es in die Hosentasche. Er trank einen Schluck Bier und genoss den frischen, herben Geschmack des Gerstensaftes.

»Ist aber keine Überraschung, dass sie hier verschwunden ist, das süße Schnittchen. Gefährliche Gegend hier«, sagte der Alte. Der Wirt, der damit beschäftigt war, ein Glas zu polieren, schaute Harms an und schüttelte den Kopf. ›Hören Sie nicht auf sein Geschwätz‹, sagte sein Blick.

»Wieso das?« Harms leerte sein Glas in großen Schlucken und hielt es dem Wirt hin, damit der es auffüllte. *»Du musst noch Autofahren«,* meldete sich eine innere Stimme. *»Zwei Bier sind nichts«*, entgegnete Harms in Gedanken.

»Gib mir auch noch eins, Jupp.« Der Alte schob sein leeres Glas in Richtung des Wirts und wandte sich Harms zu, sichtlich erfreut, einen Gesprächspartner gefunden zu haben. »Kennen Sie nicht die Geschichte, von der hier jedes Kind weiß?«

»Erzählen Sie doch mal«, sagte Harms, dessen Laune nach dem guten Essen und dem Bier langsam stieg. Der Wirt stellte ihnen frisch gezapfte Biere hin. Der Alte nahm sein Glas und prostete Harms zu. Der erwiderte die Geste und gönnte sich einen Schluck.

»In einer eisigen Dezembernacht hat sich einst ein Mann mit seinen zwei Söhnen in dem riesigen Hochmoorgebiet hier im Emsland verirrt. Als die Dämmerung einbrach und seine Beunruhigung wuchs, erblickte er in der Ferne das Licht eines Hauses. Dort angekommen bat er um etwas Essen und ein Lager für die Nacht. Aber er wurde an der Tür abgewiesen und so erging es ihm auch bei zwei weiteren Häusern.«

»Moment, Moment«, unterbrach Harms. »Wieso hat er sich nicht einfach ein Taxi rufen lassen?«

»Im Mittelalter gab es noch keine Taxis.« Der Alte sah ihn aus seinen verwässerten blauen Augen an, als wäre er nicht ganz bei Trost.

Harms lachte, verdrehte die Augen und trank Bier. Selbst schuld, dass er sich nun eine alte Märchengeschichte anhören musste, er hatte ja danach gefragt.

»Inzwischen war die Nacht angebrochen und der Mann lief immer noch mit seinen Kindern durch das Moor. Er verfluchte die Menschen für ihre Hartherzigkeit. Irgendwann legten sich die drei völlig entkräftet auf dem Moordamm nieder, wo man sie am nächsten Tag erfroren fand.«

»Traurige Sache«, kommentierte Harms lapidar und bestellte noch ein Bier.

»Die Geschichte geht ja noch weiter.«

Oh bitte nicht, dachte Harms und grinste.

»Wenn die Sonne langsam untergeht und Nebel aufkommt, treibt dieser Mann seitdem als ruheloser Moorgeist sein Unwesen. Er erhebt sich aus den wabernden grauen Massen, lässt sich von den Winden treiben und schwebt über der Landschaft und den Siedlungen. Regelmäßig legt sich seine Nebelhand auf eines der Häuser und dann …« Der Alte machte eine bedeutungsvolle Pause.

Harms schlürfte die Krone von seinem dritten Bier, das ihm der Wirt gerade hingestellt hatte. *»Du trinkst zu viel und zu schnell«,* mahnte seine innere Stimme. *»Man* *gönnt sich ja sonst nichts*«, erwiderte Harms gedanklich. »Und dann?«, fragte er den Alten nicht unfreundlich.

Der schaute ihn todernst an. »Wo seine Nebelhand sich auf ein Haus legt, klopft bald der Tod an und nimmt sich ein Kind. Das ist der Fluch, der auf dem Moor lastet. So erzählen es die Moorbauern seit Generationen.«

»Schaurig«, sagte Harms ohne Sarkasmus und blickte zu der schlichten Wanduhr, die über der Eingangstür neben einem künstlichen Hirschkopf hing. »Für mich wirds Zeit. War nett mit dir. …? Er sah den Alten fragend an.

»Willi.«

»Willi, ich bin Harms. Machs gut.« Er klopfte dem Mann, der freudig lächelte und die strahlend weißen Zähne einer Prothese aufblitzen ließ, kameradschaftlich auf die Schulter. Anschließend kippte er den Rest seines Biers hinunter, bezahlte beim Wirt die Rechnung, holte seine Sachen und verabschiedete sich.

Draußen vertrieb die frische Abendluft den aufgekommenen Alkoholnebel in seinem Kopf und Harms ärgerte sich, dass aus einem Bier schon wieder drei geworden waren. Er eilte durch den Nieselregen, vorbei am Kirchturm, der als dunkle Silhouette in den Nachthimmel ragte, zu seinem Wagen.

Die Gemeinde Esterwegen war ein staatlich anerkannter Erholungsort, der sich als ›grüne Insel im Moor‹ anpries und rund fünftausend Menschen als Heimat diente. *Eigentlich verwunderlich, dass sich Spukgeschichten um das Dorf ranken und die Nonne es sinngemäß als Hort des Bösen bezeichnet hat*, dachte Harms, während er an schnuckligen

Häusern vorbeifuhr, deren gepflegte Gärten ihm vorhin bei Tageslicht aufgefallen waren. Intakte Straßenlaternen beleuchteten die Bürgersteige, auf denen sich nicht wie in vielen anderen Orten frustrierte Jugendliche herumtrieben, die nur darauf warteten, irgendwelchen Unsinn zu machen. Hier kannte jeder jeden. Man grüßte sich mit einem freundlichen Moin und die Frühstücksbrötchen wurden morgens noch beim Bäcker statt beim Discounter gekauft, allein schon, um den neusten Dorftratsch zu erfahren. Sonntags gingen die meisten Leute, wie auch in vielen anderen katholisch geprägten Orten der Region, brav in den Gottesdienst, wie es ihre Eltern und Großeltern vorgemacht hatten. Die umliegende Landschaft aus Wald, Heide und Moor zog an schönen Tagen Naturliebhaber und Erholungssuchende an, konnte bei schlechtem Wetter und in der Dunkelheit aber auch unheimlich sein.

Harms hatte den Ortskern hinter sich gelassen. Dünne Nebelschwaden zogen über die regennasse Landstraße, die wie ausgestorben wirkte. Im Wageninneren merkte Harms die Wirkung des Alkohols wieder in Form einer wohligen Lethargie. Er summte leise vor sich hin, schaute zum Autoradio und stellte es an. Als sein Blick wieder auf die Fahrbahn glitt, glühte zwanzig Meter vor ihm ein Augenpaar am Rande des Scheinwerferkegels auf. Harms trat fest auf die Bremse, Reifen quietschten und er wurde in den Gurt gepresst. Das Auto kam schlitternd zum Stehen. Aus der Dunkelheit löste sich ein großer Körper und trat auf die Straße. Die Kopf-Rumpf-Länge des Tieres maß bestimmt anderthalb Meter, seine Vorderbeine waren länger und kräftiger als die Hinterbeine, wodurch der Rücken leicht nach hinten abfiel. Ein langer muskulöser Hals ging in einen wuchtigen gewölbten Schädel mit einer breiten Schnauze und rundlichen Ohren über. Das gelbbraune und dunkel gefleckte Fell war vom Kopf bis zum Rücken hin wie ein Irokesenkamm aufgerichtet. Harms blinzelte verwundert und fragte sich, ob seine Sinne ihm einen Streich spielten. Das Tier sah aus wie eine Hyäne. Es stand etwa fünf Meter vor ihm mit im Scheinwerferlicht funkelnden Augen und zog seine Lefzen zurück. Elfenbeinfarbene Zähne schimmerten im Scheinwerferlicht. Mit den langen scharfen Eckzähnen erinnerte das Gebiss des Tieres an einen Säbelzahntiger. Harms saß gebannt in seinem Autositz und drückte kurz auf die Hupe, was das Tier quittierte, indem es die Lefzen noch weiter zurückzog. Es blieb stehen und drehte sich zur Seite, die Augen weiterhin mitten ins Scheinwerferlicht gerichtet. Harms war sich aber sicher, dass es ihn sah. Es musste ein Hund oder ein Wolf sein, aber die imposante aufgerichtete Rückenmähne und das Maul wiesen eindeutig auf eine Hyäne hin. Das Tier senkte den Kopf wie ein Stier, der zum Angriff übergehen wollte, und trottete langsam und mit geschmeidigen Bewegungen ins Gebüsch am Rande der Straße. Harms rieb sich über die Augen, bevor er in den ersten Gang schaltete und weiterfuhr.

Kapitel 8

»Was hast du vor?« Andrea stützte ihren Kopf auf einer Hand ab und blickte Carsten hinterher, der vom Bett aufstand und nach seiner Hose griff.

»Ich geh mal nachschauen, was das unten für ein Geräusch war.« Ohne Shorts war Carsten in seine Jeans geschlüpft, die er jetzt zuknöpfte.

»Lass mich nicht so lange allein, Schatz. Ich will jede Sekunde mit dir auskosten.« Andrea leckte sich lasziv über die Lippen und ließ ihre Hand zwischen ihre Schenkel wandern.

»Ich beeile mich.« Carsten stieg in seine Schuhe und packte sein T-Shirt, das er im Rausgehen überzog. *Das war ein richtig guter Fick! Kurz aber heftig*, dachte er, während er durch den Flur zur Treppe ging und diese hinunterstieg. Er hatte einen intensiven Orgasmus erlebt und hätte nichts dagegen, gleich weiterzumachen.

Unten angekommen, tastete er nach einem Lichtschalter neben der Haustür und als er diesen fand und betätigte, erwachte eine Deckenlampe in der Diele zum Leben. Während er durch den Flur schritt, huschte sein Blick über eine leere Wandgarderobe, einen großen Spiegel und einen schmalen Beistelltisch, auf dem ein Telefon stand. Ein Klappern ertönte und ließ ihn kurz innehalten. Es kam von irgendwo vor ihm. Langsam setzte er sich wieder in Bewegung, passierte zwei verschlossene Türen und erreichte einen Durchgang, der ins

Wohnzimmer führte. Davor ging es links in die Küche ab.

Er betrat das Wohnzimmer und tastete vergeblich nach einem Lichtschalter. Das Licht, das aus dem Flur hereinfiel, reichte aber aus, um sich zu orientieren. Im Zwielicht zeichneten sich die Umrisse einer Couchgarnitur, eines großen Flachbildfernsehers und diverser Wandmöbel ab. Da war wieder dieses monotone Klappern. Carsten horchte mit gespannten Sinnen und trat langsam weiter in den Raum hinein. Links von sich bemerkte er an der rückwärtigen Wand eine raumhohe Terrassentür, deren einer Flügel einen Spalt breit offen stand und geradezu schwang, was das Klappern verursachte. Im anderen Türflügel klaffte ein Loch, etwa in der Größe eines Fußballs, in der Fensterscheibe. Auf dem Fliesenboden davor leuchteten Glasscherben im Mondlicht.

Carsten schluckte und sein Herzschlag beschleunigte sich, während er sich der Terrassentür näherte. Es knirschte leise unter seinen Schuhen, als er auf einige Scherben trat. Alles deutete darauf hin, dass jemand ein Loch in das Fenster geschlagen hatte, um hindurchzugreifen und die Tür zu öffnen. Ein ängstliches Kribbeln kroch seine Wirbelsäule hinauf. Wesentlich entschlossener, als er sich fühlte, packte er den Griff der Tür und schloss sie. Angespannt verharrte er und lauschte. Die Stille wurde lediglich durch das Ticken einer Uhr unterbrochen, die sich irgendwo im Wohnzimmer befand.

Carsten trat ein paar Schritte vom Fenster zurück und drehte sich um die eigene Achse, während die Gedanken durch seinen Kopf flogen. Befand sich der Eindringling noch im Haus? *Höchstwahrscheinlich*, beantwortete er sich die Frage selbst, denn seit dem Zerbersten der Scheibe war noch nicht viel Zeit vergangen. War es überhaupt ein Eindringling oder waren es mehrere? Handelte es sich um Einbrecher, die auf schnelles Diebesgut aus waren oder um zu allem bereite Verbrecher, die lästige Störenfriede beseitigten, ohne mit der Wimper zu zucken? Carstens Blick durch das Loch im Fenster auf die Veranda, wo sich die dunklen Umrisse von Gartenmöbeln und Sträuchern im Hintergrund abzeichneten.

Plötzlich war ihm, als hätte er in der Fensterscheibe etwas gesehen. Die Luft anhaltend machte er unwillkürlich einen Schritt darauf zu. War das ein Gesicht? Der senkrechte dunkle Schlitz als Mund und die darüber liegenden schräg stehenden Augenöffnungen ergaben zusammen eine Y-Form. Der Rest des Gesichts, wenn es eines war, erschien einige Nuancen heller als undefinierte Masse und war von einer Kufiya umhüllt – einer Art Turban. Panisch wirbelte Carsten herum. Außer ihm schien niemand im Raum zu sein. Als er wieder zum Fenster blickte, war das Gesicht verschwunden. Er blinzelte ungläubig. Eigentlich hatte er nicht zu viel getrunken. Wahrscheinlich hatten ihm seine angespannten Sinne einen Streich gespielt. Carsten gestattete sich ein leichtes Durchatmen, war aber nach wie vor hochkonzentriert. Leise bewegte er sich auf den Durchgang zum Flur zu, jederzeit damit rechnend, plötzlich einem Eindringling gegenüberzustehen. Er war ein sportlicher Mann und konnte sich seiner Haut erwehren, aber was war, wenn sein Widersacher eine Waffe hatte? Darüber wollte er lieber nicht nachdenken. Das hatte allerdings schon sein Instinkt übernommen, denn im Flur bog er zur Küche ab, wo er beabsichtigte, sich ein Messer zu schnappen. Einen halben Meter vor der offen stehenden Küchentür verharrte er. Vielleicht lauerte da drin hinter der Ecke jemand auf ihn.

Er schluckte seine Angst hinunter und schob sich in den Raum. Noch ein kurzes Durchatmen. Die Lichtverhältnisse reichten aus, um zu erkennen, dass keine menschliche Silhouette in dem überschaubaren Raum zu sehen war, die nur darauf wartete, sich auf ihn zu stürzen. Kurz erwog Carsten, das Licht anzuschalten, ließ jedoch von dem Vorhaben ab und trat auf die Küchenzeile zu. Carsten öffnete die erstbeste Schublade, darauf achtend, keinen unnötigen Lärm zu machen. *Ich hätte doch besser das Licht anschalten sollen,* überlegte er. Denn nun, wo er direkt vor der Schublade stand, konnte er nicht sehen, was sich darin befand. Er fasste hinein und seine Finger glitten über verschiedene Küchenwerkzeuge und umfassten schließlich einen kühlen Kunststoffgriff. Carsten trat einen Schritt zur Seite, um im aus dem Flur einfallenden Licht erkennen zu können, um was es sich handelte. In diesem Moment spürte er ein merkwürdiges Kribbeln im Nacken und fühlte sich beobachtet. Blitzschnell warf er einen Blick über die Schulter, als ihn bereits jemand an der Kehle packte und sie mit unbändiger Kraft zudrückte. Carstens Finger lösten sich von dem Küchenwerkzeug, sein Körper verkrampfte und er röchelte, im verzweifelten Bemühen, Luft zu holen. Alles geschah so schnell, dass seine Gedanken dem Geschehen kaum folgen konnten. Einen Herzschlag später sah er eine trübe bläuliche Gasflamme auf dem Herd auflodern. Seine Panik wollte sich in einem Schrei entladen, was ihm wegen des Schraubstockgriffs um seine Kehle nicht gelang. Plötzlich wurde er losgelassen. Carsten japste nach Luft, als sein Gegner bereits nachsetzte und Carstens Kopf mit dem Gesicht voran auf die Herdplatte schlug. Höllische Schmerzen durchfuhren ihn augenblicklich. In Todesangst setzte Carsten alles daran, seinen Kopf zu heben, weg von dem siedend heißen Untergrund, aber er wurde mit solcher Kraft hinuntergedrückt, dass es sich anfühlte, als wäre er darauf festgetackert. Carsten konnte weder atmen noch schreien und die brennenden Qualen fühlten sich an, als wäre sein Gesicht in ein Nagelkissen gedrückt worden. Die Schmerzen und der gewaltige Schock waren zu viel für seinen Körper, sodass ihn nach einigen Sekunden die Barmherzigkeit der Bewusstlosigkeit überkam. So spürte Carsten weder, wie sein Kopf aus der Gasflamme herausgerissen wurde, noch hörte er das wenig später einsetzende Rattern des elektrischen Messers, das er noch kurz zuvor selbst in der Hand gehalten hatte. Die motorbetriebene Doppelklinge glitt mit ihren scharfen Zähnen durch Carstens Hals wie durch die zarte Haut einer Forelle beim Filetieren. Das Blut spritzte aus seiner Halsschlagader wie das Wasser aus einem einbrechenden Staudamm. Als sein Kopf abgetrennt war und wie ein unförmiger Ball achtlos zu Boden purzelte, bekam Carsten auch davon nichts mit. Allerdings schienen seine versengten toten Augen anklagend zu der dunklen Gestalt aufzublicken, die in diesem Moment das Messer ausschaltete.

Kapitel 9

Andrea massierte mit dem Mittelfinger der rechten Hand zärtlich ihren Kitzler. Je größer ihre Erregung wurde, desto flehentlicher sehnte sie Carstens Rückkehr herbei, damit er sie zum zweiten Mal nahm. Seufzend hörte sie auf, sich zu befriedigen, und rekelte sich auf dem Bett. Wo blieb er denn nur? Das Geräusch unten hatte bestimmt der Wind verursacht. Wahrscheinlich war ein Fenster offen.

Er konnte sie doch nicht so lange allein lassen, nachdem sie ein ganzes Jahr auf ihn hatte warten müssen. Sie hatte das Petplay genossen, bei dem sie ihre devote Neigung ausleben und sich verspielt, frech und verschmust zeigen konnte. Letztlich war die *Vacation from Humanity*, wie sie die Spielart Carsten gegenüber einmal genannt hatte, weil man dabei die weltlichen Sorgen und menschlichen Pflichten und Zwänge eine Weile hinter sich ließ, nur ein erotisches Vorspiel. Jetzt wollte sie es richtig treiben und das eine Mal war ihr noch lange nicht genug.

Andrea zog einen Schmollmund und ihr Blick streifte die Kommode. Sie schaute genauer hin. Unter der roten Plastiktüte mit dem C&A-Logo zeichneten sich die Konturen einer dickbäuchigen Flasche ab. Augenblicklich stahl sich ein Lächeln auf ihr Gesicht. Das war bestimmt kein Mineralwasser. Nachdem sie in ihrem Ferienhaus angekommen und in die Rolle der Seraphina geschlüpft war, hatte sie eine kleine Flasche Martini Asti geleert, aber nun brauchte sie etwas Stärkeres. Freudig schwang sie ihre Beine vom Bett, trat vor die Kommode und entnahm der Plastiktüte eine Whiskey-Flasche. *Ein paar Schlucke des flüssigen Goldes hat sich mein Süßer offenbar schon gegönnt*, dachte sie schmunzelnd, während sie sich mit der Flasche in der Hand wieder ins Bett begab. Sie lehnte sich mit dem Rücken ans Kopfteil, schraubte den Verschluss auf und trank einen großzügigen Schluck. Der Whiskey entfachte ein Brennen in ihrer Kehle und eine wohltuende Wärme in ihrem Inneren. Andrea verzog das Gesicht wegen seiner Schärfe, aber sie wollte mehr und nahm einen weiteren Schluck. Das süße Gefühl von absoluter Unbeschwertheit breitete sich in ihr aus und ein glückliches Kribbeln durchfuhr sie, als sie daran dachte, dass ein ganzes herrliches Wochenende vor ihr lag.

Es kribbelte allerdings auch verlangend zwischen ihren Beinen. *Er soll endlich wiederkommen,* dachte sie, während sie die Flasche verschloss. Plötzlich hatte sie eine grandiose Idee. Sie spreizte die Beine, drehte die Flasche in ihren Händen um und strich mit dem Flaschenhals über ihre Schamlippen. Andrea schloss die Augen und genoss die wohltuende Berührung des kühlen Schafts, der jetzt in ihre Lustspalte drang. Sie stöhnte leise und fickte sich mit der Whiskey-Flasche. Mit geschlossenen Augen stellte sie sich Carsten vor, wie er, von einem animalischen Grunzen begleitet, seinen Schwanz in sie hämmerte. Die Lust breitete sich schnell in ihrem gesamten Körper aus.

Auf einmal überkam sie erneut der Drang, in den Arsch gefickt zu werden. Sie zog die Flasche aus ihrer Vagina und legte sich auf den Bauch. Die linke Hand mit dem Whiskey führte sie nun hinter ihren Körper und tastete mit dem Flaschenhals über ihren Po bis zu ihrem After. Als sie die richtige Stelle gefunden hatte, drückte sie die Flasche kraftvoll hinein und stöhnte dumpf auf. Den Kopf in das Kissen gedrückt, fickte sie sich mit der Flasche zunächst langsam und dann immer schneller und tiefer, bis sie ekstatische Glücksgefühle erfüllten. Der gläserne Flaschenhals war härter als jeder Schwanz und fühlte sich so gut an, so himmlisch. Der sich anbahnende Orgasmus veranlasste sie immer lauter zu stöhnen, dennoch überhörte sie das Quietschen der Schlafzimmertür nicht.

»Du kannst gern weitermachen«, säuselte sie und zog unter Aufbietung ihrer ganzen Willenskraft die Flasche aus ihrem Arsch. Jetzt war es ihr doch lieber, wenn Carsten den Rest besorgte und sein warmes Sperma in sie pumpte.

Warum sagt er denn nichts oder kommt nicht einfach ins Bett?

»Carsten?«

Als sie keine Antwort erhielt, drehte sie den Kopf in Richtung Schlafzimmertür. Ihre Augen weiteten sich ungläubig und panisch. Dass es nicht Carsten war, der neben dem Bett stand, erkannte Andrea an Statur und Kleidung des Eindringlings. Sie schrie, während emotionslose Augen auf sie hinabblickten.

Im nächsten Moment wurde sie gepackt und vom Bett gezerrt. Sie wusste nicht, wie ihr geschah und war zu überrumpelt, um Gegenwehr zu leisten, als die Gestalt sie wie eine Schaufensterpuppe an den Hüften hochhob und sich mit ihr auf einen der hölzernen Pfosten am Fußende des Bettes zubewegte. Es erschien ihr wie ein surrealer Traum, dass sie auf die phallusartige Spitze des Pfostens gesetzt wurde. Als diese sie zwischen ihren Beinen berührte, zog die Gestalt sie brutal nach unten, woraufhin sich der Pfosten, untermalt von reißenden Geräuschen, durch Vagina, Muttermund und Bauch bis tief in den Oberkörper bohrte. Von unbändigen Schmerzen getrieben, wollte Andrea schreien, doch sie brachte nur ein ersticktes Röcheln zustande. Dann versagten ihre Kräfte und ihr Kopf sackte leblos nach vorn, während ihr Körper aufgespießt auf dem Bettpfosten steckte. Blut floss an der Säule mit den geschnitzten Zierelementen hinab wie Wasser an einer kunstvollen Brunnenskulptur. Und wie unter fließendes Wasser, hielt die Gestalt ihre Hand in den Blutschwall, um daraufhin mit einem Finger Symbole an die weiße Zimmerwand zu malen. Mehrmals schöpfte sie von dem Blut der aufgespießten Frau, bis ihre Botschaft vollendet war. Anschließend nahm sie das elektrische Fleischmesser von der Kommode, wo sie es abgelegt hatte, und schaltete es an. Sie hielt sich die ratternde Doppelklinge seitlich an den Hals und trieb sie, ohne zu zögern, in ihre eigene Haut. Mit durchgeschnittener Kehle sank die Gestalt schließlich zu Boden, wo sich das Blut der Frau mit dem ihren zu einer Lache des Grauens vermischte.

Kapitel 10

Harms betrat mit dem Laptop in der Hand seine Mietwohnung im Oldenburger Stadtteil Bloherfelde – einer ruhigen Gegend mit reichlich Grün – und schaltete das Licht in dem schmalen Flur an. Er stellte das Gerät auf einem Garderobentisch ab, entledigte sich seiner regennassen Jacke und der Baseballkappe und hängte beides am Garderobenständer auf. Anschließend begab er sich in einen Raum, der von einer großen Vogelvoliere vereinnahmt wurde, die etwa zwei Meter in Höhe und Breite maß. Er betätigte auch hier den Lichtschalter, woraufhin eine einzelne Glühbirne an der Decke zum Leben erwachte. Zwei Timneh-Graupapageien, die in dem Käfig auf Kletterstangen saßen, begrüßten ihn mit hohem Trillern und Pfeifen.

»Na, ihr beiden Racker.« Harms stellte sich vor den Käfig und betrachtete die beiden Vögel, die er auf die Namen Bonnie und Clyde getauft hatte. Sie besaßen ein dunkelgraues Gefieder, einen bräunlich-rosafarbenen Oberschnabel und weinrote Schwanzfedern. Die Vögel musterten Harms neugierig.

»Hallo«, sagte Clyde, der mit etwa dreißig Zentimetern Länge etwas größere der beiden Vögel mit einer mechanisch klingenden maskulinen Stimme.

»Ich hoffe, ihr hattet einen angenehmen Tag.« Harms vergewisserte sich, dass der Futtertrog und das Trinkgefäß voll aufgefüllt waren. Dann öffnete er die Gittertür der Voliere. Während des Tages kümmerte sich seine ältere Schwester Sabine, die nebenan wohnte, um die Vögel. Sie war es auch gewesen, die ihm die Tiere im letzten Jahr aufgeschwatzt hatte, nachdem ihre Freundin sie krankheitsbedingt nicht mehr behalten konnte.

Inzwischen hatte Harms sich an die beiden Papageien gewöhnt und wollte sie nicht mehr missen.

Er ging in die Küche, die zweckmäßig eingerichtet war und nicht viel mehr enthielt als eine Küchenzeile und einen schlichten Holztisch mit Stühlen, und schenkte sich einen Whiskey ein. Aus dem Eisfach nahm er Eiswürfel und gab zwei davon in das zur Hälfte mit der bernsteinfarbenen Flüssigkeit gefüllte Glas. Anschließend holte er seinen Laptop aus dem Flur und betrat mit dem Gerät und seinem Getränk das Wohnzimmer. Er stellte beides auf dem Couchtisch ab und schaltete die Stehlampe mit dem Schirm aus Reispapier an, die in einer Ecke stand und die er günstig bei Ikea erstanden hatte. Heller Holzfußboden, eine Couchgarnitur und Wohnwand in Asteiche, auf deren TV-Board ein Flachbildfernseher thronte, bildeten die wesentliche Ausstattung des Raums, den Harms gemütlich fand und der seinen Ansprüchen als Single vollends genügte.

Begleitet von einem entspannten Seufzer fläzte er sich auf die graue Eckcouch, legte die Füße auf den Tisch und griff nach der Fernbedienung, die neben der Armlehne lag. Er schaltete den Fernseher an, in dem ein Nachrichtensprecher irgendetwas über Flüchtlingszahlen erzählte. Harms regelte die Lautstärke herunter, sodass das Fernsehprogramm nur als dezente Geräuschkulisse im Hintergrund fungierte, und beugte sich nach vorn, um einen Schluck aus seinem Glas zu trinken. Ein kühler Luftzug strich über seine Glatze, als einer der Papageien dicht über seinen Kopf flatterte und sich auf den Wandschrank neben dem Fernseher setzte. Harms blickte auf und stellte fest, dass es Clyde war, der nicht nur redseliger, sondern auch lebhafter als seine Partnerin war. Der Vogel neigte seinen Kopf von einer Seite auf die andere und zwitscherte fröhlich, während Harms den Laptop anschaltete und den Internetbrowser startete.

Er begab sich auf eine Plattform namens SID: *Stendebach Investigation Database*. Stendebach & Partner hieß die belgische Detektei, welche diese Seite erfunden hatte, bei der es sich um eine Art Facebook für Privatermittler handelte. Tausende Privatdetektive aus ganz Europa und viele ihrer Informanten waren hier miteinander vernetzt und unterstützten sich gegenseitig bei der Suche nach vermissten Personen, der Beschaffung von Informationen und anderen Anliegen, bei denen fachspezifisches Schwarmwissen gefragt war.

»Kojak«, plapperte Clyde. »Kojak.« Harms seufzte und schmunzelte. Das Wort musste Sabine dem Vogel beigebracht haben, um Harms zu necken. Genau ihr Humor.

»Halt die Klappe, du Stinker!« Harms guckte zu dem Vogel hoch, der von einem Bein aufs andere trat und in einen melodischen Singsang verfiel. Er konzentrierte sich wieder auf den Laptop und lud das Foto von Lisa Weiß auf die Seite. Dazu bat er in Deutsch und Englisch, ihn zu kontaktieren, sollte jemand die Frau gesehen haben oder wissen, wo sie sich aufhielt. Bei sachdienlichen Hinweisen würde sich Harms finanziell erkenntlich zeigen, wie es auf der Plattform üblich war.

»Läuft bei dir«, plapperte Clyde.

»Na ja, könnte besser sein«, entgegnete Harms und beugte sich vor, um einen weiteren Schluck zu trinken. Er hoffte, dass die Suchanfrage etwas ergeben würde, sonst musste er in mühsamer Kleinarbeit tief im Privatleben der Vermissten wühlen, um eventuell ein Indiz zu finden, wohin sie abgetaucht war. Wenn sie denn freiwillig verschwunden war, aber das war momentan für ihn die naheliegendste Erklärung.

»Flüchtling«, krächzte Clyde. »Flüchtling!«

»Ja, du bist auch so ein Flüchtling. Sei froh, dass ich dir Asyl gewährt habe.«

Der Papagei beäugte ihn und flog plötzlich los, um hinter ihm auf der Couchlehne zu landen. Wenig später spürte Harms den Schnabel, gefolgt von der feuchten Zunge des Vogels an seinem Hinterkopf.

»Nicht, lass das, Clyde!« Er wich mit dem Kopf aus, während er in Gedanken die wie eine schwarze Raupe aussehende Vogelzunge vor sich sah. Dann drehte er sich zu dem Vogel um und kraulte ihm mit dem rechten Zeigefinger sanft über den Kopf, was der Papagei stumm geschehen ließ. Als Harms sich wieder seinem Laptop widmete, krächzte Clyde und flog zurück auf den Schrank.

Die eindrückliche Begegnung mit dem Tier vorhin ging Harms nicht aus dem Kopf, also suchte er mit Hilfe von Google nach Meldungen über Hyänen. Womöglich war eins der Tiere aus einem Zoo entlaufen. Eine entsprechende Nachricht fand er nicht, dafür erfuhr er, dass sich zahlreiche Mythen um die *›missgestaltetsten und garstigsten Raubtiere‹* rankten, wie sie in Brehms Tierleben bezeichnet wurden. In den Erzählungen einiger westafrikanischer Stämme dienten sie den Hexen als Reittiere und die Beduinen aßen ihre Genitalien, weil sie diesen eine potenzsteigernde Wirkung nachsagten. Auf der Arabischen Halbinsel galten Hyänen als Manifestationen von Dschinn, bei denen es sich in der islamischen Vorstellung um Dämonen handelte.

»I bims«, rief Clyde.

»Du bist ein Quatschkopf.« Harms klappte den Laptop schwungvoll zu, stellte ihn neben sich auf die Couch, griff nach seinem Whiskey und lehnte sich entspannt zurück.

»Vogelschiss«, krähte der Papagei.

Vielleicht war es doch ein Hund oder Wolf, dachte Harms und beschloss, sich darüber nicht weiter den Kopf zu zerbrechen.

Kapitel 11

»Guten Appetit und grüßen Sie ihn schön.« Die Inhaberin der Bäckerei, eine mollige Frau mit gutmütigem Gesicht und grauem Dutt, lächelte und reichte Harms eine mit Papier umwickelte Pappschale über den Tresen, auf dem zwei Stücke Mandel-Bienenstich lagen.

»Stimmt so und mache ich.« Harms gab ihr einen Fünfeuroschein und verabschiedete sich. Er trat hinaus in die schmale Fußgängergasse und kämpfte gegen die Benommenheit an, die eine Nachwirkung des Alkohols vom Vorabend war. Harms hatte sich noch den Film *Sicario* angeschaut und dabei einige Gläser Whiskey-Cola geleert. Entsprechend gerädert fühlte er sich heute Morgen und es hatte ihn große Überwindung gekostet, um acht ins Büro zu fahren. Nachdem er dort etwas Papierkram erledigt und die Post vom Vortag durchgesehen hatte, war er in die Bäckerei gegangen, die gleich gegenüberlag.

Während er nun durch die Gasse ging, stellte er sich innerlich auf den vor ihm liegenden Besuch ein. Der Himmel über den hohen Fassaden war stahlgrau und es schien nur eine Frage der Zeit zu sein, bis es wieder regnen würde. Menschen mit verkniffenen Gesichtsausdrücken hetzten an ihm vorüber, viele auf dem Weg zur Arbeit. Harms hielt den Pappkarton mit dem Kuchen in der linken Hand und bog rechts um die Ecke, um zum Parkhaus zu gehen, wo er sein Auto abgestellt hatte.

Zwei Männer kamen auf ihn zu und im Vorbeigehen streifte einer von ihnen Harms am Oberarm. Ehe der sich versah, fiel das Pappblech auf den Boden. Harms verharrte und starrte einen Moment lang auf das gelbe Papier, welches der Schriftzug der Bäckerei zierte.

»Sag mal …«, brauste er auf und machte zwei schnelle Schritte auf den jungen Mann zu, der stehen geblieben war und ihn perplex ansah. »Pass doch auf, du Vollidiot!« Harms schubste den schmächtigen Typen, der daraufhin ein Stück zurücktorkelte und auf dem Hosenboden landete. Dabei fiel dem jungen Mann die Baseballkappe vom Kopf, die er verkehrt herum aufgesetzt hatte. Sein Begleiter starrte Harms erschrocken an. Er war, wie auch sein Freund, im Hip-Hop-Style gekleidet – Kappe, Goldkettchen, Kapuzenjacke und eine viel zu weite Jeans, die um seine Beine schlabberte. Erst jetzt erkannte Harms, dass es sich bei den beiden noch um Teenager handelte, deren aufgesetzte Coolness binnen Sekunden kindlicher Angst gewichen war. Der Junge, der am Boden hockte, machte ein schmerzverzerrtes Gesicht und blickte schockiert zu Harms hoch. Sein Begleiter eilte zu ihm und ein Passant, ein älterer Mann mit Gehstock in einem eleganten beigefarbenen Mantel, hielt an, erkundigte sich nach seinem Befinden und sah dann vorwurfsvoll zu Harms hinüber. Der stand reglos da, während ihm bewusst wurde, dass er massiv überreagiert hatte. Nicht zum ersten Mal. Er wollte zu dem Jungen hingehen und sich entschuldigen, aber dessen Kumpel half ihm auf die Beine und die beiden eilten davon. Dabei sahen sie ihn an, als wäre er ein bissiger Kampfhund

Der ältere Herr schüttelte den Kopf und ging weiter, ohne Harms noch eines Blickes zu würdigen.

Eine halbe Stunde später betrat Harms mit zwei neuen Stücken Küchen in der Hand die marmorne Eingangshalle des Alten- und Pflegeheims St. Elisabeth, das in einem von einer gepflegten Grünanlage umgebenen cremefarbenen Gebäude untergebracht war. Er grüßte die Angestellte hinter der Empfangstheke im Vorbeigehen und hielt auf die Fahrstühle am Ende des weitläufigen Foyers zu. Als er einen Aufenthaltsbereich passierte, in dem sich zahlreiche alte Menschen an Tischen gegenübersaßen und miteinander redeten oder Karten spielten, winkte ihm ein glatzköpfiger Greis im Rollstuhl zu. Harms winkte zurück und versuchte, sich an den Namen des Mannes zu erinnern. *Deters oder Peters.* Er hatte mit ihm bei früheren Besuchen einige Male geplaudert und dabei erfahren, dass sein Raucherbein hatte amputiert werden müssen.

Als der geräumige Bettenaufzug in die zweite Etage rumpelte, starrte Harms missmutig in sein Gesicht in der verspiegelten Wand. Sein Blick war trüb, die Falten wirkten ausgeprägter denn je und in seinem Bart, der dringend eine Rasur benötigte, sprossen immer mehr graue Haare.

Harms seufzte und betrachtete seine Schuhe, bis sich die Fahrstuhltüren öffneten und er in einen mit hellem Linoleumboden ausgelegten Bereich trat, in dem es nach Kaffee und Desinfektionsmittel roch. Vor ihm lagen die Stationen 21 und 22. Harms betrat den lang gestreckten Gang der Station 21, von dem zu beiden Seiten zahlreiche Türen abgingen. Die blassgrünen Wände wurden von farbenfrohen Bildern geziert, die Grundschulkinder aus Oldenburg gemalt hatten. Das hatte ihm Schwester Olga erzählt, eine blonde Polin um die fünfzig mit ausladender Oberweite, die gerade aus einem Zimmer heraustrat und ein Tablett in einen Servierwagen aus Edelstahl schob. Als die Frau in der blauen Pflegeuniform ihn erblickte, lächelte sie: »Ah, Herr Harms, vielleicht Sie haben mehr Glück als ich.« Sie deutete mit dem Kopf auf die Pappschale der Bäckerei.

»Moin, Olga, wobei denn?«

»Frühstück er heut nicht wollen. Vielleicht er jetzt Hunger haben.«

»Der beste Bienenstich in der Stadt, dazu sagt niemand nein. Vielleicht lade ich Sie auch mal auf ein Stück ein.« Die Bemerkung ließ das Lächeln der Schwester schlagartig breiter werden. Ihre Augen strahlten. *Eigentlich ist sie ein netter Anblick,* dachte Harms, zwinkerte ihr zu und folgte dem Gang, der zu Zimmer 44 führte. In einer Nische links davon befand sich ein kleiner Bereich mit Sitzgelegenheiten und einem Tisch. Zwei alte Herren in Trainingsanzügen saßen nebeneinander und diskutierten angeregt über ein Fußballspiel. Harms nickte ihnen zu, klopfte an die Tür und trat ein, ohne eine Antwort abzuwarten.

Die Pflegewohnung bestand im Wesentlichen aus einem Bett, einer Sitzgarnitur und Möbeln aus Buche, deren helle Farbe ihr zusammen mit den aprikosenfarbenen Vorhängen und den bunten Kissen eine freundliche Note verlieh. Links neben der Eingangstür befand sich ein kleines Badezimmer und gegenüber davon eine Küchenzeile. Vom Sofa aus blickte Harms ein alter Mann mit vollem weißem Haarschopf mit finsterer Miene entgegen.

»Was wollen Sie?«

»Ich bins Papa, Christian.« Harms stellte die Pappschale auf dem Couchtisch ab. Anschließend zog er sich die Jacke aus.

»Ich kenne keinen Christian. Sie haben sich in der Tür geirrt.«

»Sabines Bruder, Papa.« Er legte die Jacke auf dem Bett ab und versuchte, den Stich im Herzen so gut es ging zu ignorieren. Auch wenn er es mittlerweile gewohnt war, dass sein Vater ihn nicht erkannte, tat es doch immer wieder weh. »Sie war stark erkältet und wollte dich nicht anstecken. Deswegen war sie die letzten Tage nicht bei dir. Aber da sie nun wieder fit ist, kommt sie heute Nachmittag vorbei.«

Während Harms um den Tisch herum zu dem grauen Zweisitzer-Sofa ging, sah er seinen Vater Georg aufmerksam an. Der nickte, seine hellen blauen Augen starrten jedoch ins Leere. *Immerhin haben seine Augen nichts von ihrer Strahlkraft verloren,* dachte Harms, *doch ansonsten ist aus dem einst kräftigen Mann durch das Alter und die Krankheit ein eingefallenes Männchen geworden.* Die wettergegerbte Haut seines Vaters, die von viel Sport im Freien herrührte, war von tiefen Krähenfüßen und Falten durchzogen und erinnerte an zerknittertes Leder.

Begleitet von einem Seufzer setzte Harms sich neben seinen Vater, der einen weinroten Pullover mit weißem

Kragen trug, den Sabine ihm zu Weihnachten geschenkt hatte. Oder zu einem seiner letzten Geburtstage, Harms wusste es nicht mehr genau. In dem alten Röhrenfernseher auf der Kommode gegenüber lief ein Tennismatch. Plötzlich drehte Georg seinen Kopf zur Seite und sah Harms direkt an. Der Anflug eines Lächelns hatte sich auf sein Gesicht gelegt.

»Christian, was machen Jasmin und Tim? Wollten sie gar nicht mitkommen?«

Harms beugte sich vor, griff nach der Pappschale mit dem Kuchen und befreite sie von dem Papier, das um sie gewickelt war. So sehr es ihn freute, dass in den dunklen Tiefen des Bewusstseins seines Vaters offenbar Wiedererkennen aufgeflackert war, so unangenehm empfand er die abrupte Frage nach seiner verstorbenen Familie.

»Sie sind gestorben, Papa. Aber schau mal, ich habe uns Bienenstich mitgebracht. Schwester Olga hat gesagt, du hast noch gar nicht gefrühstückt. Möchtest du ein Stück?«

»Gern«, sagte der alte Mann. »Kannst du mir meine … meine Gläser geben?«

»Klar, ich hole uns auch eben Teller und Besteck.« Harms stand auf und sein Blick flog durch die Wohnung auf der Suche nach der Brille, die sein Vater gemeint hatte. Wortfindungsstörungen waren ein Symptom der Krankheit. Er trat an den Nachtschrank heran, auf dem neben einer Packung Vivil-Bonbons ein Brilleneti lag. Als er es öffnete, stellte er fest, dass es leer war. »Wo hast du sie denn gelassen?«, fragte er mehr sich selbst, ging zum Badezimmer und öffnete die Tür. Dort brauchte er nicht lange suchen. Auf dem Waschbecken stand ein grüner Prothesenbehälter, in dem die Brille hochkant steckte. Er seufzte, nahm sie heraus und wischte die Gläser mit dem Saum seines Sweatshirts trocken.

So hatte es angefangen, vor nunmehr über zehn Jahren, als sein Vater noch allein gewohnt hatte – seine Mutter war bereits mit fünfundsechzig Jahren an Bauchspeicheldrüsenkrebs gestorben: Mit Hausschuhen im Kühlschrank, Senftuben im Zahnputzbecher und eben der Brille überall dort, wo sie nicht hingehörte. Zunächst hatten Harms und Sabine solche Vorfälle noch schmunzelnd als Schrullen des Alters abgetan, der Sinn für Humor war ihnen allerdings bald darauf gehörig vergangen. Alzheimer war, wie jeden Tag ein bisschen Abschied nehmen. Noch blitzten hin und wieder Erinnerungsfetzen im Kopf seines Vaters auf, aber es würde nicht mehr lange dauern, dann würde von dem einstigen Mann, der ein Sportler, Jäger, erstklassiger Koch und Handwerker-Ass gewesen war und der seine Aussagen oft mit Wortwitz und Ironie garnierte, nicht mehr übrig sein als eine leere Hülle.

Harms suchte in der Küche zwei kleine Teller und Kuchengabeln zusammen und kehrte ins Wohnzimmer zurück.

»Hier ist deine Brille, Papa.« Er reichte sie dem alten Mann, der sie entgegennahm und aufsetzte. Harms nahm wieder Platz, stellte die Teller vor ihnen ab und schob mit Hilfe seiner Gabel jeweils ein Stück Bienenstich darauf.

»Dieses … Pingpong wollte ich auch immer mal machen.« Georg starrte fasziniert in den Fernseher, wo sich die beiden Tennisspieler gegenüberstanden. Offenbar war es ein harter Schlagabtausch. Einer von ihnen, es handelte sich um Roger Federer, wurde schwer atmend und schwitzend in der Nahaufnahme gezeigt.

»Du hast doch viele Jahre gespielt und sogar einmal die Stadtmeisterschaft in Wilhelmshaven gewonnen.« Harms trennte mit der Gabel ein Stück Bienenstich ab, schob es sich in den Mund und genoss den süßen, cremigen Geschmack.

»Das war Fußball, das habe ich gespielt. Zusammen mit Otto. Der holt mich später zum Training ab.« Harms' Blick fiel auf eine Wandborte schräg über dem Fernseher, auf der ein Fußball mit den Unterschriften von Spielern des SV Werder Bremen lag, die 1988 die Deutsche Meisterschaft gewonnen hatten. Georg wollte seine Gabel mit einem Stück des Gebäcks zum Mund führen. Er zitterte jedoch so stark, dass der Kuchen herunterfiel und auf dem Teller landete. Harms legte seine Gabel beiseite, nahm seinem Vater behutsam die seinige aus der Hand und steckte sie unter das Gebäckstück. Anschließend führte er die Gabel zum Mund des Vaters, der seine Lippen darum schloss.

»Onkel Otto ist auch schon ein paar Jahre tot.« Harms wiederholte den Vorgang und hielt seinem Vater ein weiteres Kuchenstück hin, der bereitwillig danach schnappte. »Schmeckt klasse, oder?«

»Ein Gedicht«, antwortete Georg und Harms lächelte, während er den alten Mann weiter fütterte. Auf einmal spürte er sein Handy in der Hosentasche vibrieren. Er wartete, bis er seinen Vater mit einem weiteren Stück Bienenstich versorgt hatte und legte die Gabel dann beiseite.

»Entschuldige kurz, Paps.« Harms holte das Handy hervor und spähte aufs Display: ein Anruf mit unbekannter Nummer. Er nahm ihn an: »Ja?«

»Herr Harms? Hier ist Schwester Bernadette.«

Harms wunderte sich kurz, woher die Nonne seine Handynummer hatte. Dann fiel ihm ein, dass er im Büro die Anrufweiterleitung auf sein Mobiltelefon aktiviert hatte, weil heute Vormittag niemand da war.

»Haben Sie gerade eine Minute?«, fragte die Nonne.

»Worum geht es?«

»Haben Sie heute früh schon die Nachrichten gehört?«

»Nein«, antwortete Harms. Er hatte das Autoradio bewusst ausgelassen. Das übertrieben gut gelaunte Gequassel der Morgenmoderatoren ging ihm schon an normalen Tagen auf die Eier. Mit Restalkohol im Blut und einem emotional anstrengenden Besuch bei seinem Vater vor sich, konnte er dies erst recht nicht vertragen.

»Es ist wieder passiert. Jemand hat zwei Menschen auf bestialische Weise ermordet und sich dann selbst gerichtet.«

»Komischer Zufall«, entgegnete Harms. »Aber was habe ich damit zu tun?« Die Nonne zögerte mit ihrer Antwort.

»Ich weiß … eigentlich nichts. Aber ich glaube, es hängt alles zusammen. Die Morde und das Verschwinden der Frau, nach der Sie suchen. Können wir uns heute Mittag treffen?« Harms entfuhr ein hörbarer Seufzer. »Bitte. Ich weiß nicht, an wen ich mich sonst wenden soll.«

»An die Polizei zum Beispiel?«

»Hören Sie mich einfach an, bitte. Um zwei im Ericafé?«

Harms überlegte. Er hatte heute keine wichtigen Termine. Er glaubte zwar nicht, dass die Frau irgendetwas Nützliches zu seinem Fall beitragen konnte, aber wenn er ihr religiöses Gequatsche diesmal mit Humor nahm, konnte das Kaffeetrinken unterhaltsam werden.

»Na schön. Ein Date mit einer Nonne hatte ich auch noch nie.«

Sie lachte. »Bis dann.«

Sie verabschiedeten sich und Harms steckte das Handy zurück in die Hosentasche.

»War das deine Frau?«, fragte Georg.

Kapitel 12

Das Ericafé stand am Ufer des Erikasees, einem von weiten Feldern und einem Wäldchen umgebenen Baggersee etwa drei Kilometer außerhalb von Esterwegen. Harms bog von der Landstraße auf den gekiesten Parkplatz ab, zu dem ihn das Navigationsgerät gelotst hatte, und parkte seinen Wagen neben einem roten Ford Fiesta. Er schaltete den Motor ab und überprüfte sein Erscheinungsbild im Rückspiegel, während der Regen auf die Windschutzscheibe prasselte. Eine leichte Nervosität machte sich in Form eines Kribbelns in der Magengegend bemerkbar.

Eigentlich war es lächerlich, aber er konnte nichts dagegen tun, dass er in der Nonne primär eine attraktive Frau sah, statt eine Gebetsschwester. Er hatte sich diesmal ein graues Hemd angezogen und die Baseballkappe zu Hause gelassen, um ein stilvolleres Outfit zur Schau zu tragen als bei der ersten Begegnung mit ihr.

Harms verließ das Auto und eilte durch den Regen zu der geschlossenen Außenterrasse des flachen roten Ziegelsteingebäudes. Er betrat den weißen Anbau und sah die Nonne an einem Tisch am Fenster sitzen. Als sie ihn entdeckte, lächelte sie. Sie gaben sich die Hand zur Begrüßung und Harms sah in ihre saphirblauen Augen, was seine Aufregung noch verstärkte. Sofort versuchte er, das durch einen flapsigen Spruch zu kaschieren. »Ihr Herrgott weint bitterliche Tränen vom Himmel, weil seine schönste Dienerin eine Verabredung mit einem gottlosen Typen wie mir hat.«

Sie schmunzelte und Harms zog sich die Jacke aus, hängte sie über die Stuhllehne und setzte sich ihr gegenüber. In dem überschaubaren Terrassenraum standen einige schlichte Holztische mit dazu passenden Stühlen auf einem dunkelgrünen Vinylboden verteilt. An einem der Tische saß sich ein älteres Pärchen gegenüber und aß Kuchen. Durch ein großes Fenster hatte man eine schöne Aussicht auf den See mit seinem stahlgrauen Wasser und den Büschen und Bäumen dahinter. An sonnigen Sommertagen war es hier sicher malerisch, nun wirkte es trostlos und düster wie das Wetter, das seit Tagen in der Region herrschte. Das monotone leise Klopfen, das der Regen auf dem transparenten Kunststoffdach verursachte, fand Harms allerdings heimelig.

»Haben Sie inzwischen von dem Doppelmord gehört?«, fragte die Nonne, die wieder ihren grauen Habit trug. Sie hatte die Ellenbogen auf den Tisch gestützt und ihre Finger flach ineinander verschoben. Der weiße Schleier ließ den Ansatz ihrer schwarzen Haare unbedeckt.

»Als ich an der Ampel hinter einer Polizeikolonne stand, habe ich das Radio angestellt. Dort haben sie kurz darüber berichtet. Was ist das da?« Harms betrachtete den schlichten goldschimmernden Ring an ihrer rechten Hand. »Ich wusste nicht, dass Sie verheiratet sind. Dann muss ich ja die Finger von Ihnen lassen.«

Die Bedienung, eine korpulente Frau um die sechzig mit kurzen braunen Haaren und Brille, trat an ihren

Tisch und nahm ihre Bestellung auf. Harms hatte keinen Hunger und bestellte nur einen Kaffee.

»Für mich auch einen Kaffee, bitte«, sagte Schwester Bernadette. »Der Ring ist ein Zeichen für meine Vermählung mit Gott. Trage ich, seit ich ins Kloster gegangen bin.«

»Warum sind Sie überhaupt ins Kloster gegangen?«, fragte Harms interessiert. Er hätte sich die Nonne besser als Geschäftsfrau im eleganten Businesskostüm oder liebevolle Mutter vorstellen können. Schwester Bernadette wandte den Blick ab und schaute gedankenverloren aus dem Fenster. Harms bewunderte ihre perfekt geschwungenen rosigen Lippen.

»Ich wurde christlich-katholisch erzogen, habe mich von der Religion aber während der Pubertät abgewandt. Ich wollte nicht anders sein als meine Freundinnen. Mich schminken, anziehend kleiden, Jungs kennenlernen, Sie wissen schon.« Sie schaute ihn einen Moment lang wieder direkt an. Er riss seinen Blick von ihrem Mund los und sah in ihre Augen. »Als ich achtzehn war, ging ich für einige Wochen nach Paris, um meine Französischkenntnisse zu verbessern. Ich besuchte dort eine Messe in der Notre Dame, die mich sehr berührt hat. Die prunkvolle Kulisse, das feierliche Ambiente. Ich hatte so ein starkes Bauchgefühl, dass ich mein Leben Gott und Jesus widmen soll.«

Harms lag ein zweideutiger Spruch über ihre Französischkenntnisse auf den Lippen und er war dankbar, dass die Bedienung wiederkam und ihn von dem Gedanken ablenkte.

Als sie beide eine dampfende Tasse Kaffee vor sich stehen hatten, entnahm Schwester Bernadette einer Kristallschale einen Löffel Zucker, schüttete ihn in ihr Getränk und rührte um. »Jedenfalls habe ich den Ruf Gottes nach der Frankreich-Reise zunächst verdrängt. Ich fing mein Lehramtsstudium an und ging weiter davon aus, eines Tages Familie und Kinder zu haben. Einige Jahre später, da war ich bereits am Studieren, besuchte ich den französischen Pilgerort Taizé und dort merkte ich stärker denn je, dass ich mein Leben in den Dienst Gottes stellen will.«

»Fehlt Ihnen nicht manchmal … was?« Harms führte die weiße Tasse zum Mund, genoss den aromatischen Kaffeeduft und trank einen Schluck.

»Ein Mann?« Ein Lächeln zuckte um ihren Mund. »Vielleicht, manchmal. Aber es tut gut, ein auf das Wesentliche reduziertes Leben zu führen und anderen Menschen zu helfen.« Harms empfand Respekt für diese zierliche Frau, die ihn mit ihrer harmonischen Ausstrahlung beeindruckte. »Was ist mit Ihnen? Wie lange arbeiten Sie schon als Privatdetektiv und was haben Sie davor gemacht?«

»Rund acht Monate erst. Davor war ich bei der Polizei. Nun sagen Sie aber mal, wie ich Ihnen helfen kann?« Harms wollte sich nicht zugeknöpft zeigen, aber aus irgendeinem Grund fürchtete er sich vor der Frage, warum er die Polizei verlassen hatte. Er wollte, dass die Nonne ihn mochte. Schwester Bernadette führte die Tasse zum Mund, pustete und nippte daran. Mit gesenktem Kopf schaute sie zu ihm auf.

»Heiß.« Ihr entzückendes Lächeln verursachte in der Tat Hitzewallungen in Harms. Sie schluckte und räusperte sich. »Ich weiß nicht, ob und inwiefern Sie mir helfen können. Hier geht etwas Schlimmes vor sich. Diese … Vorfälle sind rational nicht erklärbar. Weil ich sehr gläubig bin, verwundert es Sie sicher nicht, dass ich auch an den Teufel und das Böse glaube?«

Harms verschränkte die Arme vor der Brust und lächelte süffisant. »Sie glauben bestimmt auch an Trolle und Elfen. Sicher haben Sie als junges Mädchen Märchen geliebt?«

Ihr scharfer Blick war wie eine Maschinengewehrsalve, also wich Harms ihm aus und griff nach seiner Kaffeetasse.

»Kennen Sie die Geschichte vom Höllensturz?«

Harms trank einen Schluck und schüttelte den Kopf. Innerlich seufzte er, aber er wollte sie nicht weiter provozieren.

»Als Erstes schuf Gott die Engel und stellte ihnen seinen Plan von der zukünftigen Welt vor. Dabei offenbarte er ihnen, dass die Menschen eine besondere Stellung auf der Erde einnehmen sollten und er sie nach seinem Abbild erschaffen würde. Er erwartete von den Engeln, dass sie dem künftigen Gottessohn Jesus Christus und allen anderen Menschen demütig dienten. Satanael, der einst ranghöchste Engel, war von diesem Vorhaben alles andere als begeistert. Angetrieben von Neid und Hass ernannte er sich selbst zum Gott und forderte die Engelsscharen auf, sich ihm anzuschließen. Ein Drittel der Engel stellte sich daraufhin auf seine

Seite. Sie entschieden sich unwiderruflich und aus freien Stücken für das Böse und als Strafe für ihren Verrat verhängte Gott die ewige Verdammnis über sie und ihren Anführer. Er ernannte den Engel Micha zum ranghöchsten Engel und erteilte ihm den Auftrag, die Abtrünnigen aus dem Himmel zu vertreiben. Um seine Gottverbundenheit zu unterstreichen wurde Micha in Michael umbenannt, denn die Schlusssilbe el heißt nichts anderes als Gott. Durch seine Abwendung von Gott wurde aus Satanael Satan. Drei Tage tobte ein erbitterter Kampf unter den Engeln, bis Micha und seine Anhänger Satan und seine Gefolgschaft aus dem Himmel vertrieben und sie in die Hölle stürzten. Satans Rache für den Höllensturz war, dass er die von Gott geliebten Menschen, sprich Adam und Eva im Paradies, zum Essen der verbotenen Frucht verführte und so das Böse über die Welt brachte.«

Harms war beinahe enttäuscht, als die Nonne zu reden aufhörte. Er mochte es, in ihr hübsches Gesicht zu schauen und buchstäblich an ihren Lippen zu hängen. Daran änderte auch solch ein Bibelmärchen nichts. Immerhin war er diesmal, im Gegensatz zu ihrer ersten Begegnung, bei der er sich noch über einige ihrer Aussagen aufgeregt hatte, darauf eingestellt gewesen. »Das ist eine nette Geschichte, ich wüsste aber wirklich nicht, was sie mit den Vorfällen hier in Esterwegen zu tun hat. Die übrigens, so wie ich das sehe, nichts miteinander zu tun haben. Ich suche eine junge Frau und deren Verschwinden lässt sich mit Verlaub sehr wohl rational erklären. Vermutlich ist sie einfach abgehauen.«

Schwester Bernadette presste die Lippen zusammen und schaute aus dem Fenster. Harms blickte auf das silberfarbene Amulett mit dem Taukreuz, das sie um den Hals trug. »Ich habe eine Schwester, ein Jahr jünger als ich. Als ich zwölf war, hatte ich plötzlich eine böse Vorahnung wegen des Zeltlagers, an dem sie am nächsten Tag teilnehmen wollte. Ich versuchte, es ihr auszureden, aber natürlich hörte sie nicht auf mich und warf mir vor, ihr den Spaß verderben zu wollen. Ich konnte ihr ja auch keinen wirklichen Grund dafür nennen, dass sie besser nicht mitfuhr. Aber diese Ahnung und das ungute Gefühl wurden immer dringlicher. Schließlich mischte ich ihr abends Schlaftabletten in ihren Saft. Sie verpasste morgens die Abfahrt und musste zu Hause bleiben. Eine Woche später stand in der Zeitung, dass mehrere Mädchen ihrer Sportmannschaft während des Zeltlagers von einem Betreuer sexuell missbraucht wurden.« Sie sah ihn direkt an und in ihrem Blick lag eine gewisse Schärfe.

»Beeindruckend«, sagte Harms, weil ihm nichts anderes einfiel.

»Einige Jahre später stand ich an der Bushaltestelle und hatte ein ähnliches Gefühl, das mich veranlasste, nicht in den Bus einzusteigen. Er war danach in einen schweren Unfall verwickelt. Ich könnte Ihnen noch mehr Geschichten erzählen, jedenfalls habe ich jetzt die Gewissheit, dass hier etwas Übles vor sich geht. Ich spüre, dass eine böse Präsenz für die schrecklichen Vorfälle verantwortlich ist. Das Mädchen hat es übrigens auch gesagt.«

»Welches Mädchen?«

»Die junge Sarah Stratmann. Sie hat mit angesehen, was ihr Bruder getan hat und konnte ihm entkommen. Im Sinne des heiligen Franziskus besuche ich arme, kranke und hilfsbedürftige Menschen hier in der Gemeinde. Bei ihrer Oma, wo sie nun untergebracht ist, war ich einige Male in der letzten Zeit und da habe ich auch mit ihr geredet. Als sie noch geredet hat.«

»Wieso? Redet sie jetzt nicht mehr?«

Die Nonne schüttelte den Kopf. »Die Ärzte sprechen von posttraumatischer Belastungsstörung. Jedenfalls hat sie gesagt, ihr Bruder wäre nicht mehr er selbst gewesen. Er hätte sich in das Böse verwandelt.«

Harms zog seine Augenbrauen hoch. »Ihr Amok laufender Bruder hat mehrere Menschen abgeschlachtet, da ist es nicht verwunderlich, dass sie ihn für das personifizierte Böse hielt.«

»Bitte …« Ein eindringliches Flehen lag in ihrem Blick. »Schauen Sie sich das alles wenigstens genauer an. Mein siebter Sinn täuscht mich nicht, aber auf mich allein hört niemand. Wenn Sie einen Zusammenhang herstellen, hat das sicher bei den Ermittlungsbehörden mehr Gewicht. Ich bin mir sicher, dass es weitere Opfer geben wird.«

»Meinetwegen«, sagte Harms, aber nur, weil er diese schöne Frau, die ihn so beschwörend ansah, nicht vor den Kopf stoßen wollte. Im Grunde hielt er alles für Blödsinn, was sie erzählt hatte. Es mochte sein, dass ihr Bauchgefühl ihr einige Male gute Dienste erwiesen hatte, das konnte er sich vorstellen. Aber böse Geister waren hier bestimmt nicht am Werk. Das sollte er mal Anna

Weiß erzählen, die ihn bestimmt bald anrufen würde, um sich nach seinen Ermittlungsfortschritten zu erkundigen. Mit einer solchen Theorie würde er sich lächerlich machen und seiner Reputation schaden. Es wurde höchste Zeit, dass er mit guter alter Ermittlungsarbeit mehr zum Verbleib ihrer Schwester erfuhr, damit er etwas vorzuweisen hatte.

»Ich danke Ihnen«, sagte Bernadette mit dem Anflug eines Lächelns.

»Aber jetzt muss ich auch. Die Arbeit ruft.« Er hatte den Zweifel in ihren Augen gesehen und wollte sich keine Zugeständnisse abringen lassen. Als er aufstand, tastete sie über ihren Habit und zog ein Portemonnaie hervor.

»Wollen Sie mich beleidigen? Der Mann zahlt beim ersten Date, da bin ich von der alten Schule.« Harms zwinkerte ihr zu und rief die Bedienung zu sich, die gerade am Tisch des älteren Pärchens stand und das Geschirr einsammelte. Er holte seine Geldbörse hervor, gab ihr zehn Euro und verabschiedete sich. Schwester Bernadette wartete an der Tür auf ihn, die er ihr daraufhin aufhielt.

Es regnete unablässig und der Weg zum Parkplatz hatte sich in ein feuchtes Kiesbett verwandelt. »Dann mal schnell«, sagte Harms. »Nicht, dass Sie noch nass werden.«

»Ich werde unter meinem Habit nicht nass«, presste Schwester Bernadette hervor, während sie zum Parkplatz eilten. »Höchstens mal feucht.« Harms blieb die Luft weg, dann lachte er. Hinter dem roten Ford Fiesta blieb

Schwester Bernadette stehen und wandte sich ihm zu. »Haben Sie eine Visitenkarte für mich?« Harms blieb stehen und kramte in seiner Geldbörse, die er noch in der Hand hielt.

»Wenn man nach dem ersten Date nach der Nummer gefragt wird, war es wohl ein Erfolg.« Er hielt ihr die Karte entgegen.

Mit einer schnellen Bewegung griff sie danach, ließ sie in ihrer Ordenstracht verschwinden und sagte:

»Ich schreibe Ihnen eine WhatsApp-Nachricht, dann sind wir in Verbindung.« Regentropfen liefen ihre Wangen herunter.

Sie standen dicht beieinander, er schaute in ihr Gesicht hinab und widerstand dem Drang, ihr zärtlich über die Wangen zu reiben und sie zu küssen.

»Nonnen schreiben WhatsApp-Nachrichten?«

»Wenn es hilfreich ist. Machen Sie es gut, Herr Harms.« Sie blickte ihm noch einen Moment intensiv in die Augen und drehte sich dann um.

»Sie auch«, sagte er unbeholfen und begab sich zu seinem Wagen. Nachdem er auf dem Fahrersitz Platz genommen und die Tür geschlossen hatte, atmete er tief durch und blies die Wangen auf. *Eine faszinierende Frau*, dachte er. Die erste, die ihn seit dem Tod seiner eigenen interessierte. Die Feststellung verursachte den Anflug eines schlechten Gewissens, was er jedoch damit vertrieb, dass die Nonne sowieso keine realistische Option war. Das bisschen Flirten fand er lustig, vor allem, weil sie eben eine Nonne war.

Er schaute aus dem Beifahrerfenster. Sie war bereits losgefahren. Harms startete den Motor, schaltete das Radio an und setzte zurück. Auf dem kurzen Weg zur Landstraße sah er ihr Auto Richtung Esterwegen fahren. Er setzte den Blinker und bog in dieselbe Richtung ab, als der Nachrichtensprecher im Radio seine Aufmerksamkeit erregte:

»… war die Täterin mit äußerster Brutalität vorgegangen. Wie die Polizeiinspektion Emsland/Grafschaft Bentheim nun in einer Pressemitteilung bekanntgab, handelte es sich bei der Frau, die zuerst das Paar in dem Ferienhaus und dann sich selbst umbrachte, um die seit Kurzem vermisste Lisa Weiß.«

»Scheiße«, stieß Harms hervor und riss das Lenkrad nach links, um dem Leitpfosten auszuweichen, den er fast vor Schreck umgefahren hätte.

Kapitel 13

»Drei … zwei … eins … Action!« Daniel, ein stämmiger Mittzwanziger mit Brille und schütterem Haar, den alle Danny nannten, hielt einen Camcorder auf seinen Kumpel Kai gerichtet, der neben ihm auf dem Beifahrersitz des schwarzen Seat Ibiza saß. Nachdem er den Countdown heruntergezählt hatte, blinkte ein rotes Lämpchen an dem Gerät auf.

Kai räusperte sich: »Hallo, meine Lieben, ich bin es wieder euer Kai und ich begrüße euch zu einem neuen Clip auf meinem YouTube-Kanal ›Abenteuerfreund‹. Heute nehmen wir euch mit zu einer ganz besonderen Location in Esterwegen, wo im Sommer 1933 eines der ersten Konzentrationslager im Deutschen Reich entstand. Später wurde daraus ein Strafgefangenenlager gemacht, in dem zunächst Gegner des NS-Regimes und vorrangig sowjetische Kriegsgefangene und nach Ende des Krieges hochrangige Nazis inhaftiert waren. Insgesamt starben hier dreißigtausend Menschen, entweder durch kaltblütigen Mord oder durch die Qualen und Strapazen bei der Zwangsarbeit in den umliegenden Moorgebieten. In den Sechzigern wurden die letzten Baracken abgerissen und durch von der Bundeswehr genutzte Lagerhallen ersetzt. Seit 2011 gibt es auf dem Areal eine Gedenkstätte, die an die sogenannte Hölle im Moor erinnert.« Kai räusperte sich und hob einen Zeigefinger, um die volle Aufmerksamkeit der Leute einzufordern, die diesen Clip später sehen würden. »So viel zur Hintergrundgeschichte, aber das Beste kommt erst noch. Unter der Anlage befindet sich ein kilometerlanges Labyrinth aus Tunneln, stillgelegten Kanalisationsschächten, Bunkern und Katakomben, was bisher kaum bekannt ist. Fragt mich jetzt nicht, woher ich davon weiß und wie ihr da reinkommt, denn das werde ich nicht verraten.«

Der Urbex-Codex beinhaltete das ungeschriebene Gesetz, seine Locations für sich zu behalten. Erstens teilte niemand seine Schätze gern und zweitens galt es, die Atmosphäre und den Zustand der verlassenen Orte zu bewahren. Wenn Horden von Explorern, bei denen es sich häufig nur um chronisch gelangweilte Teenies ohne jegliche Wertschätzung für die Ästhetik und Romantik alter Orte handelte, die Locations stürmten, wären diese schnell von Graffiti verunstaltet und mit Müll übersät. »Aber ich nehme euch natürlich mit, während ich und Danny-Boy uns hier umsehen. Bleibt also auf jeden Fall dran, denn das ist der mit Abstand außergewöhnlichste und unheimlichste Ort, an dem ich je unterwegs war.« Kai setzte eine ernste, nachdenkliche Miene auf. »So viele arme Seelen kamen hier zu Tode und wer weiß, was uns dort unten erwartet. Wir haben sogar ein K2-Meter dabei, das elektromagnetische Felder anzeigt und so auf die Anwesenheit von Geistern hindeutet. Ihr wisst ja, ich glaube eigentlich nicht an diesen Kram, aber wenn irgendwo geballte negative Energien zu finden sind, dann sicher hier. So, genug gequatscht, ich melde mich gleich aus dem unterirdischen System wieder.«

Das rote Blinklicht erlosch und Danny nahm den Camcorder herunter.

»Zeig mal her.« Kai schaute zusammen mit Danny auf das Display des Geräts, während dieser ein paar Einstellungen vornahm und die Aufnahme ablaufen ließ. Kai betrachtete sein unscheinbares Gesicht, dessen auffälligstes Merkmal ein Septum-Piercing in der Nase war. Er war zufrieden mit der Aufnahmequalität.

»Okay, passt. Moment kurz, ich habe noch was versprochen.« Kai zog sein Handy aus der Hosentasche, öffnete WhatsApp und tippte auf den Namen Justin. Justin war sein zwölfjähriger Bruder und größter Fan. Kai liebte den unter Autismus leidenden Jungen sehr. Er startete die Aufnahme einer Sprachnachricht: »Hey Kumpel! Ich gehe gleich in das unterirdische Tunnelsystem, von dem ich dir erzählt habe. Morgen um zehn komme ich vorbei und zeige dir Bilder, ja? Hab dich lieb, ärger Mutti nicht so doll.« Kai steckte das Handy zurück in die Hose und wandte sich seinem Freund zu: »Bist du bereit?«

Danny warf einen skeptischen Blick auf die mit Regentropfen gesprenkelte Windschutzscheibe, hinter der sich der Wald konturenhaft abzeichnete. Schließlich nickte er.

»Dann mal los!« Kai verließ den Wagen und ging durch das Herbstlaub zum Kofferraum. Er öffnete diesen und entnahm ihm eine Mini-Schaufel und einen

Rucksack, der etwas Proviant, zwei Mini-Action-Cams, zwei Taschenlampen und weiteres Equipment enthielt.

Wie immer vor der Begehung eines Lost Places machte sich ein wohltuender Nervenkitzel in ihm breit. Urban Exploring war ein Abenteuer und eine angenehme Abwechslung von seinem monotonen Job als IT-Systemkaufmann bei EURONICS, bei dem er sich die meiste Zeit um die Reparatur und Wartung von Computern kümmerte. Meist betraten sie die Gelände und Gebäude illegal und man wusste nie, was einen erwartete. Er hatte schon miterlebt, wie alte Ruinen einstürzten oder plötzlich Wachleute mit zähnefletschenden Hunden an der Leine auftauchten. Außerdem mochte Kai die morbide Ästhetik des Verfalls, die verlassenen Anlagen und Bauwerken anhaftete. Schließlich hatte ihn mittlerweile auch der Ehrgeiz gepackt – mit neunzigtausend Followern war sein YouTube-Kanal deutschlandweit der zweitgrößte der Urbex-Szene. Mit einem spannenden Video in dem Tunnelsystem würde er sich der sechsstelligen Abonnentenzahl einen gewaltigen Schritt nähern. Vielleicht würde der Clip sogar viele Millionen Mal angeklickt werden, denn diese Location war wirklich etwas Besonderes und dass sie davon erfahren hatten, glich einer glücklichen Fügung. Gelegentlich gingen er und Danny sonntags auf Flohmärkte und letzte Woche in Bremen kamen sie an einem Stand vorbei, an dem Nazi-Devotionalien verkauft wurden: Fahnen, Abzeichen, Medaillen, Uniformstücke, Offiziersdolche und vieles mehr. Danny, der ein Faible für militärische Antiquitäten hegte, kaufte einiges davon, darunter auch einen Haufen Papiere mit Briefen, Urkunden und weiteren Schriftstücken aus der Zeit des Nationalsozialismus. Als sie sich zu Hause alles genauer ansahen, entdeckte Danny eine Karte des Konzentrationslagers Esterwegen, auf dem auch das unterirdische Tunnelsystem verzeichnet war. Außerdem war ein Geheimzugang in einem angrenzenden Wald darauf vermerkt. Ihr Urbex-Herz hatte sofort schneller geschlagen und da es ihnen keine Ruhe ließ, fuhren sie am nächsten Tag nach Esterwegen, um zu überprüfen, ob sich der Zugang tatsächlich an der entsprechenden Stelle befand, was der Fall war.

Kai schloss den Kofferraum und sah sich um. Die kahlen dunklen Stämme unzähliger Moorbirken dominierten den Wald mit dem sandfarbenen entwässerten Hochmoorboden. Rechts von ihm waren durch die Bäume hindurch die Umrisse einer alten Lagerhalle zu sehen – ein von der Witterung gezeichnetes lang gestrecktes graues Bauwerk mit Satteldach. Ein Maschendrahtzaun mit Stacheldraht trennte die Anlage vom Wald.

Als Danny sah, dass Kai so weit war, ging er voraus, den Forstweg entlang. Wie Kai war auch er unauffällig und in dunklen Farben gekleidet. Schließlich wollten sie keine unnötige Aufmerksamkeit erregen. In der klaren, frischen Luft lag der Geruch von nasser Erde. Ein leichter Nieselregen benetzte Kais Gesicht, der seinem Kumpel folgte. Nach etwa fünfzig Metern bog Danny vom Weg ab und trat zwischen die Bäume. Äste knackten leise unter ihren Schritten und dünne Zweige strichen über den Stoff ihrer Jacken. Ansonsten erfüllte eine merkwürdige Stille den Wald. Kein Vogelgezwitscher oder andere Geräusche waren zu vernehmen. Danny machte mehrmals abrupt einen Schlenker, was bei Kai Assoziationen an eine Maus weckte, die vor einer Katze flüchtete. Dann gingen sie ein Stückchen in gerader Linie weiter in den Wald hinein, bis Danny am Rande einer Lichtung in der Nähe eines alten stillgelegten Brunnens anhielt.

»Hier müsste es sein. Dann mal los.« Kai trat neben ihn und maß im Geiste die Entfernung zu den verwitterten Steinen des Brunnens. Sieben Meter laut der Karte, das kam hin. Nachdem sie das erste Mal hier gewesen waren, hatten sie den Einstieg wieder mit Laub und Erde bedeckt, aber Kai war sich sicher, dass sie sich an der richtigen Stelle befanden. Die lag nämlich ziemlich genau zwischen zwei Baumstämmen, die etwas voluminöser waren als die anderen in der Nähe und dort standen sie jetzt. Er stellte den Rucksack auf den Boden, ließ den Teleskopstiel der Schaufel ausfahren und schippte Laub beiseite. Nach einigen Sekunden traf das Schaufelblatt auf einen harten Widerstand. Augenblicke später hatte Kai eine verrostete Luke freigelegt, die ungefähr einen Meter im Durchmesser maß. Lächelnd schaute er seinen Kumpel an, der mit ernstem Gesichtsausdruck auf den Einstieg blickte. Kai schmiss die Schaufel achtlos zur Seite, klopfte sich die Hände ab und packte den Griff, mit dem die Luke versehen war. Er zog, aber nichts tat sich. Erst als er seine ganze Kraft einsetzte, hob sich die Luke langsam an. Danny kam ihm zur Hilfe und gemeinsam zogen sie die Luke komplett auf. Darunter tat sich ein dunkler Schlund auf, in den eine am Rand angebrachte Leiter hineinführte.

»Wollen wir da wirklich reingehen?« Danny sah wenig begeistert aus.

»Das wird der Knaller.« Kai holte eine Taschenlampe aus dem Rucksack und trat vor die Luke. Er leuchtete hinunter und der Lichtstrahl erhellte in etwa fünf Metern Tiefe den steinernen Boden. Kai steckte die Taschenlampe zurück in den Rucksack und nahm die Mini-Action-Cams heraus, die jeweils aus einem Stirnband und einem ovalen schwarzen Kunststoffgehäuse mit einem kleinen runden Objektiv bestanden. Er gab Danny eines der Geräte, setzte das Stirnband seiner Kamera auf und richtete diese in Blickrichtung aus. Anschließend schulterte er den Rucksack und ging zurück zur Luke.

»Alles klar, Dicker?« Kai klapste Danny auf die Schulter, der zögerlich nickte. »Dann mal los!« Kai stieg in die Öffnung hinein, die Leiterholme fühlten sich kühl an und Rost blätterte unter seinem Griff ab. Er setzte erst einen, dann auch den anderen Fuß auf eine Sprosse und kletterte langsam in die Tiefe. Unten angekommen, entnahm Kai dem Rucksack die beiden Taschenlampen und den Camcorder. Eine der Lampen knipste er an und leuchtete hoch auf Danny, der wenig später angestrengt seufzend den Boden erreichte. Kai reichte ihm den Camcorder und eine Taschenlampe. Den Lichtstrahl seiner eigenen richtete er in den Tunnel hinein, der aus dreckigem grauen Kalksandstein bestand und gerade so breit war, dass zwei Menschen nebeneinander gehen konnten. Schimmel und Flechten überzogen die Tunnelwände an vielen Stellen wie ein grün-weißes abstraktes Kunstwerk. In der Ferne verlor sich das Licht der Taschenlampe in der Finsternis. Es war totenstill und roch nach Moder, Schimmel und Verfall. Kai tastete nach dem kleinen Schalter der Actionkamera auf seinem Kopf und schaltete sie an.

»Filmst du schon?«, fragte er Danny. Der hantierte mit seiner Taschenlampe und dem Camcorder herum.

»Bin gleich so weit.«

Kai positionierte sich vor Danny, der ihn anleuchtete und den Camcorder auf ihn richtete. Das rote Blinklicht leuchtete auf.

»Krass, Leute«, begann Kai voller Begeisterung. »Wir sind endlich da und total gespannt, was uns hier unten erwartet. Es ist eng, dunkel und totenstill. Der Schimmel an den Wänden mutet auch *scary* an.« Kai trat zwei Schritte zur Seite und deutete in den dunklen Schacht hinein. »Wir setzen uns jetzt in Bewegung. Mein Herz hämmert im Rhythmus eines Techno-Songs, das sag ich euch.« Kai ging voran und schwenkte seine Taschenlampe herum.

»Du merkst dir, wo wir langgehen? Nicht, dass wir uns hier unten verlaufen«, sagte Danny, der Kai hinterhertrottete und abwechselnd vor sich und auf das Display des Camcorders schaute, mit dem er filmte.

Im Gehen wandte sich Kai der Kamera zu. »Ich habe einen guten Orientierungssinn und im Notfall können wir ja durch die Aufnahme nachvollziehen, welchen Weg wir genommen haben.« Kai folgte einer lang gezogenen

Biegung des Tunnels. Er beleuchtete den Boden, der zunehmend mit Schutt und Geröll übersät war. Hier und da musste er größeren Brocken ausweichen. Sie gingen an abzweigenden Korridoren vorbei, bogen rechts ab und kamen zu einer Stelle, an der zu beiden Seiten enge Gänge abgingen.

Kai leuchtete in beide hinein. »Für Klaustrophobiker ist das hier nichts, Leute«, sagte er lächelnd in die Kamera. »Achtet mal auf die allumfassende Stille«, fügte er flüsternd hinzu. Zunächst war kein Mucks zu hören, doch plötzlich ertönte ein tiefes dumpfes Grollen, das irgendwo über ihnen seinen Ursprung hatte.

»Was war das?«, fragte Danny.

»Vielleicht gewittert es inzwischen. Oder dieses unterirdische System knarrt gelegentlich genauso wie ein altes Schiff. Ich habe keine Ahnung. Es bleibt nervenaufreibend.« Kai übertrieb gern, wenn er an verlassenen Orten drehte, schließlich musste er die Leute unterhalten und dazu bewegen, weiter zuzuschauen. Aber in dieser wahrscheinlich lange vergessenen Tunnelanlage, an einem Ort, wo so viele Menschen umgekommen waren, erfüllte ihn tatsächlich ein anhaltender Nervenkitzel.

Kai ging weiter, nur, um gleich darauf wieder stehen zu bleiben und fasziniert die Stalaktiten zu betrachten, die wie dünne weiße Nadeln an den Seiten der Tunneldecke herunterhingen. »Was ist das denn?«, sagte er an die Kamera gerichtet.

»Kalk, vermute ich«, entgegnete Danny. »Muss sehr alt sein und sich binnen vieler Jahre gebildet haben.«

Sie liefen zwei, drei Minuten geradeaus, bis rechts vor ihnen ein weiterer abzweigender Gang auftauchte. Kai bog um die Ecke in den Gang hinein und trat plötzlich ins Leere. Ein Plätschern erklang und nachdem er es mit Mühe schaffte, sein Gleichgewicht zu halten, stand er erschrocken im Wasser, das ihm bis zu den Waden reichte.

»Alter was ist das denn?«, fragte Danny hinter ihm.

»Pass auf, da muss eine Stufe sein.« Zögerlich trat Danny ins Wasser.

»Wollen wir nicht lieber auf dem Trockenen bleiben?«

»Stell dich nicht so an! Ich will wissen, wohin das hier führt.« Kai leuchtete in den Schacht. Das im Licht der Taschenlampe schwarz aussehende Wasser erstreckte sich in unbekannter Länge in die Dunkelheit hinein. An den Wänden wucherten Schimmelpilze und Flechten in gesteigertem Ausmaß.

Das Wasser schwappte leise, als sie weitergingen. Kai hatte das Gefühl, es wurde tiefer und als er an sich hinunterblickte, ging es ihm tatsächlich schon bis zu den Knien. Links war ein Rohr auf Hüfthöhe in die Wand eingelassen, das Kai an die Kriechröhre auf dem Spielplatz denken ließ, auf den er mit seinem kleinen Bruder häufiger ging. Er leuchtete hinein, sah aber nichts weiter als Stahl und Dunkelheit.

»Ah! Verdammt!«, schrie Danny. Erschrocken wirbelte Kai herum. Sein Kumpel drehte sich hektisch um die eigene Achse, wodurch das trübe Wasser aufgewirbelt wurde, und schaute panisch nach unten.

»Was hast du?«

»Mich hat etwas in die Wade gebissen.« Kai blickte von Dannys ernstem Gesicht zum Wasser. Er wusste nicht, ob sein Freund schauspielerte oder die Wahrheit sagte. Bei früheren Erkundungen hatten sie gelegentlich so getan, als ob sie etwas Unheimliches gehört oder gesehen hatten, um die Spannung zu erhöhen. Heute hatten sie Derartiges nicht vereinbart, aber vielleicht war Danny spontan ein solcher Einfall gekommen. Wenn er ihn nun fragen würde, müsste er die Sequenz später aus dem Video herausschneiden und es entstünde eine Pause in der Aufnahme. Kai kaute unschlüssig auf seiner Unterlippe herum.

»Komm«, sagte er schließlich. Kai watete weiter durch das Wasser, während ihm das Bild einer tauchenden Ratte in den Kopf stieg, die ihn jederzeit ins Bein beißen konnte. Der beunruhigende Gedanke verschwand, als er rechts auf Hüfthöhe einen unebenen, in die Wand gehauenen Tunnel erblickte. Er leuchtete mit der Taschenlampe darauf und der Strahl erhellte zahlreiche weiße Stöcke, die auf dem Boden lagen.

»Sag mir, dass es nicht das ist, wofür ich es halte«, sagte Danny, der neben ihn getreten war und ebenfalls in den Tunnel leuchtete.

Kai musste schlucken. »Seht ihr das?«, raunte er ehrfurchtsvoll in Richtung der Kamera. »Das sind Knochen. Ich kann nur spekulieren. Vielleicht mussten KZ-Häftlinge diesen Tunnel graben und dann hat irgendwas die Wärter verärgert, die sie erschossen. Die Leichen der Häftlinge ließ man einfach hier verrotten.

Ich weiß es aber nicht. Ich weiß nur, dass wir uns das genauer anschauen.«

»Bist du irre?« Danny sah ihn entsetzt an und daran war garantiert nichts geschauspielert. Der Tunnel war eng und nicht mehr als einen Meter hoch. Sie würden kriechen müssen. Danny mit seiner molligen Figur war darüber verständlicherweise nicht begeistert.

»Wir stehen womöglich kurz vor einer spektakulären Entdeckung«, sagte Kai begeistert. »Gib mir den Camcorder. Ich gehe voran und bahne uns einen Weg.«

»Ich weiß echt nicht, Alter.« Schweißperlen glänzten auf Dannys gerötetem Gesicht. Er gab das Aufnahmegerät Kai.

»Das geht schon«, redete Kai beruhigend auf ihn ein. Da der Camcorder ihn beim Kriechen behindern würde, nahm er kurzerhand den Rucksack von den Schultern und verstaute ihn darin. Sie hatten ja noch die Action-Cams, die weiter aufzeichneten.

Kai lächelte Danny, der wie ein verlorener Junge wirkte, ermunternd an und stieg mit der Taschenlampe in der Linken auf allen vieren in den Tunnel. Er versuchte, nicht daran zu denken, dass die durch seine Bewegungen klackernden Knochen von Menschen stammten. Nachdem er ein Stück weit hatte krabbeln können, verengte sich der Tunnel zusehends und er musste auf dem Bauch kriechen. Er arbeitete sich angestrengt im Schneckentempo vorwärts und achtete auf eine gleichmäßige Atmung, um die aufkommende Klaustrophobie unter Kontrolle zu halten. Mit dem Rücken schrammte er an der Tunneldecke entlang, hinter sich hörte er Danny angestrengt ächzen. Die Wände schienen immer dichter zusammenzurücken. Mühsam robbte Kai zentimeterweise voran und als der Lichtstrahl eine Öffnung vor ihm offenbarte, atmete er erleichtert durch.

»Scheiße!« Danny klang panisch. »Scheiße! Scheiße!«

»Was ist denn?«, rief Kai, während er aus dem Tunnel kletterte.

»Ich stecke fest! Argh … hilf mir, Mann!«

Erschrocken drehte sich Kai sofort um, nachdem seine Füße den Boden außerhalb des Tunnels berührt hatten. Er beleuchtete Danny, der mit zusammengebissenen Zähnen und angstverzerrter Miene versuchte voranzukommen. Sein Kopf hatte die Farbe einer überreifen Tomate angenommen. Kai stieg zurück in den Tunnel und streckte seinem Kumpel einen Arm entgegen, den der dankbar mit beiden Händen ergriff. Seine Taschenlampe fiel dabei scheppernd auf den steinernen Untergrund. Auf einmal gab es eine ohrenbetäubende Erschütterung direkt über ihnen. »Scheiße, das stürzt ein!« In Dannys schrillem Schrei schwang Todesangst mit.

Kapitel 14

Gerds Gym war ein Fitnessstudio in der Oldenburger Innenstadt, in dem das vom Eisen der Gewichte herrührende taktmäßige Klirren von harter Rapmusik untermalt wurde. Im fensterlosen Haupttrainingsraum, der die Größe eines Klassenzimmers besaß und auf einer Seite über eine komplett verspiegelte Wand verfügte, standen Hantelbänke und verschiedene Fitnessgeräte. Es roch nach Eisen und Schweiß.

Harms lag auf der Liege einer Hantelbank und hatte seine Hände um das Metall einer langen Stange geschlossen, die sich noch in der Halterung befand und mit Hundertzwanzig-Kilogramm-Gewichten beladen war. Er atmete tief ein und aus, während er sich mental auf die Trainingsübung vorbereitete. Hinter ihm stand sein Kollege Stefan, ein athletischer Mann Anfang dreißig mit dunklen zurückgegelten Haaren und Dreitagebart, und hielt seine Hände einsatzbereit über die Hantelstange. Er fungierte als Spotter und würde sofort unterstützend zupacken, falls Harms die Kraft verließ und er sie nicht mehr nach oben drücken konnte.

Harms atmete noch einmal tief durch, bevor er die Hantelstange mit zusammengebissenen Zähnen aus der Halterung wuchtete und vor seiner Brust absenkte. Das enorme Gewicht drückte auf seine Arme und es kostete ihn immense Anstrengung, diese auszustrecken. Begleitet von Ächzen und Stöhnen presste er die Hantel hoch, um sie gleich darauf wieder abzusenken. Der Schweiß brach ihm aus allen Poren. Mit einer weiteren gewaltigen Kraftaktion stemmte er die Stange erneut in die Höhe. Als er sie diesmal absenkte, verkrampften sich seine überbeanspruchten Muskeln. Die Stange lastete schmerzhaft auf seinem Brustkorb, bis Stefan eingriff. Mit seiner Hilfe führte Harms die Stange zurück in die Halterung.

Angestrengt atmend setzte er sich auf und griff nach der am Boden stehenden Wasserflasche. Er trank gierig einen großen Schluck und sah sich in dem Fitnessraum um. Eine Blondine mit Pferdeschwanz, die eine weiße Leggins und ein dazu passendes körperbetontes Sport-Top trug, lief mit konzentrierter Miene auf dem Laufband. Ein Mann mittleren Alters mit Halbglatze, dessen gerötetes Gesicht unter der Neonbeleuchtung ölig glänzte, strampelte auf dem Ergometer. Der muskelbepackte Glatzkopf, den in Anlehnung an den berühmten Wrestler alle nur *Rock* nannten, saß an der Kraftstation und zog eine Zugstange hinter seinem Rücken wiederholt bis auf Schulterhöhe herunter. Zwei junge Männer in Muskelshirts, die Harms schon wegen ihres ständigen lauten Lachens unangenehm aufgefallen waren, standen vor der Spiegelwand. Einer von ihnen, ein Schönling mit funkelndem Ohrring und hochgestylten dunkelblonden Haaren, posierte mit vor dem Körper angewinkelten Armen, deren Muskeln er angespannt hatte. Sein Kumpel mit den kurz geschorenen Haaren knipste ihn dabei mit dem Handy.

»Du warst schon besser in Form, Chef.« Stefan lehnte sich mit vor der Brust verschränkten Armen gegen die Gewichtsscheiben der Langhantel und lächelte Harms freundlich an. Der besonnene Mann, der wegen seines südländischen Aussehens gut bei den Frauen ankam, war ein zuverlässiger Mitarbeiter und seit einiger Zeit machten sie auch öfter privat etwas miteinander. Harms tat die Bemerkung mit einer wegwerfenden Handbewegung ab und trank noch einen Schluck.

»Was macht dein Fall?«, fragte Stefan. Harms erzählte ihm, was er vorhin im Radio gehört hatte. Im Hintergrund schmetterte Eminem aggressive Verse aus unsichtbaren Lautsprechern. Die beiden Männer alberten immer noch lautstark herum, inzwischen hatten sie die Positionen getauscht und der andere posierte vor dem Spiegel.

»Das junge Mädel hat so ein Massaker angerichtet? Die Welt wird immer verrückter«, sagte Stefan mit einem Kopfschütteln.

»Ich muss unbedingt noch herausfinden, was sie da geritten hat. Ich habe Kathrin vorhin schon angerufen und sie gebeten, mir die Polizeiakte zu mailen.«

»Und wo war sie denn eigentlich in der Zeit zwischen ihrem Verschwinden und der Tat?«

Harms zuckte ratlos mit den Schultern. Die Sache ergab einfach keinen Sinn.

»Was macht denn dein neuer Fall, der mit dem Pflegedienst?« Harms hatte am Morgen im Büro in ihrem Computerprogramm mit der Auftragstabelle gesehen, dass Stefan einen neuen Fall übernommen hatte. Eine

Frau Braack hatte sich an sie gewandt, weil ihre bettlägerige Mutter, die von einem Pflegedienst betreut wurde, seit einiger Zeit merkwürdige Verhaltensauffälligkeiten zeigte. Tage geistiger Klarheit, an denen die alte Dame zufrieden war, wechselten sich regelmäßig mit Zeiten ab, in denen sie völlig weggetreten und kaum ansprechbar wirkte.

»Ich habe mir heute den Dienstplan der Pflegestation besorgt. Frag nicht wie, das war nicht so einfach, aber egal. Jedenfalls scheint Frau Braack recht zu haben mit ihrem Verdacht. Immer, nachdem ein bestimmter Pfleger Dienst hatte, ist ihre Mutter völlig durch den Wind.«

»Wird die Mutter in ihrer eigenen Wohnung gepflegt? Dann bringst du einfach eine Kamera an und stellst den Typen bei seiner nächsten Schicht.« Harms dachte an seinen Vater und spürte sein Blut in Wallung kommen. Würde eine Pflegekraft seinen Vater schlecht behandeln, würde er dieser eigenhändig den Hals umdrehen.

»Die Wohnung gehört der Tochter, aber das kommt auf dasselbe raus. Morgen Abend hat er wieder Dienst.«

Harms nickte zufrieden und stand auf. »Willst du noch weitermachen? Ich habe genug.« Er hatte sich eine gute halbe Stunde an verschiedenen Geräten betätigt, war heute aber wenig motiviert, das Training auszuweiten.

»Ich power mich noch etwas auf dem Laufband aus.« Stefan zwinkerte ihm zu und ging in Richtung des Geräts.

»Bis gleich.« Harms erhaschte im Umdrehen ein Blick auf sein Spiegelbild und er sah genauer hin. Seine massiven Oberarme waren immer noch gut trainiert, aber unter dem Shirt zeichnete sich ein nicht zu übersehender Bauch ab, der vor einigen Wochen noch weniger ausgeprägt gewesen war. Er seufzte und machte sich auf den Weg zum Ausgang. Hinter der kleinen Theke in der Ecke stand Steffi, eine solariumgebräunte Mittvierzigerin, und mixte einen Proteinshake. Der war offensichtlich für die Blondine mit dem Zopf bestimmt, die jetzt an der Theke auf einem Barhocker saß. Harms nickte Steffi zu, die ihm ein freundliches Lächeln schenkte, und trat in den Flur, als ihm Gerd entgegenkam. Der Mann war um die siebzig, schmächtig und klein. Er strahlte aber eine stille Würde und ein großes Selbstvertrauen aus, die von seiner mentalen Stärke zeugten. Körperlich war er ebenfalls nicht zu unterschätzen, denn bei seinen Reisen nach Fernost, von denen er Harms und anderen Stammgästen gern erzählte, hatte er sich profunde Kenntnisse in asiatischen Kampfsportarten angeeignet.

»Du siehst nicht sonderlich gut aus, Junge.« Gerd musterte ihn unverhohlen und sah ihm in die Augen, als wolle er in seiner Seele lesen.

»Danke, Gerd. Ich liebe Komplimente.« Harms rieb sich über die Glatze und lächelte zerknirscht.

»Wenn man zu oft zurückschaut, übersieht man die schönen Dinge, die vor einem liegen. Schau mal wieder öfter vorbei.« Gerd klatschte ihm sanft auf den Bauch und schob sich an ihm vorbei in den Fitnessraum.

Harms ging durch den weiß gefliesten Flur, an dessen Wänden Poster von Bodybuildern hingen, zur Umkleidekabine. Als er diese betrat, sah er einen Schönling mit nacktem Oberkörper vor einem Waschbecken stehen, hinter dem ein großer Spiegel hing. Der junge Mann war trainiert, aber bei Weitem nicht so breit und massig wie Harms. Er spannte seine Muskeln an, während er mit der linken Hand sein Handy hochhielt und sein Spiegelbild fotografierte.

Harms rollte die Augen. »Das ist ein Fitnessstudio und keine Foto-Location für Narzissten«, sagte er und wandte sich nach rechts, wo die Spinde und Umkleidebänke standen.

Der Schönling drehte sich zu ihm um und sah ihn entgeistert an. »Bist wohl neidisch, Alter, was?« Harms wollte die Bemerkung ignorieren und zu seiner Sporttasche gehen, als die Wut derart gewaltig durch seine Venen schoss, als wäre eine Staumauer in seinem Inneren durchbrochen. Mit zwei schnellen Schritten war er bei dem Schönling und drückte ihn kraftvoll den halben Meter zurück gegen die gekachelte Wand. Wie ein Schraubstock schloss sich seine Hand um den Hals des Mannes, dessen Gesicht rot anlief und in dessen Augen Angst aufflammte.

Plötzlich spürte Harms einen Schmerz in der rechten Kniekehle und sein Bein knickte weg. Er lockerte seinen Griff und als auch sein anderes Bein getroffen wurde, ließ er los und sank zu Boden. Tritte hagelten auf ihn ein. Harms stöhnte schmerzerfüllt und hielt die Arme schützend vor den Kopf. Zuvor hatte er noch gesehen, dass es sich bei dem Angreifer um den Freund des Schönlings handelte.

»Du Wichser«, schrie einer der beiden und eine Trittsalve setzte ein, die Harms aufschreien ließ.

»Hey!« Ein lauter Schrei überlagerte den Tumult und dann hörten die Tritte abrupt auf. »Macht, dass ihr wegkommt!«

Harms erkannte Stefans Stimme und als er seine Arme senkte, sah er seinen Kollegen über sich stehen. Er blickte den beiden Typen nach, die sich in eine Umkleidekabine verzogen. Einer der beiden sagte irgendetwas, das nach einer Rechtfertigung klang, aber Harms verstand es nicht konkret. Er setzte sich auf und spürte in sich hinein, ob er unversehrt war. Der Schmerz ließ bereits wieder nach. Offenbar hatte der Angriff keinen großen Schaden angerichtet.

Kapitel 15

Anderthalb Stunden später saß Harms in seinem nur spärlich beleuchteten Büro und wartete, dass der Laptop hochfuhr. Der Wind pfiff um das Haus und ließ Regentropfen gegen die Fensterscheibe prasseln. Harms trank einen großzügigen Schluck aus seinem Glas, in dem zwei Eiswürfel in Whiskey-Cola schwappten. Der Alkohol strömte augenblicklich in seine Blutbahn und schenkte ihm ein Gefühl wohliger Entspannung, das sich über ihn legte wie eine behagliche Decke. Ein leichter Schmerz in der Rippengegend und an den Knien erinnerte ihn an die Auseinandersetzung im Fitnessstudio.

Die Jähzornanfälle, bei der die Wut aus ihm herausbrach wie Lava aus einem Vulkan, häuften sich wieder. Sein ehemaliger Psychotherapeut Dr. Fitz, ein Intellektueller mit hipper Designerbrille und grauen Locken, hatte *Intermittent Explosive Disorder* diagnostiziert, einfacher ausgedrückt: ein Wutsyndrom.

Harms gönnte sich einen zweiten Schluck, während er an die albernen Rollenspiele im Rahmen der kognitiven Verhaltenstherapie zurückdachte, die ihn veranlasst hatten, diese vorzeitig abzubrechen. Immerhin hatte er da seine Anstellung bei der Polizei sowieso schon verloren gehabt.

Nach einem weiteren Schluck stellte Harms das Glas ab und öffnete den Browser auf seinem Laptop, um sich in sein E-Mail-Postfach einzuloggen. Dort klickte er auf die Mail seiner ehemaligen Kollegin Kathrin, die zwei Dokumente mit internen Ermittlungsergebnissen zu den beiden außergewöhnlichen Mordfällen in Esterwegen angeheftet hatte. In den folgenden Minuten sah sich Harms die blutigen Bilder der Opfer an, die mit ungebremster Brutalität förmlich abgeschlachtet worden waren. Dann betrachtete er ein Foto der Person, die er hatte finden sollen. Er schluckte trocken. Die Nahaufnahme zeigte das blutleere Gesicht der jungen Frau. Sie hatte die Augen grotesk weit aufgerissen und unter ihrem Kinn steckte das aus Edelstahl gefertigte Griffstück eines elektrischen Fleischermessers, dessen Klingenspitze oben an ihrem Hinterkopf herausragte. Offensichtlich hatte sie sich das Gerät selbst durch den Kopf getrieben. Die Ermittlungen, die wie auch beim Stratmann-Massaker von Oberkommissar Karl-Heinz Behrendts geleitet wurden, hatten ergeben, dass die Täterin zuerst einen Mann unten in der Küche mit dem Messer und dann seine Geliebte oben im Schlafzimmer ermordet hatte. Die nackte Frau mit der Catwoman-Maske war auf einem hölzernen Bettpfosten aufgespießt worden wie ein Käsehäppchen auf einem Zahnstocher. Der bizarre Anblick veranlasste Harms nach seinem Whiskey-Glas zu greifen und noch einen Schluck zu trinken. Die Polizei hatte keinen Schimmer, was Lisa Weiß bewogen hatte, in das Haus einzudringen und zunächst das Paar und dann sich selbst hinzurichten. Auch beim Stratmann-Massaker war nicht ersichtlich, warum ein zuvor unauffälliger Teenager aus heiterem Himmel zu einem Massenmörder geworden war. Harms war dem

Kommissar einige Male kurz begegnet. Ein großer Mann um die sechzig mit ausgeprägten Tränensäcken, die ihm das Aussehen eines müden Dackels verliehen. Er galt jedoch als erstklassiger Polizist mit messerscharfem Verstand.

Der Vibrationsalarm seines Handys ging los. Harms zog das Gerät aus seiner Hosentasche und blickte aufs Display.

Sekunden später öffnete er die WhatsApp-Nachricht einer unbekannten Nummer: Schwester Bernadette.

»Vielen Dank für das Date, Herr Harms. :-) Inzwischen haben Sie Ihre Vermisste sicherlich gefunden. :-(Vielleicht glauben Sie mir jetzt, dass hier etwas Übles vorgeht.«

Harms klickte auf ihr Profilbild, auf dem sie, zu seiner Überraschung, ohne Habit zu sehen war. Schwarze schulterlange Locken umspielten ihr Gesicht. Ihr Teint war zart und makellos, sie lächelte dezent, die betörend blauen Augen funkelten belustigt. Harms' Herzschlag beschleunigte sich für einen Moment, dann legte er das Smartphone auf den Tisch und wandte sich wieder seinem Laptop zu.

Sowohl beim Stratmann-Massaker als auch bei den gestrigen Mordfällen war der Täter beziehungsweise die Täterin scheinbar willkürlich vorgegangen und hatte sich letztlich selbst umgebracht. Was die Fälle noch miteinander verband, waren kryptische Zeichen, die mit Blut an eine Zimmerwand aufgetragen worden waren. Interessiert betrachtete Harms die entsprechenden Bilder und las, was dazu in den Berichten stand. Die Polizei hatte diesbezüglich Professor Walter Lampfer aus Zürich, eine international anerkannte Koryphäe in den Bereichen Semiotik und Kryptologie, zurate gezogen. Allerdings hatte der Experte die Bedeutung der Zeichen nicht entschlüsseln können. Er wies auf Ähnlichkeiten zur sogenannten Byblos-Schrift hin, von der Zeugnisse auf Stein- und Bronzetafeln aus der Zeit um das 18. Jahrhundert vor Christus gefunden worden waren. Sie galt als einer der Vorläufer der arabischen Schrift. Lampfer erklärte weiterhin, dass einige der Zeichen wie leicht veränderte ägyptische Hieroglyphen aussähen, andere jedoch gar nicht. Aufgrund der Struktur der Zeichen ging er davon aus, dass es sich keineswegs um sinnloses Geschmiere wirrer Geister handelte, sondern die Verfasser sehr gut wussten, was sie schrieben. Diese These bestätigte auch ein hinzugezogener Grafologe, der darauf spezialisiert war, aus der Handschrift Rückschlüsse auf die Persönlichkeit des Verfassers zu ziehen. Der forensische Ermittler aus Bremen erklärte, dass der angewandte Druck beim Schreiben sowie Neigung und Abstand der Schriftzeichen auf jemanden hindeuteten, der konzentriert und ohne Hektik und Emotionalität vorgegangen war. Eine verblüffende Erkenntnis in Anbetracht der Tatsache, dass die beiden Täter gerade Menschen hingerichtet hatten und kurz davor standen, sich selbst die Lebenslichter auszupusten. Entweder handelte es sich der Analyse zufolge also um absolute Soziopathen ohne Gefühle und Empathie oder die beiden hatten wirklich komplett den Verstand verloren.

Harms schaute sich ein Bild mit den Zeichen genauer an. Eines sah aus wie ein einfaches Viereck, ein anderes wie ein Kreis mit Punkt drin und noch ein anderes ähnelte der Silhouette einer Schlange oder eines Vogels. Dann waren Symbole mit geschwungenen Linien und Zacken dabei, die mit keinerlei Schriftzeichen Ähnlichkeit hatten, die Harms kannte. Er rieb sich mit Daumen und Zeigefinger an der Nase und speicherte zwei Bilder, auf denen die Wände mit den Blutzeichen frontal zu sehen waren. Anschließend loggte er sich in das SID ein, lud die Bilder hoch und fragte, ob irgendjemand damit etwas anfangen konnte.

Er trank sein Glas leer und beschloss, Feierabend zu machen. Auf dem Weg nach Hause würde er sich überlegen, was er der Nonne als Antwort tippte. Er war neugierig, was hinter diesen merkwürdigen Morden steckte und er sah es als seine Pflicht an herauszufinden, was Lisa Weiß widerfahren war. Sie lebendig zurückbringen konnte er nicht, aber er wollte ihrer Schwester zumindest irgendeine Erklärung liefern, was sie zu solch einer schrecklichen Tat veranlasst hatte.

Kapitel 16

Gesteinsbrocken rieselten herab und Staub wirbelte auf, der Kai in die Augen stieg und ihn zum Husten brachte. Dannys schrilles Geschrei ging in einem lauten Beben unter. Verzweifelt zerrte er an Kais Arm, im Bemühen, sich loszureißen. Kai fühlte Panik in sich hochsteigen und er erwartete, dass jeden Moment die Decke über ihnen einstürzen und sie für immer in diesem Schacht begraben würde.

Erleichtert sah er, dass Danny sich ein kleines Stück auf ihn zubewegte.

»Ja, komm, komm, weiter!« Kai kroch hektisch rückwärts, während Danny seinen Arm wie eine Rettungsleine umklammerte. Immer mehr Steine regneten auf sie nieder. Kai hatte das Ende des Tunnels erreicht und setzte seine Füße wieder auf dem Boden der Kammer auf. Hastig ließ er die Taschenlampe fallen, griff mit seiner freien Hand nach Dannys Schulter und zog mit aller Kraft an ihm. Kai stolperte rückwärts und fiel unsanft auf den Hosenboden, wobei irgendetwas schmerzhaft in seine Gesäßbacken drückte. Danny landete auf ihm drauf, woraufhin Kai aufschrie und mit dem Rücken auf die Erde gepresst wurde. Begleitet von einem ohrenbetäubenden Krachen stürzte der Tunnel ein. Gesteinsblöcke fielen irgendwo um sie herum mit tosendem Lärm herunter und ließen den Boden vibrieren. Dann kehrte Stille ein.

Kai atmete tief durch und schob Danny von sich herunter, dessen Gewicht unangenehm auf ihm lastete. Etwas Spitzes stach in seinen Rücken. Er kämpfte sich mühsam auf die Beine und orientierte sich. Die Taschenlampe lag zwei Meter von ihm entfernt auf der Erde und als er darauf zuging, splitterte und krachte etwas unter seinen Schritten. Kai hob die Taschenlampe auf und beleuchtete die Umgebung. Verwirrt stellte er fest, dass er mitten im Nebel stand, bis ihm klar wurde, dass es sich um eine Staubwolke handelte. »Alles klar bei dir, Danny?«

»Geht schon«, presste sein Kumpel angestrengt hervor. Der Strahl der Taschenlampe zuckte durch den Dunst, der sich langsam lichtete. Kai leuchtete in die Richtung, aus der er Dannys Stimme vernommen hatte und dann sah er seinen Freund undeutlich durch Staubschwaden auf dem Boden sitzen. Kai machte ein paar Schritte auf ihn zu, wobei erneut etwas am Boden knackte.

»Gott sei Dank, geht es dir wirklich gut?« Er leuchtete Danny in dessen staubbedecktes Gesicht, als etwas am Rande des Lichtkegels seine Aufmerksamkeit erregte. Nachdem er den Lichtstrahl zur Seite gerichtet hatte, stolperte er vor Schreck zwei Schritte rückwärts. »*Fuck!*« Kais Herz begann zu rasen. Direkt neben Danny saß jemand auf dem Boden.

»Was ist?«, fragte dieser alarmiert.

Kai trat wieder vor und sah genauer hin. Neben Danny hockte in einer leicht zurückgelehnten Körperhaltung ein grauweißes menschliches Skelett, dessen leere Augenhöhlen Kai direkt anzustarren schienen. Das

Skelett lehnte nicht etwa an der Wand, sondern an einem knöchernen Brustkorb. Kai schwenkte die Taschenlampe umher und blickte fassungslos auf eine nicht enden wollende Aufreihung des Todes: Skelettierte Schädel und Knochen verschiedener Größe und Form bedeckten den ganzen Boden, lagen übereinander und ineinander verkeilt wie die Überreste hastig entsorgter Leiber in einem Massengrab. Und genau das war diese Kammer: ein Massengrab.

»Scheiße!«, entfuhr es Danny, dessen Blick dem Lichtkegel folgte. Er stand hektisch auf und ging zu Kai, dabei trat er auf einige Knochen, die unter seinem Gewicht splitterten. Jetzt wusste Kai auch, woher diese Geräusche schon zuvor gestammt hatten. Ein beklemmendes Gefühl ergriff von ihm Besitz. Davon zu hören oder zu lesen, dass viele Menschen an einem Ort ihr Leben gelassen hatten, war eine Sache – inmitten ihrer sterblichen Überreste zu stehen eine ganz andere. Kai drehte sich um die eigene Achse und blickte sich ehrfurchtsvoll um. Die Größe dieser Kammer war wegen der umherziehenden Staubschwaden kaum auszumachen. Klein war sie jedoch nicht.

»Wie kommen wir hier nun wieder raus?«, fragte Danny ängstlich. Unbehagen erfüllte Kai, denn das war in der Tat eine gute Frage. Der Lichtstrahl wanderte über unzählige Totenköpfe, die hämisch zu grinsen schienen.

»Wir finden schon einen Ausgang, der Tunnel war bestimmt nicht der einzige Zugang.« Kai vernahm ein leises Klappern in einigen Metern Entfernung und er versteifte sich. »Hast du das auch gehört?«, raunte er seinem Freund zu.

»Was denn?«

Kai lauschte angestrengt, hörte jetzt aber nur Stille. Er atmete tief durch. »Hol mal das K2 raus«, sagte er zu Danny. Er wollte sich ablenken, um einen kühlen Kopf zu bewahren. Außerdem war ihm bewusst, dass ihre Action-Cams alles aufzeichneten. Sie würden schon einen Ausweg finden und dann konnte er den Clip seines Lebens veröffentlichen. Schon der dramatische Einsturz und das Massengrab würden das Video viral gehen lassen.

»Hast du sonst keine Sorgen?«, fragte Danny. Er holte das K2 dennoch aus seiner Hosentasche hervor und schaltete es an, woraufhin ein kurzes leises Piepen erklang. Das Messgerät, das in Form und Größe einer Fernbedienung ähnelte und vorn fünf verschiedenfarbige Leuchtdioden besaß, diente zur Erfassung elektromagnetischer Felder. Diese galten als Indiz für paranormale Aktivität. Je nach Stärke des Feldes reagierte das Gerät mit einem visuellen Effekt von Blau über Gelb bis Rot. Im Moment leuchtete nur die blaue Diode.

»Wenigstens gehen die Geister der Toten hier offenbar nicht um«, murmelte Kai fast ein wenig enttäuscht.

»Lass uns lieber sehen, wie wir hier rauskommen«, antworte Danny schnippisch.

Kai setzte, bemüht nicht wieder Knochen zu zertreten, vorsichtig einen Fuß vor den anderen und suchte die Wände vergebens nach einem Durchgang ab. Als er den Lichtstrahl auf die eingestürzte Wand richtete, fiel ihm in der Ecke ein Loch in der Decke auf. Er stupste Danny an und deutete darauf, während er schon auf den Geröllhaufen zuging und sich im Geiste einen Weg nach oben suchte. Mit Hilfe von Händen und Knien kletterte er vorsichtig hinauf. Einmal rutschte sein Fuß ab, woraufhin kleine Steinchen auf Danny rieselten, der ihm folgte. »Pass doch auf«, sagte der unwirsch. Als Kai den Riss in der Decke erreichte, zog er sich ächzend hoch und schob sich hindurch. Er fand sich in einem Steingang wieder, reichte Danny eine Hand und half ihm hoch.

Am Boden sitzend, atmeten sie durch, bevor sie aufstanden und sich umsahen. Der Gang war breiter als die Tunnel zuvor und seine Wände waren aus rotem Backstein gebaut. An der Decke verliefen schmutzige Rohre und auf einer Seite standen zwei verrostete Schubkarren am Rand.

»Haben sie mit den Karren die Leichen hergeschafft?«, fragte Danny.

»Möglich«, antwortete Kai und ging einige Meter weiter, während er den Lichtstrahl über die Wände huschen ließ. »Komm mal her! Hier ist eine Tür!« Der Lichtkegel verharrte auf einer massiven Eisentür mit einem radförmigen Griff, während Kai zu der dunklen Silhouette seines Freundes sah, der sich ihm näherte. Kai drehte an dem verrosteten Steuerradgriff, der zunächst klemmte, sich dann jedoch bewegen ließ. Ein Verriegelungsmechanismus wurde deaktiviert und die Tür schwang nach innen auf. Neugierig trat Kai ein und erblickte einen recht kleinen Raum, der überfüllt war mit Rollstühlen,

Krankenbahren, Infusionsständern und Gerätschaften, deren Zweck sich ihm nicht auf Anhieb erschloss. Alles war von einer dicken Staubschicht überzogen. »Sieht aus wie die Abstellkammer eines Krankenlazaretts«, murmelte er.

»Kai, wir sollten einen Weg nach draußen suchen. Mir gefällt das nicht. Niemand weiß, dass wir hier sind und keiner würde uns hier finden.«

»Ich weiß, aber das ist eine einmalige Entdeckung, Dicker. Wann immer wir verlassene Locations erforschen, hoffen wir doch, einen wirklich unberührten, geschichtsträchtigen Ort zu entdecken. Das ist so was und dann noch an einer so schrecklichen Stätte.« Kai klopfte Danny kumpelhaft auf die Schulter. Sein Freund sah mitgenommen aus. Schweißperlen glänzten auf seinem geröteten staubbedeckten Gesicht. »Wir schauen uns noch kurz um, dann suchen wir einen Weg nach draußen. Hier sind früher Leute runtergekommen, also gibt es auch Ausgänge.« Kai kehrte in den Gang zurück und entdeckte ein paar Meter weiter eine gleichartige Tür. Er drehte an dem Steuerradgriff, aber es tat sich nichts. Erst unter Aufbietung seiner ganzen Kraft gelang es Kai, das Rad zu bewegen und die Tür zu öffnen.

Er schaute kurz zu Danny, der hinter ihm stand, ging hinein und sah sich um. Dieser Raum war um einiges größer als der erste. In der Mitte baumelte an dicken Kabeln eine monströse Operationsleuchte von der Decke, die dreckig und voller Staub war. Darunter stand eine verrostete Liege. Die Wände waren mit hellgrünen Fliesen bedeckt, von denen sich etliche gelöst hatten. An manchen Stellen zogen sich Blutstriemen über die Fliesen. Kai vermutete zumindest stark, dass es sich um Blut handelte. Auf einer Seite befanden sich zwei Schränke und ein Edelstahlrollwagen mit Schubladen. Kai näherte sich den Schränken, als ein entferntes Poltern zu hören war. Er verharrte.

»Was zur Hölle war das?«, fragte Danny. Es hatte geklungen, als wäre es von außerhalb des Raums, irgendwo über ihnen, gekommen.

»Vielleicht wieder irgendeine Erschütterung, eine Art Nachbeben«, sagte Kai, trat vor einen Edelstahlschrank und zog die beiden Stahlflügeltüren auf. Der Schrank war gefüllt mit Operationskleidung. An einer Kleiderstange reihten sich dunkelgrüne Kittel aneinander. Auf Ablagen darüber befanden sich Kopfhauben, Operationsmasken, Körbe mit Silikonhandschuhen und Kunststoffflaschen mit Desinfektionsmitteln. Kai wandte sich dem Medizinschrank zu, der daneben an der Wand hing. Über dem Griff steckte ein verrosteter Schlüssel im Schloss. Kai zog die leise quietschende Tür auf und leuchtete hinein. In verschiedenen Fächern befanden sich Gläser, die Tabletten enthielten, braune Glasflaschen unterschiedlicher Größe mit Etiketten, deren Schrift verblasst war, Tuben mit Salben, Mullbinden, Pflaster und weitere Medizinprodukte. Auf der Ablage darunter lag ein Stapel Papiere und ein Lederetui, das Kai aufklappte. Es enthielt Scheren, Skalpelle, Pinzetten und Präpariernadeln. Kais Blick flog über eine Box mit grünen Kunststoffspritzen bis zu einem Ordner, den er herausnahm und aufschlug. Er überflog das vergilbte

Deckblatt, das mit dem Namen ›Josef Woijtowicz‹ versehen war und auf dem die personenbezogenen Daten des Mannes standen.

«Einlieferung: 17. August 1935«, las Kai an einer der wenigen Stellen, die er entziffern konnte. Er klappte die Akte zu. Ein ungutes Gefühl beschlich ihn und er dachte an die Blutstriemen an den Wänden. Ein Operationssaal war nie ein Ort der Freude, aber dieser erschien in besonderem Maße von Leid geprägt. Sein Blick fiel auf die restlichen Papiere und erfasste einen unscheinbaren beigefarbenen Umschlag. Er klemmte sich die Taschenlampe unter den Arm und nahm ihn an sich, nachdem er die Akte zurückgelegt hatte. Er griff hinein und zog einen Stapel schwarz-weißer Polaroid-Fotos hervor.

»Was ist das?«, fragte Danny, der sich neben ihn gestellt hatte.

»Halt mal die Lampe, dann sehen wir es.«

Danny nahm ihm die Taschenlampe ab und leuchtete auf das erste Bild. Einige Sekunden betrachteten sie es stumm, dann entlud sich ihre Bestürzung synchron in einer entsetzten Äußerung.

»Heilige Scheiße!«, stieß Danny hervor.

»Mein Gott!«, sagte Kai. Auf dem Bild waren ein Mann und eine Frau zu sehen, beide um die vierzig, die nebeneinander vor einer gefliesten Wand standen. Die Frau war nackt, der Mann bis auf die Schamgegend ebenfalls. Auf ihren linken Oberarmen prangte jeweils ein grob tätowierter sechszackiger Stern: der Judenstern. Kai hatte einen Moment benötigt, um zu erkennen, dass der ausgemergelte Mann mit dem verhärmten Gesicht, dessen Blick zu Boden gerichtet war, nicht etwa eine helle Unterhose trug. Sein Unterleib war mit Mullbinden umwickelt und die Frau, zwischen deren Beinen sich ein Nest dunkler Schamhaare kräuselte, hatte sein Geschlechtsteil zwischen ihren Lippen stecken. Mit verweinten Augen schien sie an einer Raupe zu saugen. Am Rand des Bildes stand ein Mann mit adrett gescheitelten Haaren, der eine Uniform mit SS-Abzeichen am Kragen trug, eine Pistole in der Hand hielt und in die Kamera lächelte. Kai spürte, wie ihm die Galle hochstieg. Er blätterte schnell durch den Fotostapel, der weitere Bilder mit anderen Paaren in derselben Inszenierung enthielt.

»Krank«, sagte er kopfschüttelnd, packte die Fotos in den Umschlag und legte ihn zurück.

»Mir ist echt schlecht«, meinte Danny. »Ich will wirklich hier raus.«

»Wir gehen auch.« Kai hielt auf den Ausgang zu und dachte angestrengt an das hübsche Gesicht von Carina, die er seit einigen Wochen datete, um sich abzulenken und seinen Magen zu beruhigen. Draußen auf dem Gang blieb er stehen und atmete tief ein und aus. Einen Moment lang wurde ihm die absolute Stille bewusst, die sie umgab und die seine Beklemmung verstärkte. Das war definitiv genug Abenteuer für heute gewesen, sie mussten schnell einen Weg hier rausfinden. Kai leuchtete hinter sich, um sich zu vergewissern, dass Danny da war.

Sie legten ein Stück zurück, ohne weitere Türen zu sehen, die vom Gang abgingen. Plötzlich ertönte ein durchgängiges Piepen. Kai blieb stehen und fuhr erschrocken zu seinem Freund rum. »Was ist das?« Danny steckte eine Hand in die Hosentasche, wühlte hektisch darin herum und holte das K2-Messgerät hervor, welches den Piepton absonderte. Alle fünf Dioden leuchteten und blinkten in einem schnellen Takt. Kai schluckte verunsichert, er war noch verschreckt von den grausamen Bildern. Instinktiv richtete er den Lichtstrahl an Danny vorbei den Gang entlang. Nichts. Schnell drehte er sich um und kontrollierte die andere Seite.

Kapitel 17

Schwester Bernadettes pralle feste Brüste wogten auf und nieder, während sie untermalt von lautstarkem Stöhnen in einem schnellen Rhythmus auf Harms ritt. Sein harter Schwanz glitt begleitet von einem klatschenden Geräusch immer wieder tief in die Nonne, der Haare im verschwitzten Gesicht klebten. Er löste seine Hände von ihren schmalen Hüften und griff an ihre schweren und weichen Brüste, um sie zu massieren. Als sie sich vorbeugte, liebkoste er abwechselnd ihre aufgerichteten Brustwarzen und saugte daran, was seine Geilheit noch steigerte und seinen Schwanz in ihrer feuchten Spalte weiter anschwellen ließ.

Entschlossen umfasste sie sein Gesicht und drückte ihn nieder, um sich dann zu ihm hinunterzubeugen und ihren Mund auf seinen zu pressen. Augenblicklich verschmolzen ihre Zungen zu einem leidenschaftlichen Tanz im Takt ihres Liebesspiels. Sie küssten sich gierig, Bernadette bewegte sich schneller und Harms kam ihren immer wilder werdenden Stößen entgegen, indem er den Unterleib hob und seinen Schwanz bis zum Anschlag in sie presste. Ihre Münder lösten sich; Bernadette richtete sich auf und ließ mit geschlossenen Augen ihr Becken kreisen.

Harms packte ihre Hüfte, drückte sie herunter und drehte sich um, während er mit ihr vereint blieb, sodass er auf ihr zum Liegen kam. Sein Blick glitt über ihre rasierte Vagina mit den rosigen Schamlippen, zwischen die er seinen Schwanz mit ungezügelter Härte rammte. Bernadettes Lustschreie verschmolzen mit dem Quietschen und Knarren des Bettes zu einer Sinfonie hemmungsloser Lust. Harms legte sich ihre Beine auf die Schultern, hob sein Becken an, beugte sich vor, stützte sich neben ihrem Körper auf der Matratze ab und fickte sie gnadenlos, angetrieben von unbändiger Lust. Sein Schwanz schwoll noch mehr an und zuckte. Sie schrie schrill und abgehackt, ihr Becken erbebte, dann schoss ein Schwall Sperma nach dem anderen in ihre Vagina. Harms hatte einen gewaltigen Orgasmus, der himmlische Glücksgefühle in Wellen durch seinen ganzen Körper sandte. Er schloss die Augen und gab sich ganz dieser Wonne hin, genoss die Momente tiefster Ekstase und Befriedigung.

Als er die Augen wieder aufschlug, schaute er in eine Fratze des Grauens. Der wuchtige Hyänenkopf wurde dominiert von einer breiten Schnauze mit großen Nüstern. Darunter offenbarten die zurückgezogenen Lefzen messerscharfe Reißzähne. Am furchterregendsten aber waren die geröteten Augen mit den kleinen Pupillen, die Harms bösartig taxierten.

Das Bild verschwamm vor Harms Augen und nun befand er sich auf dem Rücksitz eines Transporters und beobachtete mit einem Fernglas durch die getönte Heckscheibe eine kleine Grünanlage, die sich rund um einen Teich erstreckte. An schönen Tagen war der Park ein idyllischer Ort, wo Kinder sich auf einem Abenteuerspielplatz vergnügten und Erwachsene auf Picknickdecken die Sonne genossen oder Enten fütterten. In der Dämmerung dieses wolkenverhangenen Wintertages wirkte die Anlage jedoch trostlos und düster. Das matte Licht einiger weniger Straßenlaternen ließ viele Bereiche in tiefe Schatten getaucht und das Wasser des Teichs schimmerte wie schwarzes Öl. Bei einer Parkbank stand ein hagerer Mann in einer Kapuzenjacke, der die Hände tief in die Taschen gesteckt hatte. Ein paar hundert Meter weiter gingen zwei Personen an einer anderen Bank vorbei, auf der ein in einen dicken Anorak gehüllter Mann saß. Scheinbar ein Obdachloser, wie die Glasflasche in seiner Hand und der Einkaufswagen neben ihm vermuten ließen.

»Ich hoffe, die wollen nicht zu ihm«, sagte der vermeintliche Obdachlose, bei dem es sich um Harms' Partner bei der Kriminalpolizei handelte, in ein kleines Mikrofon im Jackenkragen. »Die sind höchstens dreizehn, vierzehn. Noch Kinder.« Harms hörte Jürgen Markusens Worte über einen kleinen Knopf im Ohr, während er in gebannter Erwartung das Geschehen verfolgte. Einerseits wünschte er sich, dass die beiden nicht auf dem Weg zu ihrer Zielperson waren, andererseits warteten Harms und sein Kollege auf genau solch eine Gelegenheit. Seit zwei Wochen waren sie Zoltán Baksay auf der Spur, einem dreiundzwanzigjährigen Drogendealer, der in Szenekreisen nur *Zecke* genannt wurde.

Baksay schaute nicht in die Richtung der sich nähernden Jugendlichen, bemerkt hatte er sie aber bestimmt schon. Mit einem Fuß lässig auf die Parkbank aufgestützt, schien er auf den Teich zu starren. Harms hielt die Luft an: Gingen die beiden an ihm vorüber oder blieben sie stehen? Vorsichtshalber tauschte er das Fernglas gegen die Nikon-Spiegelreflexkamera, die neben ihm bereitlag. Er zoomte heran. Als die Jugendlichen anhielten und etwas mit der Zielperson austauschten, hielt er das Geschehen auf Bildern fest.

»Schnappen wir uns das Arschloch«, sagte Jürgen, sprang von seiner Bank auf und ging mit schnellen Schritten auf die drei zu. Harms legte die Kamera gerade weg, als sein Partner bemerkt wurde. Die Jugendlichen rannten quer über eine Rasenfläche davon und Zecke lief auf dem Gehweg in seine Richtung. Harms stieg aus dem Transporter, der auf dem Kundenparkplatz einer Sparkasse am Rand des Parks stand, schlich in gebückter Haltung hinter das Heck und spähte vorsichtig um die Karosserie herum. Baksay war nicht mehr weit entfernt und beabsichtigte, an der Sparkasse vorbeizulaufen. Harms richtete sich auf und rannte über den kurzen Rasenstreifen zum Gehweg. Als Zecke ihn bemerkte und die Richtung ändern wollte, war es schon zu spät. Harms griff um die Hüfte des jungen Kosovoalbaners, hob ihn vom Boden hoch und machte mit ihm durch den Schwung der Bewegung eine halbe Umdrehung, bevor er ihn zu Boden warf. In Sekundenschnelle war Harms über dem Mann, drückte ihn mit seinem Gewicht herunter und riss ihm die Kapuze vom Kopf.

»Lass los, du Wichser«, stieß Baksay unter Stöhnen hervor.

»Du Arschloch, Drogen an Kinder verkaufen!« Harms, in dem die Wut brodelte, drückte die hellbraune Haut des Albaners an den Wangen mit Daumen und Zeigefinger unsanft zusammen, wodurch der unfreiwillig eine groteske Grimasse schnitt.

»Fick dich, Scheißbulle!« Nach dieser Beleidigung folgte Harms' erster Schlag, der den Albaner an der Schläfe traf. Zeitgleich steigerte sich seine Wut ins Unermessliche. Während er den Mann mit harten Schlägen malträtierte, sah er in ihm plötzlich den Typen, der den tödlichen Unfall seiner Familie verursacht hatte. Rasend vor Zorn riss Harms den Kopf des Albaners hoch, nur um ihn dann wiederholt brutal auf den Pflasterstein zu schmettern. Als ihn jemand an der Schulter packte und von Baksay fortriss, breitete sich unter dessen Kopf schon eine Blutlache aus.

Schweißüberströmt schnappte Harms nach Luft und setzte sich ruckartig im Bett auf. Er knipste die Nachttischlampe an. 03:16 Uhr zeigten die roten Lettern seines Radioweckers an. Tief durchatmend ließ er im Geiste seinen Traum Revue passieren.

Kapitel 18

Am nächsten Vormittag parkte Harms sein Auto neben der kahlen Hecke, die das Kloster Esterwegen umgab. Er wollte gerade den Motor ausschalten, als Schwester Bernadette um die Ecke kam und ans Beifahrerfenster klopfte. Harms beugte sich zur Seite und entriegelte die Tür. »Guten Morgen«, grüßte die Nonne beim Einsteigen freundlich.

»Hey«, antwortete Harms weniger munter und setzte mit dem Auto zurück.

Nachdem es am Vorabend wieder einmal zwei, drei Gläschen Whiskey-Cola mehr geworden waren, als zunächst beabsichtigt, fühlte er sich ein wenig gerädert. Außerdem hatte er schlecht geschlafen.

»Schietwetter mal wieder«, sagte Schwester Bernadette.

»Schiet ist die Verniedlichung von Scheiße. Und das aus Ihrem Munde!« Harms fuhr durch das Tor in dem Zaun, der die gesamte Anlage umgab, auf eine Zufahrtsstraße. »Aber Sie haben natürlich recht.« Er blickte auf die Scheibenwischer, die in monotoner Effizienz ihren Dienst verrichteten und in diesen Tagen im Dauereinsatz waren.

»Nun seien Sie mal nicht so streng mit mir, Herr Harms.« Schwester Bernadette grinste ihn von der Seite an. Ein frischer Duft ging von ihr aus. Harms glaubte, die zarten Noten von Pfirsich und Vanille auszumachen.

Er brummte etwas Unverständliches vor sich hin, was so viel heißen sollte wie ›bin ich gar nicht‹.

»Sie wirken manchmal wie ein notorischer Griesgram«, sagte die Nonne.

Harms warf ihr einen überraschten Blick zu. »Und Sie wirken heute Morgen ganz schön aufgekratzt. Sagen Sie mir lieber, wo es langgeht.«

»Wie geht es Ihnen?«, fragte sie ernst. »Da vorn müssen Sie rechts ab.« Harms stoppte an einer Kreuzung, an der ein Schild verkündete: ›Esterwegen 3 km‹.

Nach einem Moment des Schweigens erzählte Harms der Nonne beim Weiterfahren von dem Vorfall im Fitnessstudio und der unruhigen Nacht. Er war selbst überrascht von seiner Redseligkeit, aber irgendwie fühlte er sich in Gegenwart dieser Frau wohl. Dass er sich die Akten der Mordfälle angeschaut hatte, hatte er ihr schon am Telefon gesagt, als sie sich am Morgen verabredeten.

»Ich hoffe, Sie finden bald inneren Frieden«, sagte Bernadette, als er fertig war. »Ich wünschte, ich könnte Ihnen helfen, sich zu entspannen.«

»Oh, das könnten Sie durchaus.« Harms schmunzelte und dachte an den Teil seines Traums in der vergangenen Nacht, in dem die Nonne die Hauptrolle gespielt hatte. Sie hatten das Ortsschild passiert und fuhren an gemütlich aussehenden Einfamilienhäusern mit gepflegten Vorgärten vorbei. Schwester Bernadette blickte ihn entgeistert von der Seite an und lachte.

»Eigentlich müsste ich empört sein, aber bei Ihnen bin ich es seltsamerweise nicht.«

»Und woran liegt das?«

»Da links ab. Wie schon angedeutet habe ich einen besonderen Sinn für Dinge, Situationen und auch Menschen. Sie haben das Herz am rechten Fleck, auch wenn Sie wie jemand aussehen, dem man nachts nicht allein im Dunkeln begegnen möchte. Außerdem bin ich ja kein geschlechtsloses Wesen, sondern eine Frau. Mir gefällt, wie Sie mit mir umgehen.«

Nachdem Harms abgebogen war, warf er ihr erneut einen überraschten Blick zu. »Dann kann ich ja noch eine Schippe drauflegen, Augenstern.«

Schwester Bernadette rollte lächelnd die Augen. »Wir sind gleich da. Ich weiß allerdings nicht, was Sie sich von dem Besuch erhoffen. Hier ist es. Rechts.« Harms bog auf die asphaltierte Einfahrt ab, die zu einem zweigeschossigen roten Klinkerhaus mit Satteldach gehörte.

»Es kann nicht schaden, sich einen Eindruck zu verschaffen.« Harms parkte am Rand der Einfahrt und sie verließen das Auto. Sofort prasselte kühler Regen auf seinen kahlen Kopf. Er eilte zu einem Pflasterweg, der zwischen Beeten mit Sträuchern und Stauden zur Haustür führte. Dort angekommen drehte er sich zu Schwester Bernadette um, die ihm mit zusammengekniffenen Augen und schnellen Schrittes folgte. Ihre Brüste hüpften dabei unter dem Habit auf und ab, was Harms erneut an den Traum denken ließ. Die Nonne betätigte den Klingelknopf neben der Tür. Nach einigen Sekunden öffnete eine ältere, ganz in schwarz gekleidete Frau, die ihre grauen Haare als kinnlangen Bob mit Pony trug. Ihre Haut war faltig und trocken wie Pergamentpapier. Ein auffälliger Altersfleck prangte neben ihren dünnen

Lippen. Die blassblauen Augen blickten die beiden unendlich müde an.

»Hallo, Traudel.« Schwester Bernadette lächelte warmherzig. »Das ist Herr Harms, von dem ich dir erzählt habe.«

Harms bemühte sich redlich, ein freundliches Gesicht zu machen, als er der Frau die Hand entgegenstreckte. »Freut mich«, sagte er.

Ihr Händedruck war genauso schlaff, wie die halbherzige Geste, mit der sie ins Haus zeigte. Harms und Schwester Bernadette betraten den unscheinbaren Flur und warteten, bis Frau Stratmann die Tür geschlossen hatte und sie mit hängenden Schultern ins Wohnzimmer führte. Ein leicht muffiger Geruch hing in der Luft und es war unangenehm warm. Frau Stratmann deutete auf ein abgewetztes braunes Sofa und Harms und Bernadette setzten sich nebeneinander. Harms schaute sich um: Die Einrichtung wirkte zusammengewürfelt. Der Couchtisch aus dunkler Eiche passte nicht zur Fernsehkommode aus heller Buche und der antiquierte Läufer bildete einen bemerkenswerten Kontrast zu den blassrosa Vorhängen, aber es war ordentlich und gemütlich. Auf der Fensterbank stand eine Armee von Zimmerblumen in Töpfen unterschiedlicher Farbe. Frau Stratmann nahm ihnen gegenüber in einem Ledersessel Platz und faltete die zittrigen Hände im Schoß.

»Was wollen Sie denn wissen?«, fragte sie mit leiser Stimme und sah dabei Schwester Bernadette an.

Harms räusperte sich: »Zunächst mal möchte ich Ihnen mein herzliches Beileid aussprechen. Ich weiß, wie es ist seine Familie zu verlieren.« Harms Stimme stockte und er machte eine kurze Pause. »Ihr Enkel, Marvin. Können Sie sich an irgendein Ereignis in der Vergangenheit erinnern, das darauf hindeutete, dass er zu Aggressionen neigte?«

»Nein, das habe ich Ihren Kollegen auch schon gesagt.« Im Blick der alten Frau lag etwas Verzweifeltes, als verstünde sie die Welt nicht mehr. »Er war ein guter Junge, manchmal in sich gekehrt, aber immer freundlich. Er hat mir immer den Rasen gemäht, seit mein Mann Fritz gestorben ist. Ich kann … ich kann das nicht begreifen.« Ihre Stimme stockte und sie schluchzte.

Harms nickte verständnisvoll und wartete, bis sie sich wieder etwas beruhigt hatte.

»Wo ist Ihre Enkelin Sarah gerade?«

»Im Wintergarten.« Sie deutete mit einer vagen Geste in Richtung einer offen stehenden Holztür rechts von ihr. »Aber sie spricht nicht mehr.«

»Ich sage trotzdem mal kurz Hallo.« Harms lächelte und stand auf.

Schwester Bernadette richtete das Wort an Traudel Stratmann. »Ich habe für Sarah einen qualifizierten Psychotherapeuten in Quakenbrück gefunden. Er ist spezialisiert auf traumatisierte Kinder und …«

Die Einrichtung des Wintergartens, dessen raumhohe Fenster den Blick auf den von Bäumen begrenzten laubbedeckten Rasen und einen Teich freigaben, wurde dominiert von einem großen Tisch mit mehreren Holzstühlen. Auf einem von ihnen saß ein blasses schwarzhaariges Mädchen, das mit einem Buntstift auf einem Zeichenblock malte.

»Hallo«, sagte Harms freundlich und trat langsam auf den Tisch zu. »Du musst die Sarah sein. Darf ich dir einen Augenblick Gesellschaft leisten?«

Das Mädchen, das ein hellblaues Sweatshirt trug, dessen Ärmel locker um ihre dünnen Handgelenke schlabberten, schaute kurz auf und sah Harms ausdruckslos aus hübschen braunen Augen an. Dann widmete es sich wieder konzentriert ihrem Bild.

Harms zog einen Stuhl zurück, der über den weiß gefliesten Boden schabte, und setzte sich Sarah gegenüber. Hinter ihr an der Wand hing ein Hirschkopf, der stumm ins Leere starrte. Darunter, auf einem Regal, reihten sich ausgestopfte Fasane, Eichhörnchen und weitere Tiere auf Sockeln aneinander.

»Ich heiße Christian, aber alle nennen mich Harms. Was malst du denn da Schönes?« Er erkannte ein Schloss oder eine Burg. Gerade malte Sarah die Kuppel eines Erkerturms mit einem roten Stift aus. »Ich bin leider künstlerisch total unbegabt. Aber mein Sohn Timmy hat auch gern gemalt, als er noch lebte. Am liebsten malte er Tiere. Und er hat keine Ruhe gegeben, bis ich die Bilder in seinem Zimmer aufgehängt habe. Da lebte er mitten unter Löwen, Giraffen und Pinguinen in seinem eigenen Zoo.«

Sarah reagierte nicht auf seine Erzählung und setzte ihr Werk unbeirrt fort.

Harms schnappte sich einen auf dem Tisch liegenden Papierblock und einen Bleistift. »Was dir passiert ist, tut mir sehr leid. Timmy und seine Mutter, meine Frau, sind auch nicht mehr da. Deswegen weiß ich, wie du dich fühlen musst.«

Sarah blickte kurz auf und sah ihn ernst an, dann zeichnete sie weiter.

»Ich versuche herauszufinden und zu verstehen, was an jenem Abend bei euch geschehen ist.« Er kritzelte auf dem Block herum. »Du hast meinen Kollegen gesagt, dein Bruder wäre nicht er selbst gewesen. Aber vielleicht kannst du das noch genauer erklären. War er betrunken oder hat er irgendwelche Tabletten genommen? Davon habe ich nichts gehört, aber vielleicht weißt du ja mehr.«

Sarah schien ihn nicht zu beachten. Sie tauschte ihren Stift gegen einen anderen und setzte ihre Tätigkeit fort. Harms seufzte leise. Es war eine Schnapsidee gewesen, hierherzukommen. Warum sollte das Mädchen ausgerechnet mit ihm reden?

»Na ja, wenn dir noch was einfällt, sag es Schwester Bernadette. Sie ist eine Freundin von mir.« Harms beendete sein Gekritzel, das ihn selbst als Strichmännchen mit Kugelkopf und dicken Oberarmen, sowie zwei grob angedeutete Vögel zeigte. »Das ist jetzt meine Familie. Bonny und Clyde, zwei Papageien. Das Weibchen ist so wortkarg wie du, dafür plappert Clyde den ganzen Tag nur Unsinn.« Er stand auf. »Hat mich gefreut, Sarah. Ich gehe wieder rüber.«

Harms kehrte ins Wohnzimmer zurück und setzte sich aus Höflichkeit noch mal hin, obwohl er nicht wusste, was er hier noch sollte. Schwester Bernadette und Traudel Stratmann redeten über Sarahs Zukunft und die

Nonne sprach davon, dass sie sich wegen einer Pflegefamilie umhören könnte.

Frau Stratmann protestierte, aber nur halbherzig. Die gebrechliche Frau schien sich bewusst zu sein, dass sie damit überfordert wäre, ihre Enkelin die nächsten Jahre allein großzuziehen. Sie ging kurz auf Sarahs Immunschwäche ein und erklärte dann unter Tränen, welches Loch in ihrem Herzen der Verlust ihrer Familie verursacht hatte. Harms fühlte mit ihr, aber die allgegenwärtige Trauer in diesem Haus zog ihn herunter, weil sie ihn mit dem Verlust seiner Familie konfrontierte. Er warf Schwester Bernadette einen vielsagenden Blick zu und sie verstand und nutzte die nächstbeste Gelegenheit, um aufzustehen.

»Ich schaue bald wieder vorbei«, versprach Bernadette und schüttelte der alten Dame die Hand. Harms verabschiedete sich ebenfalls mit einem Händeschütteln, während er überlegte, ob er die Nonne gleich noch zu einem Kaffee einladen sollte.

»Bleiben Sie ruhig sitzen.« Schwester Bernadette berührte Traudel Stratmann sanft an der Schulter. »Wir finden schon raus.«

Harms ging durch den Flur zur Haustür und öffnete diese für Bernadette, die sich mit einem Lächeln bedankte und ins Freie huschte. Als er ihr folgen wollte, tippelten schnelle Schritte über den Boden und Sarah kam zur Tür gelaufen. Sie hielt Harms den Zeichenblock hin, der verdutzt auf das Bild starrte, das sie gemalt hatte. Es zeigte einen stämmigen Jungen, den er anhand der zu allen Seiten abstehenden Wuschelhaare als Marvin identifizierte. Seine Augen hatte sie als große schwarze Punkte dargestellt. Neben dem Jungen war ein Gerät gezeichnet, das Harms auf den ersten Blick nicht erkannte. Erst nach einigen Momenten erinnerte er sich dunkel, dass sein Vater ihm als Kind einmal so etwas gezeigt hatte. Es war ein altertümliches, klobiges Röhrenradio.

Kapitel 19

Als Kai weder auf der einen noch auf der anderen Seite des Tunnels irgendetwas Ungewöhnliches entdecken konnte, entspannte er sich und schmunzelte.

Natürlich war da nichts. Bei diesem K2 handelte es sich um ein Spielzeug und seine Nerven waren lediglich wegen der grausigen Entdeckung in dem alten OP-Raum überreizt. Doch dann schaute Danny nach oben und Kai las Unglauben und Entsetzen in seinen Augen. Automatisch folgte er dem Blick seines Freundes, leuchtete an die Decke direkt über ihnen und zuckte erschrocken zusammen. An ein dickes verrostetes Rohr klammerte sich eine Kreatur mit einem grauen, irgendwie deformierten Kopf, dunklen Nüstern und schwarzen Augen, die ihn bösartig taxierten. Kai blieb keine Zeit, genauer hinzugucken.

»Was zum …?«, stieß Danny hervor, als sich das Wesen fallen ließ und Kai hart an der Schulter traf, woraufhin der schreiend zu Boden ging und unsanft auf die linke Seite stürzte. Die Taschenlampe fiel ihm dabei aus der Hand, schlug polternd auf und warf nur noch einen kreisrunden Lichtstrahl an die Wand. In dichter Abfolge waren energische Bewegungen, schmerzerfülltes Stöhnen von Danny, ein tiefes Knurren und ein markerschütternder Schrei zu vernehmen. Es folgte ein reißendes Geräusch, dann hörte es sich an, als ob etwas

Schweres schnell weggeschleift wurde. Kai setzte sich auf und wähnte sich in einem Albtraum.

»Danny?«, rief er zaghaft. *Das ist doch nicht wirklich passiert?* Stumm saß Kai einige Momente auf dem harten Boden, bevor die Panik ihn überrollte. Hastig stand er auf, stolperte dabei und rang um sein Gleichgewicht. Sein Herz raste und die Angst schnürte seine Kehle zu. Als er den Namen seines Freundes rufen wollte, versagte ihm die Stimme.

Er schluckte trocken und versuchte es erneut.

»Danny?« Kai klaubte die Taschenlampe vom Boden und beleuchtete die Stelle, an der sie gerade noch gestanden hatten. Fassungslosigkeit machte sich in ihm breit. Bestürzt schlug er sich seine freie Hand vor den Mund. Danny war verschwunden, das K2-Messgerät lag blinkend auf dem Boden. Daneben breitete sich eine Blutlache auf dem grauen Beton aus, von der sich eine breite Blutspur die Ziegelsteinwand hochzog. Kai folgte ihr mit dem Lichtstrahl zu einem Schacht oben an der Wand, der ungefähr einen Meter im Durchmesser maß. Mit pulsierendem Herzschlag und nahezu ohnmächtig vor Entsetzen starrte Kai auf den dunklen Schlund. Er ging davon aus, zu halluzinieren oder einen temporären Zustand geistiger Verwirrung zu durchleiden. Gleich würde er zu sich kommen und erleichtert durchatmen. Doch mit jeder Sekunde, die verstrich, wurde ihm bewusster, dass das gerade tatsächlich geschehen war.

Endlich gelang es ihm, sich aus seiner Erstarrung zu lösen. Schnell zog er sein Smartphone aus der Hosentasche und stierte aufs Display. Kein Empfang. Sein

Selbsterhaltungstrieb setzte ein. Er steckte das Handy weg, nahm hektisch den Rucksack von seinem Rücken und kramte darin nach dem Taschenmesser, das er immer auf die Exkursionen mitnahm. Als er es gefunden hatte, hielt er es in seiner zittrigen Hand und ließ die Edelstahlklinge ausfahren. Er schulterte den Rucksack wieder. Darauf bedacht, nicht in das Blut zu treten, ging er zu dem K2 und nahm es an sich. Mit dem Gerät und dem Messer in der einen und der Taschenlampe in der anderen Hand, stolperte Kai durch den Gang. Nach einigen Metern verfiel er in einen Laufschritt, aber nach kurzer Zeit zwang er sich, langsamer zu gehen. Er musste klare Gedanken fassen.

Was sollte er tun? Raus hier, so viel war klar. Diesen Bereich hatte offensichtlich lange Zeit kein Mensch betreten. Durch die eingestürzte Wand hatte sich ein Zugang aufgetan, aber es musste eigentlich weitere geben. Nur waren die vermutlich nicht so leicht zu finden, sonst wäre dieses Areal nicht so lange unentdeckt geblieben.

Egal, irgendwie weg hier! Weg von diesem … Sein Verstand streikte und weigerte sich, darüber nachzudenken, was sie attackiert hatte. Dennoch bot ihm sein Gehirn nun eine Erklärung an, die er akzeptierte, ohne sie zu hinterfragen, weil er sonst auf der Stelle verrückt geworden wäre. Es musste irgendein verwahrloster Mensch gewesen sein, ein wahnsinniger Obdachloser, der womöglich schon länger hier unten lebte. In dem kurzen Augenblick, den Kai in seine Fratze geblickt hatte, war diese fürchterlicher erschienen, als sie wirklich aussah.

Weiter durch den Gang eilend, nickte Kai stumm vor sich hin, um seine Theorie zu bestärken.

»Ein ziemlich kräftiger Obdachloser, der Danny die Wand mit sich hochgeschleift hat«, bemerkte eine innere Stimme.

»Scheiße! Scheiße! Scheiße!«, antwortete er ihr laut, doch noch während seines Gefühlsausbruchs senkte Kai die Stimme, denn er wollte dieses Etwas nicht auf sich aufmerksam machen. *Diesen Mann*, verbesserte er sich, *der vielleicht schon nach mir sucht.*

Der Gang endete vor einer massiven Doppeltür, an der zwei Steuerradgriffe angebracht waren. Ängstlich wandte sich Kai um und schaute, ob ihm jemand gefolgt war. Der Gang war leer. Er leuchtete zur Decke und atmete durch, weil sich dort niemand bereitmachte, ihn zu attackieren. Kai klemmte sich die Taschenlampe unter den Arm und drehte an einem der Räder. Schwerfällig bewegte es sich und setzte einen Mechanismus in Gang, der die Tür ein Stück weit nach innen aufgleiten ließ. Kai schob sich durch den Spalt und fand sich in einem Raum wieder, der offenbar als Schlafsaal gedient hatte. Etliche hölzerne Etagenbetten säumten den Durchgang in der Mitte zu beiden Seiten. Die Luft roch muffig und abgestanden. Es war still wie in einem Sarg. Kai sah sich um und schaute auch zur steinernen Decke, die hier noch höher war als im Gang. Während er langsam weiterging, erhellte der Lichtstrahl auch einfache Pritschen mit schmutzigen Matratzen, die zwischen den Etagenbetten deponiert worden waren.

Plötzlich ließ ihn ein Rascheln erstarren. Er konnte seinen hämmernden Herzschlag hören: *Bumm-bumm, bumm-bumm.*

Wieder dieses Rascheln, irgendwo links des Ganges vor ihm. Die feinen Härchen auf seinen Armen stellten sich auf und ein starker Drang nach Rückzug überkam ihn. Aber er wollte nicht wieder zurück in den Gang, nicht zurück zum Ort des grausamen Geschehens. *Außerdem kann dieser … Mann schlecht vor mir in diesen Raum gelangt sein*, versuchte Kai sich zu beruhigen. *Oder etwa doch?*

Er schielte auf das K2: Die ersten drei der fünf Leuchtdioden blinkten nacheinander – ein mittelstarkes Signal. Vor der Attacke hatte das Gerät förmlich verrückt gespielt, aber Kai tat sich schwer damit zu glauben, dass es tatsächlich die Präsenz ihres Angreifers festgestellt hatte. Um die Hand für das Taschenmesser frei zu haben, steckte er das Gerät in die Hosentasche. Wieder hörte er ein Rascheln, diesmal lauter. Er schluckte, nahm seinen ganzen Mut zusammen und ging darauf zu. Wer auch immer das Geräusch verursachte, befand sich hinter dem Gestell des zwei Meter hohen Bettes, von dem er noch drei Schritte entfernt war. Plötzlich mischte sich Wut unter seine ängstlichen Gefühle, denn inzwischen war er sich der Tragweite der Geschehnisse bewusst. Sie waren böswillig angegriffen worden und Danny war zumindest stark verletzt, wenn nicht Schlimmeres. Kai würde keine Rücksicht nehmen, wenn es darum ging, sich zu verteidigen und seinem Freund zu helfen.

Befeuert von Zorn trat er mit einsatzbereitem Messer um die Ecke. Der Lichtstrahl seiner Taschenlampe erfasste eine mindestens zwanzig Zentimeter lange Ratte mit graubraunem Fell, die ihn aus ihren dunklen Knopfaugen anstarrte, bevor sie unter eines der Betten huschte. Auf dem Boden lag ein Stück Plastikfolie, mit dem das Tier anscheinend das Rascheln verursacht hatte. Kai atmete tief durch und ging weiter.

Er musste hier raus und schnellstmöglich Hilfe holen. Wegen Dannys Zustand zählte wahrscheinlich jede Sekunde. Nachdem er die Betten passiert hatte, gelangte er zu einem Durchgang, der in einen Raum mit schmutzigen hellblauen Wandfliesen führte. An den Seiten waren Duscharmaturen angebracht und in der Mitte standen vier verdreckte und verrostete gusseiserne Badewannen auf Metallfüßen. Das Licht der Taschenlampe flackerte, woraufhin Kai ein kalter Schauer durchlief.

Bitte nicht! Die Vorstellung, ohne Licht hier unten zu sein, machte ihm Angst. Das Flackern hörte auf. Kai ging an den ersten beiden Badewannen vorbei, als er hinter sich aus dem Schlafsaal ein Poltern hörte. Er hielt in der Bewegung inne und versteifte sich. Ein klägliches Quieken erklang und alles in Kai drängte ihn, zu rennen. *Das muss die Ratte gewesen sein*, schoss es ihm durch den Kopf, während er zum Ende des Raums lief, wo sich zu seiner Erleichterung eine weitere Tür befand. Er drehte am Griff, als hinter ihm, diesmal näher, erneut ein Poltern ertönte. Endlich glitt die schwere Tür so weit auf, dass er sich hindurchzwängen konnte. Dahinter erstreckte sich ein schmaler Steingang, den Kai von Todesangst erfüllt entlangrannte, als die Taschenlampe erneut flackerte und kurz danach erlosch. Kai blieb stehen und hätte sie am liebsten vor Verzweiflung und Wut gegen die Wand geschmettert. Ein durchgängiges Piepen setzte ein und er wusste sofort, was das war. Das K2 gab wieder Maximalalarm.

Kapitel 20

Wieder einmal hielt Harms ein Glas Whiskey in der Hand und widmete seine Aufmerksamkeit dem Laptop, der einsatzbereit vor ihm auf dem Couchtisch stand.

»Moin«, krächzte Clyde, der gemeinsam mit seiner Partnerin Bonnie auf dem Wandschrank saß und Harms beäugte.

»Wir haben uns doch schon begrüßt. Moin, Clyde!«, antwortete Harms, während er das SID-Programm öffnete.

»Moin! Moin! Moin!«

»Ja, ist gut jetzt!« Harms schaute hoch und es kam ihm vor, als sähe er deutlich den Schalk in den Knopfaugen des Vogels, der aufgeplustert wie ein Pascha auf dem Thron hockte. Schmunzelnd schüttelte Harms den Kopf und schaute wieder auf den Bildschirm, auf dem das Bild eines Arabers um die sechzig erschien: dunkler Teint, Halbglatze, gepflegter schwarzgrauer Vollbart – Professor Dr. Achmed O. Karim vom Institut für Religionswissenschaft der Universität Heidelberg.

Während Harms mit Schwester Bernadette bei Traudel Stratmann und ihrer Enkelin gewesen war, hatte der Mann ihm geschrieben, dass er eventuell etwas zu den Bildern mit den Schriftzeichen sagen konnte. Harms hatte schnell geantwortet und sich mit ihm für siebzehn Uhr zu einem Videoanruf über Skype verabredet. Er öffnete seinen Messenger und sah, dass der Professor ihm bereits eine Kontaktanfrage geschickt hatte, die er sogleich bestätigte. Er griff nach dem Whiskey-Glas und nippte daran, während seine Neugierde wuchs, was der Mann ihm zu sagen hatte.

»Eumel!«, krächzte Clyde. Und noch mal: »Eumel!« Harms rollte mit den Augen. Das Wort musste seine Schwester Sabine dem Papagei neu beigebracht haben.

»Sei bloß ruhig, wenn ich telefoniere. Sonst gehts zurück in den Käfig.«

»Käfig«, gackerte Clyde, als würde er sich über Harms lustig machen.

Ein Fenster auf dem Bildschirm ploppte auf und kündigte einen eingehenden Videoanruf an. Harms nahm an und sogleich erschien das Livebild von Professor Karim auf dem Monitor, der ein braunes Tweed-Jackett über einem taubengrauen Hemd trug und genauso aussah wie auf dem Foto. Über die im Laptop integrierte Webcam konnte der Professor Harms ebenfalls sehen. Karim lächelte und offenbarte weiße Zähne, die wie Perlen an einer Schnur aufgereiht waren.

»Herr Harms, ich grüße Sie. Schön, dass das so schnell geklappt hat.«

»Moin, Professor Karim. Danke, dass Sie sich die Zeit nehmen.«

Der Professor, der auf einem Bürostuhl vor einem Bücherregal saß, lächelte noch immer breit.

Nach einigen Momenten räusperte er sich: »Vielleicht erst mal ein paar Worte zu mir. Sie haben ja wahrscheinlich gesehen, dass ich an der Uni Heidelberg tätig bin und mich mit Religionswissenschaften beschäftige.

Manche bezeichnen mich auch als Okkultismus-Experten. Ich kenne mich ganz gut mit Religionen, Glaubensgemeinschaften und Sekten aus. War Ende der Neunziger Mitglied der Enquete-Kommission *Sekten und Psychogruppen* und wurde schon häufiger von der Polizei zurate gezogen, wenn es darum ging, einen möglichen okkult-ideologischen Hintergrund von Straftaten festzustellen.«

Harms nickte respektvoll. »Ich war bis vor Kurzem bei der Polizei. Wie denken Sie, mir bei den Schriftzeichen weiterhelfen zu können?«

Der Professor lächelte wieder breit. »Nun, ich bin mir nicht hundertprozentig, aber doch sehr sicher, eines der Zeichen zu kennen, und zwar das letzte. Ich muss jedoch zugeben, dass das eher Zufall ist, weil ich es erst neulich gesehen habe. Sagt Ihnen der Begriff *Grimoire* etwas, Herr Harms?«

»Nein.«

»Das sind Schriften mit altem magischem Wissen. Zauberbücher, die vorrangig zwischen dem Spätmittelalter und dem 18. Jahrhundert erschienen sind, deren Inhalte aber teilweise viel älter sind. Ein solches Grimoire ist das *Arbatel de Magia Veterum* und darin gibt es einen Abschnitt mit Elementen der Mythologie des Mittleren Ostens.«

»Sekunde«, sagte Harms und klickte auf die SID-Seite, um sich auf den Fotos das letzte Schriftzeichen anzuschauen. Dabei handelte es sich um eine Art X. Die schrägen Striche hatten kreisrunde Endungen und durch den oberen Teil des Zeichens zog sich von links nach rechts eine halbmondförmige Sichel. Ein senkrechter Strich in dem Dreieck unten komplettierte das Zeichen. Harms klickte zurück zu dem Videotelefonat. »Okay, ich habe mir nur eben das Zeichen angeschaut. Was bedeutet es und was macht Sie so sicher, dass es keine zufällige Übereinstimmung ist?«

»Nun, ein X kann jedes Kind zufällig hinkritzeln. Aber die vier kreisrunden Enden, die Sichel, der Strich unten? Das wäre schon ein großer Zufall. Und auch wenn sich mir die Bedeutung der anderen Zeichen nicht erschließt, sehen sie viel zu strukturiert aus, um zufällig gewählt worden zu sein.«

Harms nickte. Das deckte sich mit der Erkenntnis der Experten, welche die Polizei hinzugezogen hatte. »Und was bedeutet das Zeichen nun?«

»Es taucht im *Arbatel de Magia Veterum* als Siegel eines Dschinn auf!«

Harms kratzte sich am kahlen Kopf und war einige Sekunden still. Die ganze Sache wurde immer undurchsichtiger und verrückter. »Aha, ist mir nur aus Aladin ein Begriff«, sagte er schließlich.

Professor Karim beugte sich vor und griff nach etwas, das sich gleich darauf als kleines Glas entpuppte. Er trank einen Schluck eines kupferfarbenen Getränks. »Gern würde ich Ihnen auch einen Tee anbieten.«

»Danke, ich habe hier Eistee«, sagte Harms, griff nach seinem Glas und prostete dem Professor zu, bevor er einen Schluck trank.

Der Araber lächelte breit. »Mit der Schöpfungsgeschichte des Koran sind Sie dann sicherlich nicht vertraut?«

»Nein.« Harms schüttelte den Kopf.

»Nun, Herr Harms, Sie geben mir sicher recht, wenn ich sage, dass die Menschen oft überheblich, rücksichtslos und böse sind. Wir treiben Raubbau an der Erde, ich sag nur Klimawandel, und ständig führen wir irgendwo Kriege, in denen wir uns gegenseitig zerfleischen.«

»Da haben Sie zweifellos recht«, antwortete Harms lapidar. Clyde krächzte lautstark, woraufhin Bonnie über Harms hinweg aus dem Zimmer flog. Harms warf Clyde einen warnenden Blick zu, dann lächelte er in die Webcam. »Ich habe zwei Papageien.«

»Das ist ja schön. Tiere sind oft die besseren Menschen.« Der Professor trank noch einen Schluck Tee und räusperte sich. Mit ernster Stimme fuhr er fort: »Allerdings sind wir Menschen nach islamischer Vorstellung keineswegs die bösartigsten Individuen. Lange vor den Menschen bevölkerten und regierten die Dschinn die Erde und sie führten weitaus verheerendere und grauenvollere Kriege, als wir es je taten oder heute tun. Rund zweitausend Jahre bevor Allah mit Adam den ersten Menschen schuf, hat er die Dschinn aus dem Feuer des Glutwindes erschaffen. Das steht im Koran in der fünfzehnten Sure im Vers siebenundzwanzig.« Professor Karim sah Harms aus seinen dunklen Augen unheilvoll an. Harms rieb sich über den Mund und unterdrückte ein Seufzen. »Wie auch die Menschen wurden die Dschinn mit einem freien Willen ausgestattet und sie durften zwischen Gut und Böse wählen. Die meisten Dschinn entschieden sich für die dunkle Seite. Es waren hitzige, gereizte, feurige Wesen. Wütende und kampflustige Kreaturen, in deren Natur es lag, sich ständig miteinander zu messen. Immer stritten sie um Ruhm und Reichtum und mit ihren heftigen Kriegen zerstörten sie beinahe die Erde. Einer von ihnen, sein Name war Iblis, war irgendwann genervt von seinen Artgenossen, dem Elend und der ganzen Vernichtung. Er reiste zu Allah in den Himmel, versicherte ihm seine Ergebenheit und gesellte sich zu den Engeln. Zu jener Zeit hatte Allah genug von der Zerstörungswut der Dschinn und er sandte die Engel auf die Erde, um ihnen Einhalt zu gebieten. Zwischen den Dschinn und den Engeln, denen sich Iblis angeschlossen hatte, tobte ein über tausendjähriger schrecklicher Krieg. Die Engel und Iblis waren letztlich siegreich und die Dschinn wurden von Allah verbannt. Seitdem sind sie gezwungen in einer Parallelwelt zu leben.«

Harms griff nach seinem Glas und genehmigte sich einen großen Schluck. Er wusste nicht, wie er auf diese mit Inbrunst und großem Ernst vorgetragene Erzählung reagieren sollte. Clyde flog vom Schrank und setzte sich hinter Harms aufs Sofa.

»Nach dem Krieg kündigte Allah den Engeln an, dass er einen … Chalifa. Entschuldigung, ich lebe seit dreißig Jahren in Deutschland, aber mir fällt der richtige Begriff nicht ein. Einen Statthalter oder Stellvertreter für sich einsetzen wollte. Iblis dachte, dass nur er dafür infrage käme, immerhin war er ein mächtiger Dschinn und hatte

Allah seine Ergebenheit bewiesen. Doch Allah erschuf mit Adam den ersten Menschen und bestimmte, dass dieser sein Statthalter auf der Erde werden sollte. Iblis schäumte vor Neid und Missgunst. Er konnte nicht verstehen, dass ein Mensch, eine schwache, aus Lehm erschaffene Kreatur, ihm, der aus Feuer war, vorgezogen wurde. Als Allah Adam eine Seele einhauchte, befahl er den Engeln, sich vor Adam niederzuwerfen und ihm ihre Ehrerbietung zu erweisen. Alle Engel gingen demütig vor Adam auf die Knie, nur Iblis weigerte sich. Kurz darauf wurde er von Allah in die Hölle verstoßen.«

Harms dachte an Schwester Bernadette und ihre Erzählung vom Engelssturz. Die Parallelen waren nicht zu übersehen. Iblis war anscheinend die islamische Version von Satan. Plötzlich plapperte Clyde: »Flüchtling! Flüchtling!« Harms wandte sich erschrocken um und täuschte an, den Papagei mit der flachen Hand schlagen zu wollen, woraufhin der krächzend aus dem Raum flog. Peinlich berührt wandte sich Harms wieder dem Laptop zu.

»Entschuldigen Sie! Er schnappt manchmal Wörter im Fernsehen auf, die er dann nachplappert.«

Der Professor lächelte milde. »Schon in Ordnung. Ich wollte noch eben zu Ende erzählen. Allah ließ Adam und seine Frau Eva das Paradies bewohnen und Iblis rächte sich für die Verbannung, indem er sie zum Essen der verbotenen Frucht verführte. Er schwor, die Menschen irrezuführen und sie in der ewigen Verdammnis der Hölle schmoren zu lassen.«

Harms plusterte die Backen auf. »Das ist ja alles sehr interessant. Aber was hat dieses mit Blut an die Wand geschmierte Zeichen im Zusammenhang mit all den Morden zu bedeuten?«

Professor Karim wich seinem Blick aus und trank sein Teeglas leer. »Das weiß ich nicht. Auf jeden Fall nichts Gutes.«

Kapitel 21

Kai verharrte in dem dunklen Steingang. Sein Herzschlag raste, das durchdringende Piepen des K2 dröhnte in seinen Ohren. Er schüttelte die Taschenlampe heftig, in der verzweifelten Hoffnung, sie möge ihre letzten Energiereserven mobilisieren. Aber das tat sie nicht.

»*Fuck!*« Vor lauter Verzweiflung warf er die Taschenlampe weg, die scheppernd auf dem Boden auftraf. Alles in Kai drängte ihn dazu, weiterzulaufen. Weg von dem Raum, aus dem er das Poltern und schmerzerfüllte Quieken gehört hatte. Weg von der Tür, aus deren Richtung er trotz des monotonen Alarms ein Rumpeln zu vernehmen glaubte.

Sein Kopf zuckte dem Geräusch entgegen und er starrte in die Dunkelheit – in undurchdringliche, vollkommene Schwärze. Kai brach der kalte Schweiß aus, er atmete schneller, alle Muskeln seines Körpers spannten sich an.

»*Lauf!*«, rief seine innere Stimme verzweifelt, aber sein Körper gehorchte ihr nicht. Der Alarmton des K2 wurde unerträglich. Mit zittriger Hand zog er das Gerät aus seiner Hosentasche und schmiss es unbeholfen in die Richtung, aus der er gekommen war. Nachdem es im Gang aufgeknallt war, verstummte es. Die abrupt eintretende Stille war so ohrenbetäubend, dass Kai die Aktion beinahe bereute. Endlich löste er sich aus seiner Erstarrung und setzte sich rückwärts in Bewegung, weg von der Tür. Während er durch den Gang stolperte, holte er sein Handy hervor und versuchte verzweifelt, das Icon der Taschenlampen-App zu finden. Er scrollte über das Display, als ihn ein Geräusch zum Stehen brachte.

Ein Knurren aus unmittelbarer Nähe – irgendwo rechts über ihm. Kais ganzer Körper versteifte sich. Seine Hände zitterten so stark, dass er statt auf das Icon der Taschenlampen-App auf das seines Mail-Accounts daneben klickte. Beim Versuch, auf das richtige Emblem zu drücken, fiel ihm das Messer aus der Hand.

»Lass mich in Ruhe«, stieß er angsterfüllt hervor, bückte sich und suchte den Boden fieberhaft nach der Waffe ab.

Eine Stimme erklang, keinen Meter von ihm entfernt. Sie war das Schrecklichste, was er jemals gehört hatte. Tief und kratzig spie sie abgehackte Laute in einer fremden Sprache aus. Kai richtete sich auf und wollte weglaufen, verkrampfte sich jedoch völlig und zitterte am ganzen Körper. Wimmernd presste er die Augen zu. Ein hässliches Knirschen setzte ein, wie das Knacken von Fingern. Daraufhin strich ein warmer Luftzug über Kais Gesicht und trug einen modrigen Geruch in seine Nase – nach verfaultem Fisch und ranzigem Käse mit einer ekelhaft süßen Note. Die Kreatur schien mit offenem Maul direkt über ihm zu hängen. Als eine Art Röcheln erklang, öffnete sich Kais Schließmuskel wie eine Schleuse und ein Schwall dünner Scheiße strömte aus seinem After und floss seine Waden hinunter. Etwas Feuchtes, Klebriges troff auf seine Wange, das Röcheln hielt an. Kai weinte kläglich und vor seinem geistigen Auge flogen die Bilder der Menschen vorüber, die ihm viel bedeuteten. Seine Eltern, Carina, seine Oma Christel, Danny und Justin. Was sollte sein kleiner Bruder ohne ihn tun?

Er kam nicht weiter dazu, darüber nachzudenken, denn in diesem Moment wurde er gepackt und etwas Scharfes zerfetzte seinen Brustkorb. *Es frisst mich*, dachte Kai voller Entsetzen, noch bevor der sengende Schmerz einsetzte, der ihm augenblicklich den Verstand raubte. Zähne durchbohrten seine Haut, durchtrennten knackend Sehnen und Knochen und gruben sich tiefer in sein Fleisch. Begleitet von einem tiefen Stöhnen zog das Ding seinen Kopf zurück, nur, um gleich darauf in Kais Kehlkopf zu beißen. Warmes Blut sprudelte aus der Wunde wie Sekt nach dem Entkorken einer geschüttelten Flasche. Kais ersterbender Schrei ließ die reißenden, knurrenden Geräusche, die seine letzten Sekunden auf Erden untermalten, umso eindringlicher wirken.

Kapitel 22

Gute anderthalb Stunden nach seinem Gespräch mit Professor Karim betrat Harms mit einem geschlossenen Regenschirm in der Hand das Kloster Esterwegen. Auf den drei Steinblöcken vor der Wand mit dem Moorsoldatenlied im Eingangsbereich brannten etliche Teelichter. Es roch dezent nach Weihrauch. Während Wassertropfen von seiner Jacke zu Boden sickerten, blickte Harms durch den offenen Durchgang in die kleine Kapelle und sah ein Beinpaar und den Saum eines grauen Habits.

Beim Betreten des Raums, der von zahlreichen Kerzen feierlich beleuchtet wurde, sagte er: »Hallo, Augenst…« und brach mitten im Wort ab. Die Nonne, die mit einer Bibel auf dem Schoß auf einem der schlichten Holzwürfel saß und erstaunt zu ihm aufblickte, war nicht Schwester Bernadette, sondern eine ältere Frau mit Brille und Hakennase. Harms räusperte sich. »Entschuldigung, ich möchte zu Schwester Bernadette.«

Die Frau musterte ihn von oben bis unten. Sein Outfit – Jeans, Lederjacke, Glatze und Bodybuilder-Figur – entsprach sicher nicht dem Aussehen eines typischen Klosterbesuchers.

»Kommen Sie mal mit«, näselte die Nonne, legte die Bibel auf einen Holzwürfel neben sich und stand auf. Sie führte Harms durch den Flur mit dem Sitzbereich, wo er sich mit Bernadette bei ihrer ersten Begegnung unterhalten hatte, in einen kargen dunklen Gang, von dem mehrere Türen abgingen. Vor einer blieb sie stehen und klopfte an. Einige Sekunden später wurde die Tür geöffnet.

»Da ist jemand für dich«, sagte die ältere Nonne, woraufhin Bernadette ihren Kopf herausstreckte und lächelte, als sie Harms erblickte.

»Danke, Thea«, sagte sie an die andere Nonne gewandt. Die nickte, machte aber keine Anstalten, sich zu entfernen. Stattdessen wechselte ihr misstrauischer Blick zwischen Bernadette und Harms hin und her.

»Kommen Sie doch rein, Herr Harms«, sagte Bernadette schließlich.

Harms lächelte Schwester Thea betont freundlich an, bevor er durch die Tür trat, die Bernadette hinter ihm schloss.

»War das Ihre Anstandsdame?«, fragte er schmunzelnd.

Bernadette lächelte. »So in etwa. Mit Schwester Thea ist nicht zu spaßen. Die achtet sehr genau auf Zucht und Ordnung. Entschuldigen Sie, ich habe mich nach dem Abendlob zurückgezogen und muss eingenickt sein. Ich mache mich kurz frisch und dann können wir los, ja?«

»Kein Problem«, sagte Harms, woraufhin sie in einem angrenzenden Badezimmer verschwand. Er schaute sich um. Das Klosterzimmer war puristisch, aber gemütlich eingerichtet: Holzfußboden, ein einfaches Bett mit einem Kreuz darüber an der kargen Wand, ein Schreibtisch und eine Sitzecke mit zwei Polstersesseln und einem kleinen Beistelltisch bildeten die wesentliche Ausstattung. Auf einem Nachttisch lagen eine Bibel und ein

Taschenbuch mit einem Cover in Rot und Weiß. Harms schaute genauer hin und sah, dass es *I am death* von Chris Carter war. Verwundert runzelte er die Stirn. Er war selbst keine Leseratte, kannte den Autor aber durch seine Frau Jasmin, die ihm mal erzählt hatte, dass Carter harte Thriller mit Suchtfaktor schrieb.

»So, wir können.« Bernadette schenkte ihm ein reizendes Lächeln, bei dem ihre Augen wie ein Bergsee in der sommerlichen Morgensonne strahlten.

»So etwas lesen Sie?«, fragte Harms, nickte in Richtung des Buches und sah sie erstaunt an.

»Zur Entspannung, warum nicht? Wir Nonnen sind auch Menschen, Herr Harms. Ich kann nicht den ganzen Tag nur in der Bibel lesen.«

»Dann bin ich ja beruhigt.«

Als sie das Kloster verließen, prasselte der Regen vom rabenschwarzen Himmel auf den asphaltierten Klosterhof. Harms spannte den Regenschirm auf und Bernadette hakte sich bei ihm unter, was ein angenehmes Kribbeln in seiner Magengegend verursachte. Auch wenn es eine unverfängliche Geste sein mochte, empfand er diese Nähe als intim und von einer Art, die er seit dem Tod von Jasmin nicht gekannt hatte.

»Ich wusste gar nicht, dass Sie so empfindlich mit Ihren Haaren sind und einen Regenschirm benötigen.«

»Sehr witzig! Ich habe dabei nur an Sie gedacht.«

»Sie können ja richtig charmant sein. Aber was kam eigentlich bei dem Gespräch mit dem Professor heraus, von dem Sie erzählt haben?«

Harms fasste die Unterhaltung mit Professor Karim kurz zusammen, während sie durch den auffälligen Torbogen traten und um die Gedenkstätte herumgingen.

»Ein Dschinn, mein Gott. Langsam ergibt alles einen Sinn.«

»Wieso? Für mich ergibt nichts einen Sinn. Tauchen diese Dschinn im christlichen Glauben auch auf?«

»Soweit ich weiß, sind sie in allen heiligen Schriften vertreten. In der Bibel heißen sie nur anders, nämlich Seraphim. Gemeint ist dasselbe. Dschinn sind so etwas wie Wüstengeister, Dämonen.« Bernadette blieb stehen, und ließ seinen Arm los. Sie sah Harms, der auch angehalten hatte, eindringlich an.

Im matten Licht einer einsamen Straßenlaterne wirkte sie zart und verletzlich. Harms musste dem Drang widerstehen, sie zu küssen.

»Als Sarah noch geredet hat, hat sie doch was von einer Geisterbeschwörung gesagt, die die Jugendlichen gemacht haben, kurz bevor Marvin durchgedreht ist. Mein Gott, deshalb auch das Kastenradio, das sie für Sie gezeichnet hat. Sie haben es für ihre Séance genutzt und dem Dschinn ein Tor geschaffen.« Die Worte sprudelten aufgeregt aus ihr heraus und sie sah Harms an, als müsste dem auch endlich ein Licht aufgehen. »Ein Dschinn kann von einem Menschen Besitz ergreifen. Wenn Marvin und die Frau, die Sie gesucht haben, von einem bösartigen Dschinn besessen waren, erklärt das doch alles.«

»Moment mal.« Harms hob abwehrend die Hände. »Das glauben Sie doch nicht wirklich? Besessen!« Er schüttelte den Kopf und sie gingen weiter, vorbei an dem im Dunkeln liegenden Eingang der Gedenkstätte. Zu seiner Enttäuschung hakte sich die Nonne nicht wieder bei ihm unter.

»Ich denke es gibt eine wesentlich realistischere Erklärung für die Vorfälle.«

»Und welche soll das sein?«

»Keine Ahnung, vielleicht standen die beiden unter halluzinogenen Drogen. Oder sie gehörten irgendeiner Dämonensekte an und verloren einfach den Verstand. Klingt für mich immer noch einleuchtender, als dass sich irgendein Fabelwesen in ihnen eingenistet hat.«

»Die Dschinn sind keine Fabelwesen. Wenn alle Weltreligionen von ihnen berichten, wird schon was dran sein.«

»Jaja, diese alten Schriften sind voll von übersinnlichen Wesen. Allein die alten Ägypter hatten Schlangen- und Löwengötter und was weiß ich was noch. Nur komisch, dass es nirgendwo echte Beweise für die Existenz solcher Kreaturen gibt.«

»Es gibt mehr zwischen Himmel und Erde als wir Menschen erfassen können, Herr Harms.«

Harms seufzte. Sie hatten den Parkplatz erreicht und er hielt auf seinen Wagen zu. »Ich hole eben eine Taschenlampe aus meinem Auto.«

Die Nonne hatte ihn am Telefon gebeten, bei einer Bauernfamilie, die gegenüber der Gedenkstätte wohnte, im Keller nachzusehen. Die Eheleute waren wegen einiger merkwürdiger Vorfälle beunruhigt und hatten sich an Schwester Bernadette gewandt.

»Ich glaube es ist keine gute Idee, dass sie dort allein hineingehen. Nach allem, was ich bis jetzt gehört habe, bin ich immer sicherer, dass hier ein Dämon aktiv ist. Womöglich stehen die Geschehnisse in dem Haus damit in Zusammenhang.«

»Doch, ich werde nachsehen«, sagte Harms entschieden und fischte seinen Schlüsselbund mit der Funkfernbedienung aus der Hosentasche. »Halten Sie mal.« Er gab Schwester Bernadette den Regenschirm, betätigte die Zentralverriegelung, öffnete den Kofferraum und entnahm diesem eine Maglite-Stablampe. Schwungvoll warf er die Heckklappe wieder zu und sah Bernadette erwartungsvoll an. Einen Moment lang starrten sie sich bei einer Art stummem Kräftemessen in die Augen, dann wandte die Nonne den Blick ab.

»Es ist da vorn, schräg gegenüber.« Sie setzte sich in Richtung eines unauffälligen Ziegelsteinhäuschens in Bewegung, das ein Stück versetzt vom Straßenrand hinter einer Hecke stand. Harms folgte ihr, nahm ihr den Regenschirm wieder ab und hielt ihn so, dass sie beide vor dem Nass geschützt waren. Sie näherten sich dem Haus über eine gepflasterte Einfahrt und die Umrisse einer Scheune und einer umzäunten Weidefläche schälten sich aus der Dunkelheit. Eine rechteckige Außenwandleuchte tauchte den Hauseingang in karges Licht.

Einige Sekunden nachdem Schwester Bernadette auf die Klingel gedrückt hatte, wurde die Tür von einer alten klein gewachsenen Frau geöffnet. Sie hatte faltige Haut und kurze hellbraune Locken mit weißem Haaransatz. Durch die dicken Gläser einer Brille sah sie erst

Schwester Bernadette und dann Harms an. »Gott sei Dank! Ich halte das nicht mehr aus. Wenn wir könnten, würden wir ausziehen, aber wir wissen nicht wohin.«

»Moin, Frau Heinrich«, sagte Schwester Bernadette. »Das ist Herr Harms, er guckt sich mal um.«

Harms schüttelte der Frau die Hand und sie trat zur Seite und bat sie mit einer Geste hereinzukommen. In einem düsteren Flur stand ein Mann mit schlohweißen Haaren und Vollbart, der ihn ebenfalls mit Handschlag begrüßte.

»Was ist denn vorgefallen?«, fragte Harms.

»Seit ungefähr zwei Wochen hören wir Geräusche aus dem Keller«, sagte die Frau. »Kratzen und Schaben. Die Lampe unten funktioniert nicht. Wir haben mehrmals die Glühbirne ausgetauscht, aber immer gehen sie nach kürzester Zeit kaputt.«

»Das Kreuz ist auch von der Wand gefallen«, fügte ihr Mann hinzu und deutete vage auf eine Stelle an selbiger. Harms knipste die Taschenlampe an und ließ den Lichtstrahl über die karge Wand bis zu einem schlichten Holzkreuz wandern.

»Haben Sie sich unten mal umgesehen?«

»Beim Austausch der Birnen, aber ehrlich gesagt, ist mir das nicht geheuer«, sagte Herr Heinrich.

»Da unten geht der Teufel um«, raunte seine Frau.

Ihr Mann fügte hinzu: »Vor ein paar Tagen haben wir die Polizei gerufen. Aber der Beamte hat uns nicht ernst genommen. Er hat kurz nachgesehen, war aber nach zwei Minuten wieder oben und meinte, dass die Geräusche bestimmt von Ratten kämen. Auf die Idee waren wir auch schon gekommen und hatten zwei unserer Katzen in den Keller gelassen, die seitdem verschwunden sind. Wo sind nur die Katzen geblieben?«

»Ich sehe mich da mal um«, sagte Harms.

»Christian«, sagte Schwester Bernadette sanftmütig und fasste für die Dauer eines Herzschlags an seinen Unterarm. Das angenehme Kribbeln, das die Berührung entfachte, ging einher mit Überraschung, von ihr beim Vornamen genannt zu werden. »Bist du sicher?«

»Klar«, sagte er und räusperte sich, um den Kloß im Hals zu vertreiben. Jetzt war sie auch noch zum *Du* übergegangen. »Wo gehts zum Keller?«

»Gleich die erste Tür links«, sagte Herr Heinrich. Als Harms die besagte Tür aufzog, quietschte sie leise. Eine Holztreppe mit einem Geländer auf der rechten Seite führte nach unten in die Dunkelheit.

»Bis gleich.« Harms stieg hinunter und spürte dabei die Blicke der anderen in seinem Rücken. Die Stufen knarrten unter seinen Schritten. Nach einigen Metern machte die Treppe eine Biegung und endete in einem Kellerraum von unüberschaubarer Größe, dessen Kalksandsteinmauerwerk an vielen Stellen von Rissen durchzogen war. Die Wände waren gesäumt von Regalen, in denen sich Konservendosen und Einmachgläser sowie Eimer mit Farbe, Düngemittel, Streusalz und anderen Inhalten aneinanderreihten. Zu beiden Seiten eines schmalen Durchgangs verteilten sich ohne erkennbare Ordnung Pappkartons, Stapel vergilbter Zeitschriften, alte Möbel und weitere ausrangierte Gegenstände.

Während Harms langsam voranging, sah er eine schiefe verwitterte Gartenbank, Plastiksäcke voller Kleidung und eine verdreckte Waschmaschine. An der Decke verliefen dünne verrostete Rohre und in einem zentral angebrachten Drahtkäfig hing eine funktionsuntüchtige Glühbirne. Nach einigen Metern machte der Raum eine Biegung nach links. Davor blieb Harms stehen und lauschte. Er vernahm ein monotones leises Brummen, sonst nichts. Gerade wollte er weitergehen, als er nochmals verharrte. Für ein paar Sekunden war ein leises Rascheln zu vernehmen gewesen, das von irgendwo hinter der Kurve kam. Mit angespannten Nerven schritt Harms weiter voran und passierte die Biegung.

Noch mehr Gerümpel zu beiden Seiten. Der Strahl der Taschenlampe wanderte über einen Rasenmäher, eine komplett verrostete Schubkarre und eine Werkbank. Harms sah sich um und lauschte angestrengt. Das Brummen ging offenbar von einer Kühltruhe links an der Wand aus, an der ein kleines rotes Lämpchen leuchtete. Etwa fünf Meter voraus endete der Keller hinter einem großen antiquierten Holzschrank an der Wand. Plötzlich war wieder das Rascheln zu hören, das aus der Richtung des Schrankes kam. Ein leises Klirren setzte zusätzlich ein. Harms näherte sich dem Schrank, der ungefähr drei Meter breit war und fast zur Decke reichte. Er hatte zwei Flügeltüren aus dunklem Holz sowie eine Glastür in der Mitte, in der mehrere große Löcher mit zackigen Rändern klafften. Dahinter befanden sich Regale, in denen Gläser und Vasen standen, von denen einige dezent gegeneinander klirrten.

Der helle Kegel der Taschenlampe spiegelte sich im verbliebenen Glas. Harms fragte sich, was diese Bewegungen verursachte. Ohne lange nachzudenken, packte er den Griff der linken Flügeltür und riss diese auf. Klappernd und polternd fiel ihm Gerümpel entgegen und ein Quieken ertönte. Erschrocken machte er einen schnellen Schritt zur Seite. Ein Schemen huschte über den Boden. Anhand des buschigen hochgestellten Schwanzes erkannte Harms ein Eichhörnchen, das zwischen dem Gerümpel verschwand.

Er entspannte sich und schmunzelte. Ein kleines Nagetier hatte die Heinrichs also in Angst und Schrecken versetzt und sie beinahe zum Auszug aus ihrem Haus getrieben. Für das Verschwinden der Katzen gab es sicherlich auch eine rationale Erklärung, die zu finden allerdings nicht seine Aufgabe war. Ein Geräusch hinter seinem Rücken unterbrach Harms' Gedanken. Zunächst dachte er, er hätte es sich nur eingebildet, aber er hörte eindeutig ein leises Piepen, das sich alle paar Sekunden wiederholte. Harms drehte sich um und zog die Türen eines weiteren Schrankes auf. Darin waren staubige Mäntel und Jacken, die an Kleiderhaken in einer Reihe hingen. Stirnrunzelnd lauschte er. Das Piepen kam nicht aus dem Schrank, aber woher dann? Es klang, als stamme das Piepen von irgendwo hinter dem Schrank, allerdings war da nichts weiter als die graue Kalksandsteinwand.

Als Harms die Wand genauer absuchte, fiel ihm oberhalb des Bodens eine Öffnung auf, die auf den ersten Blick kaum zu sehen war, weil der Schrank sie weitestgehend verdeckte. Harms klemmte sich die Taschenlampe unter den Arm, packte den Schrank mit beiden Händen und rückte ihn ein Stück weg von der Wand. Dann leuchtete er die Sperrholzplatten an, die notdürftig vor einen Durchgang genagelt worden waren. Zwischen den Platten befanden sich Lücken und unten verblieb eine Spalte von ungefähr einem halben Meter Höhe. Das Piepen kam eindeutig von irgendwo dahinter.

Harms ging zu der Werkbank und holte sich einen großen Schraubenzieher, mit dem er zu dem versperrten Durchgang zurückkehrte. Er schob die Spitze zwischen zwei Sperrholzplatten und hebelte kraftvoll. Holz splitterte und krachend löste sich die untere Platte ein Stück weit. Er zog und zerrte daran, bis er sie in der Hand hielt. Achtlos warf er sie neben sich auf den Boden. Nachdem er die Aktion noch einmal wiederholt hatte, war das Loch groß genug für ihn.

Er bückte sich, schlüpfte hindurch und fand sich in einem schmalen Gang wieder, der nach einigen Metern eine Biegung nach links machte, nach der sich der Lichtstrahl in der Ferne in der Düsternis verlor. Schutt knirschte unter seinen Schuhen, als er langsam dem Piepen entgegenging, das nun lauter zu hören war. Ein schwacher süßlich-fauliger Geruch lag in der Luft. Nervosität machte sich in ihm breit und er schluckte trocken, während er sich fragte, wohin der Gang führte. Der Lichtkegel fiel auf Gesteinsbrocken, die überall auf dem

Boden lagen und tanzte über die eng zusammenstehenden Wände, die einen Anflug von Klaustrophobie bei Harms auslösten. Wenige Meter vor ihm lag etwas auf dem Boden. Als er realisierte, um was es sich handelte, stockte ihm der Atem. Der Kadaver erinnerte an einen Fisch, von dem nur noch der Kopf und die Gräten übrig waren. Nur, dass die geweiteten gelben Augen, die ihn anklagend anzustarren schienen, zu einem Katzenkopf gehörten. Vom Körper war nur das Skelett verblieben. An einigen Knochen klebten blutige Fleischfetzen. Der stärker gewordene ekelhaft süße Gestank brachte Harms dazu, die Nase zu rümpfen. Adrenalin schoss durch seine Blutbahn, seine Gedanken rasten und suchten fieberhaft eine Erklärung. Ein Tier musste die Katze gerissen haben, aber was für ein Tier, das dazu imstande wäre, streunte durch dieses unterirdische Kellersystem?

Was auch immer da piepte, war nicht mehr weit entfernt. Wieder ertönte es, gefolgt von Stille. Doch plötzlich hörte Harms ein entferntes Knurren, das so schnell es aufgekommen war, wieder verstummte. Gänsehaut kroch ihm die Arme hinauf und auf einmal wünschte er sich, er hätte seine ehemalige Dienstwaffe mitgenommen. Vorsichtig ging er weiter.

Ein paar Meter weiter mündete der Gang in einer Kreuzung. Harms holte tief Luft, bevor er diese betrat und schnell in beide Richtungen leuchtete. Nachdem er sichergestellt hatte, dass keine unmittelbare Gefahr drohte, sah er sich genauer um. In dem linken Gang lag etwas, von dem das Piepen ausging. Harms näherte sich dem Objekt und begab sich in die Hocke. Es handelte sich um ein Stirnband mit einem schmalen Kunststoffgehäuse, in dem ein Objektiv eingelassen war. Eine kleine Action-Cam. Das schwarze Band hatte innen weiße Bereiche, die an einigen Stellen dunkel verfärbt waren. Blut? Harms hob das Gerät auf, als irgendwo hinter ihm erneut ein Knurren erklang. Erschrocken sprang er auf, drehte sich um und leuchtete in den gegenüberliegenden Gang. Sein Herz pochte in einem schnellen Rhythmus, er schwitzte. Was ging hier vor sich?

»Hallo?« Er lauschte.

Das Piepen der Cam strapazierte seine Nerven. Er erwog, die Umgebung abzusuchen, aber als er wieder auf der Kreuzung stand, ließ ihn sein wachsendes Unbehagen in Richtung des Kellers abbiegen, aus dem er gekommen war. Rückwärts ging er darauf zu und nachdem er den Durchgang passiert hatte, schob er den Schrank wieder davor.

Kapitel 23

»Willst du dir nicht doch den Sessel holen?« Schwester Bernadette warf Harms einen fragenden Blick zu, bevor sie sich wieder dem Laptop zuwandte, der auf dem Schreibtisch vor ihnen stand. Eine kleine Tischlampe tauchte das Zimmer der Nonne in ein gemütliches Licht.

»Geht schon, danke.« Harms saß auf einem für seine massive Figur viel zu kleinen Holzstuhl neben der Nonne. Das Möbel knarrte bei jeder Bewegung besorgniserregend, trug jedoch offensichtlich sein Gewicht und mehr interessierte ihn gerade nicht. Er wollte wissen, was die Speicherkarte der Action-Cam offenbarte, die jetzt in dem Laptop steckte. Während das Gerät hochfuhr, fiel sein Blick auf ein gerahmtes Bild, das am Rande des Schreibtischs stand. Es zeigte die Nonne Arm in Arm mit einem kleinen dunkelhäutigen Jungen mit krausen Locken inmitten einer wüstenartigen Landschaft.

»Wer ist das?«, fragte Harms. Der Junge war ungesund dürr mit streichholzdünnen Beinen, schmalem Gesicht und eingefallenen Wangen. Das Weiß seiner Zähne bildete einen extremen Kontrast zu seiner Haut.

»Das ist Kelechi.« Ein trauriger Unterton schwang in Bernadettes Stimme mit. »Das Bild ist von 2014: Ich habe zu der Zeit ein Jahr in einem Waisenhaus in Sambia gearbeitet. Mittlerweile ist er tot. Wusstest du, dass es allein in Sambia mehr als eine Millionen Aids-Waisen gibt?«

»Das tut mir leid. Nein, wusste ich nicht. Da kommt mir unwillkürlich wieder der Gedanke, warum ein Gott so etwas zulässt.«

Schwester Bernadette sah ihn ernst an. »Dieses Gespräch hatten wir schon. Und wenn du verstehen willst, was hier vor sich geht, musst du deinen Unglauben loslassen. Es gibt Phänomene, die wir nur begreifen, wenn wir gleichzeitig die Existenz Gottes anerkennen.«

Harms seufzte. »Meine Arbeit basiert auf Fakten, auf logischen Schlussfolgerungen. Sind wir so weit?« Schwester Bernadette nickte und nach ein paar Klicks öffnete sich eine Videodatei. Gespannt betrachteten sie die verwackelten, ruckelnden Bilder, die an Found-Footage-Filme erinnerten und einen blonden jungen Mann mit Nasenpiercing in einem Tunnel zeigten.

»Ist das hier alles untertunnelt?«, fragte Harms.

»Weiß ich nicht. Ist das überhaupt hier? Warte.« Bernadette öffnete die Dateiinformationen, in denen unter anderem das Datum der Aufnahme verzeichnet stand. »Gestern Abend. Da du die Cam hier gefunden hast, muss es ja so sein.«

Harms verschränkte die Arme vor der Brust und schweigend sahen sie das Video an bis zu der Stelle, an welcher der Blonde und sein Freund, der die Cam aufgesetzt hatte, sich durch einen Kriechgang zwängten.

»Da kriegt man ja vom bloßen Zuschauen Klaustrophobie.« Harms schluckte trocken und beobachtete wie der Träger der Cam angestrengt ächzend vorwärtsrobbte und Gesteinsbröckchen und Staub vor ihm herabrieselten.

»Oh Gott«, stieß Schwester Bernadette aus und hielt sich erschrocken eine Hand vor den Mund, als der junge Mann um Hilfe schrie und eine Erschütterung zu hören war. Noch mehr Schreie, gefolgt von lautem Poltern und Getöse. Eine gefühlte Ewigkeit blieb der Bildschirm schwarz, bis Taschenlampenlicht eine dichte Staubwolke enthüllte. Als diese sich lichtete und die ersten Skelette zu sehen waren, blickte Schwester Bernadette Harms entsetzt an. »Was …? Oh Gott.«

Unwillkürlich legte Harms ihr einen Arm um die Schulter, bevor er sich dieser Geste bewusst wurde. Es fühlte sich gut an. Sie starrte wieder auf den Bildschirm und er zog den Arm zurück. Sie sahen, wie die beiden Urban Explorer wenig später den eingestürzten Mauerhaufen bis zu einer Öffnung hinaufkletterten und sich daraufhin in einem Gang mit roten Backsteinwänden wiederfanden. Harms kam gerade zu dem Schluss, dass es sich bei den Leichen in dem Massengrab vermutlich um Opfer der Nationalsozialisten handelte, als es laut an der Tür klopfte.

Schwester Bernadette pausierte das Video und stand auf. Ihr Stuhl schabte über den Holzfußboden. Sie öffnete die Tür und Harms, der für einen Moment die Augen geschlossen hatte, hörte Schwester Thea leise näseln: »Außerhalb der Besuchszeiten sind keine Gäste erlaubt Männerbesuch in der Nacht schon dreimal nicht.«

Harms konnte sich ein Grinsen nicht verkneifen. Er wünschte sich einen Drink herbei. Von dem einen, den er während des Gesprächs mit Professor Karim genossen hatte, merkte er schon lange nichts mehr.

»Wir gehen einer bedeutenden Sache nach.« Bernadette, deren heller, sanfter Stimme Harms ewig lauschen konnte, klang mühsam beherrscht. »Ich bin außerdem alt genug, um selbst auf mich aufzupassen.«

»Schwester Agnes wird nicht erfreut sein über so viel Unruhe. Erst die unverhofften Gäste und nun das.« Mit den unverhofften Gästen meinte die Nonne die Heinrichs. Harms hatte nach seiner Erkundung des Kellers beschlossen, das alte Paar nicht allein in dem Haus zurückzulassen. Die Entdeckung des Katzenkadavers und die merkwürdigen Geräusche in dem Tunnel hatten ihn beunruhigt. Bevor er die Polizei hinzuzog, wollte er jedoch wissen, was auf der Speicherkarte zu sehen war. Schwester Bernadette hatte schließlich angeboten, dass die Heinrichs vorübergehend im Kloster bleiben konnten, das über ein Gastzimmer für Menschen verfügte, die eine Weile mit den Nonnen leben wollten.

»Ich erkläre ihr das schon. Entschuldigst du mich nun bitte?«, sagte Bernadette. Schwester Thea gab ein unverständliches Murmeln von sich, dann wurde die Tür geschlossen und Bernadette kehrte auf ihren Stuhl zurück.

»Die Herde scheint ihr hübschestes Schäfchen gut im Auge zu behalten«, witzelte Harms. Bernadette rollte mit den Augen, was Harms äußerst sexy fand, und ließ das Video weiterlaufen. Sie sahen schweigend zu, wie die beiden jungen Männer den alten OP-Raum fanden und sich darin umschauten.

Als sie das erste Polaroid-Foto betrachteten, schlug Bernadette sich zunächst die Hand vor den Mund, bevor sie das Grauen in seiner ganzen Bandbreite realisierte, blitzartig den Blick abwandte und ihr Gesicht gegen Harms' Oberarm drückte. Der kämpfte beim Anblick der armen Frau, welcher der Penis ihres Partners in den Mund gestopft worden war, mit einem Würgereiz. Vorsichtig legte er einen Arm um Bernadette, die ein ersticktes Schluchzen ausstieß.

Harms rieb sich über den Mund. Widersprüchliche Gefühle überrollten ihn: Abscheu, Mitleid und Wut wegen des Bildes auf der einen, Zärtlichkeit und Zuneigung für Bernadette auf der anderen Seite. Einige Momente später wagte es die Nonne wieder, auf den Bildschirm zu schauen. Die beiden Männer waren auf den Gang zurückgekehrt und ein Alarm war zu vernehmen, der von einem Messgerät stammte, das in verschiedenen Farben schnell blinkte.

»Was zum Teufel …«, sagte der Träger der Cam, während zunächst nichts als Schwärze und ein leichtes Bildrauschen, das die Aufnahme von Beginn an aufgewiesen hatte, zu sehen waren. Auf einmal wurde das Bild heller, weil die Taschenlampe in Aufnahmerichtung gehalten wurde, dann erblickte Harms ein Gesicht.

»*Fuck!*« Ruckartig beugte er sich vor, was seinen Stuhl unschön knarzen ließ, während in dem Video von Geschrei und Poltern begleitetes Chaos ausbrach. Das Bild wackelte heftig und ließ nichts Genaues mehr erkennen. »Lass das noch mal ablaufen und pausiere das Bild.« Bernadette griff zur Laptop-Maus und spulte die Aufnahme ein Stück weit zurück. In dem Moment, als das Gesicht am deutlichsten zu sehen war, hielt sie das Video an. Trotz der suboptimalen Lichtverhältnisse und des Bildrauschens blickten sie eindeutig in ein Gesicht, das mit der zerfurchten grauen Haut, Nüstern statt einer Nase und leicht schräg liegenden schwarzen Augen wenig Menschliches an sich hatte. »Das gibt es nicht«, stieß Harms hervor, während sein Verstand eine Erklärung für diese Gestalt suchte, die sich an einem Rohr festgeklammert hatte. Ein Mann mit einer Maske? Wenig plausibel.

»Es ist wirklich alles wahr. Gott beschütze uns«, sagte Bernadette bestürzt und bekreuzigte sich.

Harms schluckte trocken. »Lass es weiterlaufen.«

Bernadette startete das Video erneut. Nach dem kurzen Tumult erfasste die Aufnahme für einen Moment den Kegel der Taschenlampe, dann füllte nur noch Schwärze das Bild. Eine ganze Weile drang ein von gelegentlichem Rumpeln begleitetes schleifendes Geräusch aus den Audioausgängen des Laptops. Das eine oder andere Mal glaubte Harms, ein Knurren zu vernehmen. Nach einer lautstarken Erschütterung herrschte Stille.

Harms starrte schweigend auf das schwarze Bild und als er schon davon ausging, dass sich nichts mehr tat, setzte das Piepen ein, das ihn auf die Action-Cam aufmerksam gemacht hatte und wahrscheinlich auf einen niedrigen Batterieladestand hinwies.

»Heilige Scheiße!« Harms blies die Backen auf und fuhr sich mit der Hand über den Kopf. Bernadette warf ihm einen strengen Blick zu, sagte aber nichts. Ihre sorgenvolle Miene und das angespannte Zucken um die Mundwinkel verrieten ihm, dass es in ihrem Kopf fieberhaft arbeitete. »Ich muss damit zur Polizei. Sie müssen das Tunnelsystem durchkämmen. Vielleicht leben die beiden noch.«

Einige Momente sahen sie sich stumm an, dann nickte Bernadette. »Ich muss nachdenken und so viel es geht, über diese Dschinn in Erfahrung bringen. Dieser Dämon muss aufgehalten werden.«

Harms wollte instinktiv dagegenhalten, dass es keine Dschinn oder Dämonen gab, aber nach dem eben Gesehenen und allem, was er zuletzt erlebt hatte, war er sich nicht mehr sicher. Er legte für einen Moment sanft seine Hand auf Bernadettes Schulter, bevor er aufstand und die Speicherkarte aus dem Laptop nahm. »Wir sehen uns später.«

Er wandte sich zur Tür, als sie zu ihm aufblickte.

»Christian?«

»Hm?«

»Wende dich Gott zu, sonst bist du in Gefahr. Dieses Wesen wird bereits auf dich aufmerksam geworden sein.«

Kapitel 24

Einen Tag später

Sarah lag im Bett und las im Schein der Nachttischlampe in dem Buch *Die Duftapotheke* von Anna Ruhe. Für eine Weile gelang es ihr, ganz in die Rolle der elfjährigen Protagonistin Luzie zu versinken und mit ihr durch die Räume einer alten Villa zu streifen, voller Regale, in denen mit Düften befüllte Flakons standen.

Ein heftiger Hustenanfall katapultierte Sarah in die Realität zurück. Sie legte das Buch beiseite, setzte sich auf und rang angestrengt nach Luft. Ihr Hals schmerzte beim Schlucken, die Nase lief und Gliederschmerzen machten ihr ebenfalls zu schaffen.

Würde es doch nur, wie in dem Buch, Düfte geben, die mich heilen und alles vergessen lassen können, dachte sie, während sie nach einer Packung Papiertaschentücher griff, die neben einer Schachtel Tabletten zur Stärkung der Abwehrkräfte und einem Fläschchen Hustensaft auf dem Nachttisch lag. Sie zog eines davon heraus und schniefte hinein.

Die Traurigkeit lag wie eine riesige dunkle Wolke über ihrem Gemüt, die jegliches Sonnenlicht verdeckte und anhaltende Leere und Schwermut in ihr verursachte. Sie hatte von jetzt auf gleich ihre ganze Familie verloren. Wie sie die drei vermisste! Ihren Papa, der ihr, obwohl sie schon ein großes Mädchen war, immer noch regelmäßig Gutenachtgeschichten vorgelesen hatte. Ihre

Mama, die mit ihr immer *Trolljäger*, *Quarks* und andere Serien auf Netflix geguckt hatte und auch ihren Bruder, der sie zwar gern geärgert hatte, aber letztlich trotzdem immer für sie da gewesen war. Was würde sie dafür geben, nur noch einmal mit ihnen Zeit verbringen zu dürfen.

Zu ihrem Verlust kam noch hinzu, dass sie an einem angeborenen, primären Immundefekt litt, genauer gesagt einem IgG-Subklassenmangel. Ihr Körper verfügte über zu wenige Immunglobuline, besser bekannt als Antikörper, die das Immunsystem benötigt, um Infektionen zu bekämpfen. Deshalb war sie oft krank und bekam alles, von simplen Erkältungskrankheiten bis hin zu Lungenentzündungen, die bei ihr länger andauerten und heftiger verliefen, als bei Menschen ohne diese Immunschwäche.

Irgendwo im Haus erklang ein Klappern, das sie aus ihren Gedanken riss. Sarah schaute sich in dem in tiefe Schatten gehüllten Zimmer um, das ihr schon früher bei den Besuchen ihrer Großeltern oft zur Übernachtung gedient hatte. Nun war es zu ihrem festen Zuhause geworden. Gegenüber vom Bett, neben dem Tisch, auf dem ihre Zeichenutensilien lagen, befanden sich zahlreiche Kuscheltiere in einer hölzernen Plüschtier-Box, die mit ihren Gitterstäben an einen Käfig erinnerte. Ein Pandabär, eine Giraffe, ein Löwe und mehrere Teddys unterschiedlicher Art und Größe starrten sie stumm an.

Seit ich nicht mehr spreche, bin ich fast wie ihr, dachte sie und betrachtete einen Pinguin, der rechts unten in der Box hockte. Frosti hatte sie das Stofftier getauft, das vor

Jahren ihr liebstes Spielzeug gewesen war. Die Puppe neben dem Pinguin schien Sarah sehnsüchtig anzublicken. Es war die Prinzessin aus Tausendundeiner Nacht, die ihre Eltern ihr aus dem letzten Urlaub mitgebracht hatten. Über der Box an der Wand hing auch der Porzellan-Teller, den ihre Oma geschenkt bekommen hatte und auf dem ein Araber mit einem Kamel in der Wüste dargestellt war.

Sarah wandte den Blick ab, legte sich wieder hin und zog die Decke bis unterhalb ihrer Nase. Vorbei! Als sie noch ihre Familie gehabt hatte, war die Welt noch halbwegs in Ordnung gewesen. Jetzt würde gar nichts mehr je wieder in Ordnung sein. Im Gegenteil, es würde alles noch schlimmer werden. Sie würde hier nicht bleiben können, das war ihr klar, auch wenn Oma Traudel ihr das nicht sagte. Ihre Oma war gebrechlich und alt; *alt* nicht unbedingt hinsichtlich ihrer zweiundsiebzig Lebensjahre, denn es gab nicht wenige Menschen, die in diesem Alter noch vor Energie strotzten, sondern mental. Während manch andere Frau Anfang siebzig eine neue Partnerschaft einging oder um die Welt reiste, liebäugelte ihre Oma schon seit einer Weile mit dem Betreuten Wohnen: Endstation Altersheim. Wie sollte diese Frau, die den meisten Enthusiasmus an den Tag legte, wenn es darum ging, anderen ihre Leiden aufzuzählen, in der Lage sein, Sarah großzuziehen? Das wäre unter normalen Umständen schon kaum denkbar, aber Sarah musste auch noch ständig zu Ärzten und Therapeuten gebracht werden und benötigte eine intensivere Betreuung als gesunde Gleichaltrige. Ihre Oma würde sie schon bald in irgendeine Einrichtung abschieben, wo sie dann unter Fremden Tag für Tag ihr trauriges Dasein fristete. Das war ihre Perspektive, und als Sarah das deutlich bewusst wurde, kullerten Tränen ihre Wangen hinunter.

Sie setzte sich auf und griff erneut nach den Papiertaschentüchern. Gerade zog sie ein Taschentuch aus der Packung und schniefte, als ein lautes Poltern sie erschrocken zusammenzucken ließ. Angst kroch in ihr hoch. Erst nach einigen Momenten wurde ihr klar, was passiert war und sie atmete leicht durch. Das Holzkreuz an der gegenüberliegenden Wand war heruntergefallen und auf den Tisch aufgeschlagen. Die Kuscheltiere schauten sie noch immer stumm an. Das ängstliche Kribbeln in ihr hielt an und erst, als sie sich mehrfach vergegenwärtigte, dass nichts Schlimmes geschehen war, ließ es langsam nach. Seit dem unheilvollen Tag war sie schreckhaft geworden. Davor hatte der einzige Schrecken in ihrem Leben darin bestanden, wieder einmal krank zu werden, und auch daran hatte sie sich fast gewöhnt. Ansonsten hatte sie kein Leid gekannt, was auch daran gelegen haben mochte, dass sie sehr behütet aufgewachsen war, gerade wegen ihres Handicaps. Nun wusste sie jedoch, dass es auf dieser Welt noch viel entsetzlichere Dinge gab und das Böse nur darauf wartete, über einen zu kommen.

Ihre Blase drückte, also schlug sie die Decke zurück und schwang ihre Beine aus dem Bett. Sie stand auf und tippelte mit nackten Füßen zur Zimmertür. Trotz ihres langärmeligen Schlafanzugs fröstelte sie. Zudem fühlte sie sich vom langen Liegen und der Krankheit wackelig auf den Beinen. Sie öffnete die Tür, die leise quietschend aufschwang, trat in den dunklen Flur und ging um die Ecke in Richtung Bad, als ein dunkler Schatten vor ihr aufragte. Als sie gegen etwas Hartes prallte, taumelte sie erschrocken zwei Schritte zurück.

»Huch, Kind! Hast du dir weggetan?«, fragte ihre Oma.

Sarah schüttelte den Kopf.

»Ich habe ein Poltern gehört und wollte nach dir sehen. Ist alles in Ordnung?«

Sarah machte ein paar Schritte in ihr Zimmer zurück und deutete mit dem Zeigefinger auf den Tisch, auf den das Holzkreuz gefallen war.

»Oh, da ist wohl der Nagel aus der Wand gefallen. Ich hänge es dir morgen wieder auf. Jetzt fühle ich mich zu kaputt. Ich habe schon meine Rheumatabletten genommen.«

Sarah nickte sacht, wandte sich ab und ging durch den Flur zum Badezimmer.

»Schlaf schön, mein Schatz«, rief ihre Oma ihr nach.

Im Badezimmer knipste Sarah das Licht an, woraufhin die Deckenleuchte anging, um gleich darauf zu flackern und, begleitet von einem leisen Knall, wieder zu erlöschen. *So ein Mist!,* dachte Sarah, trat vor das Waschbecken, stellte sich auf die Zehenspitzen und betätigte den Schalter am Rand des klobigen alten Spiegelschranks, woraufhin die Beleuchtung ihr dumpfes gelbes Licht aussandte. Sarah schloss die Tür, ging zum Klo, klappte die Brille hoch und zog ihre Hose hinunter. Sie hockte sich hin und gleich darauf plätscherte ihr Urin in die

Schüssel. Aus der Duschkabine links von ihr vernahm Sarah ein leises Knacken. Ihr Blick zuckte zur Dusche, die von einem weißen Vorhang verhüllt war.

Ich habe mir das Geräusch sicher nur eingebildet, dachte sie nach einem Moment und riss etwas Klopapier von der Rolle in der Wandhalterung, um sich sauber zu machen. Anschließend betätigte sie die Spülung, trat vor das Waschbecken und wusch sich die Hände. Beim Blick in den Spiegel fiel ihr auf, wie krank sie aussah. Ihr von strähnigen dunklen Haaren umrahmtes Gesicht wirkte ausgemergelt. Sie hatte einen fahlen Teint mit eingefallenen Wangen. Dunkle Schatten zeichneten sich wie ein unheimliches Make-up unter ihren Augen ab, die müde und glanzlos wirkten.

Plötzlich erstarrte sie. Ihr war, als hätte sie neben ihrem Kopf im Spiegel, hinter dem Vorhang der Duschkabine, für die Dauer eines Wimpernschlags einen sich bewegenden Schatten gesehen. Hatte sie sich auch das eingebildet? Der Blick ihrer schreckgeweiteten Augen haftete an dem Duschvorhang, ihre Muskeln spannten sich an, im Geiste sah sie sich aus dem Bad rennen. Aber sie blieb stehen und schluckte nur trocken. Sie hatte keine Lust fortzulaufen, denn was hatte sie schon zu verlieren? Ihre rosigen Lebensperspektiven hatte sie sich gerade erst vor Augen geführt. Aufkeimende Wut gesellte sich zu der Angst in ihrem Inneren. Sie drehte sich um und machte langsam einen Schritt nach dem anderen auf den Duschvorhang zu. Momentan deutete nichts darauf hin, dass dahinter etwas war, aber was hatte ihre Aufmerksamkeit erregt? Noch zwei Schritte. Sie streckte ihre Hand aus. Kurz vor dem Vorhang zögerte sie und hielt inne. Ihr Puls raste, sie wappnete sich, jederzeit in Richtung Tür zu sprinten. Schließlich nahm sie ihren ganzen Mut zusammen und riss den Vorhang ruckartig zur Seite. Sie hielt den Atem an. Da war … nichts, doch dann zuckte sie zusammen. Sie hatte aus Richtung ihres Zimmers einen Knall gehört, gefolgt vom Geräusch zerberstenden Glases. Entschlossen drehte sie sich um und wandte sich zur Tür.

Nicht weggelaufen zu sein und Mut gezeigt zu haben, war ein kleiner Triumph gewesen, der keines ihrer Probleme löste, aber sich für den Moment gut anfühlte. Zurück im Flur überkam sie ein Hustenanfall, der sie einen Moment innehalten ließ. Als er vorbei war, kehrte sie mit geschärften Sinnen in ihr Zimmer zurück, während sie sich fragte, was das Geräusch verursacht hatte. Sie stand im Türrahmen und stutzte, weil ihr auffiel, dass die orientalische Prinzessin aus der Plüschtier-Box gefallen war und auf dem Rücken auf dem Boden lag. Sie ging darauf zu, bückte sich und nahm sie an sich, als sie einige Porzellanscherben neben der Box bemerkte.

Oh nein, der Teller ist von der Wand gefallen! Im nächsten Moment erregte eine Bewegung am Fenster ihre Aufmerksamkeit. Da war etwas auf der Fensterbank. Eher neugierig als ängstlich richtete Sarah sich auf, ohne den Blick abzuwenden. Sie näherte sich dem Fenster. Ein dunkler Schemen huschte dort von einer Seite zur anderen. Anhand der Körperkonturen erkannte Sarah eine Katze, die unablässig mit dem Schwanz wedelte. Sarah streckte ihre rechte Hand nach dem Fenstergriff aus, drehte ihn zur Seite und öffnete das Fenster. Augenblicklich schlug ihr kalte Luft entgegen. Im schwachen Licht ihrer Nachttischlampe sah sie, dass es sich um eine schwarze Katze handelte, die sich in diesem Moment auf dem Fensterbrett umdrehte und ihr zuwandte. Sarah runzelte die Stirn. Irgendetwas stimmte nicht mit dem Tier. Es hatte komplett dunkle emotionslose Augen. Wie Marvin, als er nicht mehr er selbst gewesen war. Sarah wollte schreien und das Fenster zuschlagen, aber da fauchte die Katze schon und sprang sie an.

Kapitel 25

›Zucker in großen Kristallen, sechs Buchstaben‹. Traudel Stratmann saß in ihrem Sessel und hielt mit leicht zittriger Hand den Kugelschreiber über das Kreuzworträtsel der Illustrierten. Nach kurzem Zögern schrieb sie das Wort *Kandis* in das entsprechende Feld. ›Stadt der Winterspiele 2014, sieben Buchstaben‹. Da sie sich noch nie für Sport interessiert hatte, dachte Traudel gar nicht weiter über die Antwort nach. Ihre Gedanken schweiften sowieso ständig ab, also legte sie Zeitschrift und Stift auf den Tisch. Eine antiquierte Stehlampe mit einem Sockel und Schaft aus Messing und einem großen Stoffschirm tauchte das Wohnzimmer in gemütliches Licht. Im Flachbildfernseher, den Traudel letztes Weihnachten von Sarahs Eltern geschenkt bekommen hatte, lief ein Heimatfilm.

Solche Filme zeigen immer eine heile Welt, meine liegt in Trümmern, dachte sie verbittert. Sie trauerte um ihre Angehörigen und mit der Verantwortung für Sarah lastete eine schwere Bürde auf ihren von rheumatoider Arthritis geplagten Schultern, in denen sie auch jetzt wieder ziehende Schmerzen peinigten. Vor einer halben Stunde hatte sie eine Schmerztablette genommen, deren Wirkung aber noch auf sich warten ließ.

Hätte sie doch nur noch ihren Fritz, der vor drei Jahren an einem Schlaganfall gestorben war. So musste sie sich der Überlast der Probleme allein entgegenstellen, was einfach zu viel für eine alte, kranke Frau wie sie war. Ihr graute schon davor, Sarah mental darauf vorzubereiten, dass sie nicht für immer hierbleiben konnte. Schwester Bernadette schaute sich bereits nach einer geeigneten Einrichtung oder Pflegefamilie für das Mädchen um.

Der Anruf der Nonne war beunruhigend gewesen, dachte Traudel beim Blick auf ihr Seniorenhandy, das neben der Fernbedienung auf dem Tisch lag. Aber darüber konnte sie sich jetzt nicht auch noch den Kopf zerbrechen, also schob sie den Gedanken von sich. Sarah würde sicher nicht begeistert darüber sein, bei Fremden aufzuwachsen. Sie musste so behutsam wie möglich darauf eingestellt werden. Immerhin würde Traudel Wert darauf legen, dass Sarah im Norden blieb, dann könnte ihre Enkeltochter sie gelegentlich besuchen kommen.

Zudem musste Traudel sich um einen Alterssitz für sich kümmern, denn in diesem Haus allein zurechtzukommen schaffte sie einfach nicht mehr. Bisher hatten Sarahs Eltern ihr immer unter die Arme gegriffen, aber nun war sie völlig auf sich gestellt. *Großartige Aussichten,* sinnierte Traudel und liebäugelte mit zwei, drei Gläschen von dem Schnaps, den sie im Schrank stehen hatte. Der Alkohol würde sie in behagliche Lethargie hüllen und sie das Elend für eine Weile vergessen lassen.

Denk an deine Verantwortung für Sarah, du hast ein krankes Kind bei dir, meldete sich eine innere Stimme zu Wort, die ihr den Schnaps madigmachte. Traudel rang mit sich, als irgendwo im Haus ein Poltern ertönte, das ihr die Entscheidung vorerst abnahm. Sie legte ihre Lesebrille auf die Armlehne des Sessels und erhob sich ächzend und schwerfällig. Sie schlüpfte in ihre Filzpantoffel und schlurfte mit gebeugten Schultern aus dem Wohnzimmer in den Flur. Als sie bei Sarahs Zimmer angekommen war, wurde die Tür geöffnet und das Mädchen lief direkt in sie hinein. Auf ihre Nachfrage, ob alles in Ordnung sei, kehrte Sarah ins Zimmer zurück und deutete auf den Tisch, auf dem ihre Zeichenblöcke und Stifte lagen. Traudel stellte sich neben Sarah und sah, dass das Kreuz von der Wand gefallen war.

Wenn das mal kein schlechtes Omen ist, dachte sie unheilvoll. Nachdem sie Sarah versichert hatte, dass sie sich morgen darum kümmern würde, huschte die schon um die Ecke Richtung Badezimmer. Traudel rief ihr einen Gutenachtwunsch hinterher und wollte den Raum schon wieder verlassen, als sie eine Bewegung am Fenster auszumachen glaubte und dorthin schaute. Sie blinzelte. Hinter der rechteckigen Fensterscheibe war lediglich die Schwärze der Nacht zu sehen. Ihre Augen wurden auch nicht besser und sie musste dringend einen Termin bei Doktor Rießelmann vereinbaren.

Traudel machte sich auf den Rückweg ins Wohnzimmer und dachte darüber nach, wo die Werkzeugkiste von Fritz sich befand. Hoffentlich würde sie den Nagel mit ihren zittrigen Händen überhaupt in die Wand bekommen, ohne sich vorher mit dem Hammer auf die Finger zu schlagen. Dass so etwas Banales schon zu einer Herausforderung wurde, zeigte nur, dass eine alte Frau wie sie mit dem Alleinleben heillos überfordert war – und dann sollte sie sich noch um ein krankes Kind kümmern.

Ächzend ließ sie sich zurück in ihren Sessel sinken und nach einem Blick auf den Fernseher, in dem ein gebräunter Schönling zusammen mit seiner Angebeteten durch eine malerische Bergszenerie spazierte, setzte sie sich wieder ihre Lesebrille auf und griff erneut zu der Illustrierten mit dem Kreuzworträtsel.

›Stadt in Sachsen, sieben Buchstaben‹. Dresden passte nicht zu den schon vorhandenen Buchstaben, aber Leipzig war die Lösung. Traudel nahm den Kugelschreiber in die Hand und schrieb das Wort in das Feld, während entfernt die Klospülung zu hören war. Nachdem sie drei weitere Wörter in das Rätsel geschrieben hatte, hörte sie schon wieder einen Krach aus Richtung von Sarahs Zimmer. In der darauffolgenden Stille konzentrierte sich Traudel auf die nächste Rätselfrage, bis ein kurzer Aufschrei sie erneut aus der Konzentration riss. Jetzt musste sie sich noch mal aus dem Sessel quälen und nachschauen gehen, dachte sie verdrießlich. Seufzend legte sie Zeitung und Stift zurück auf den Tisch und nahm die Brille von der Nase. Sie wollte gerade aufstehen, als sie Sarah am anderen Ende des Wohnzimmers im Türrahmen stehen sah.

»Liebes, ist alles Ordnung?« Sarah antwortete nicht, was nicht verwunderlich war, da sie schon eine Weile nicht mehr geredet hatte, aber Traudel spürte instinktiv, dass etwas nicht stimmte. Ein Alarmgefühl machte sich in ihr bemerkbar, noch bevor das dürre, etwa einen Meter vierzig große Mädchen mit einem seltsam steifen Gang auf sie zukam.

»Sarah?« Traudel ruckte unruhig im Sessel umher. Sarahs Blick fixierte sie, und ihr Gesicht erschien noch eingefallener und blasser als sonst. Als Traudel bemerkte, dass sich ihre Augen verändert hatten und schwarz wie polierte Onyxe glänzten, wandelte sich das Gefühl in nackte Angst.

»Bleib da!«, rief sie mit scharfer Stimme, als Sarah nur noch drei, vier Meter entfernt war. Traudel blinzelte und hoffte, dass diese unmenschlichen dunklen Augen des Mädchens nur von einer Sehschwäche ihrerseits herrührten. Aber mit jedem Schritt, den Sarah nähertrat, sah Traudel es deutlicher. Die Nonne hatte recht gehabt.

Mit einer Schnelligkeit und Entschlossenheit, die sie sich selbst mit ihren Gebrechen nicht zugetraut hatte, stand Traudel auf. Dabei fiel die Lesebrille, die sie auf ihren Schoß gelegt hatte, vor ihr auf den Laminatboden und schlitterte Sarah entgegen.

»Lass mich!«, schrie Traudel dem Mädchen entgegen, das sie gleich erreicht haben würde. Einen Moment später trat Sarah mit ihrem nackten Fuß auf die Brille, deren Gläser knirschend zerbarsten. Mit emotionslosem Blick streckte Sarah eine Hand nach Traudel aus, um sie zu greifen. Die holte im selben Moment ein silbernes Kreuz aus ihrer Rocktasche und streckte es der sie packenden Hand entgegen. Zischend stob Rauch von der Hand in die Luft. Sarah blieb stehen, zog sie blitzartig zurück, knurrte wütend mit tiefer, fremd klingender Stimme und bleckte die Zähne. Traudel schnappte sich mit einer schnellen Bewegung ihr Seniorenhandy und ging um den

Sessel herum zu der offen stehenden Tür, die in den Wintergarten führte.

Von Panik erfüllt stürzte sie in den von einer Tischleuchte und einer Stehlampe in der Ecke erhellten Raum, darum bemüht so viel Abstand wie möglich zwischen sich und Sarah oder was auch immer aus ihr geworden war, zu bringen. Erneutes Knurren und schnelle Schritte hinter ihr verrieten Traudel, dass Sarah ihr nachsetzte. Traudel hetzte um den Tisch herum, an dem die Kleine oft ihre Bilder gemalt hatte, und drückte geistesgegenwärtig die Wahlwiederholung einer bestimmten Nummer. Zu ihrer Erleichterung wurde schon nach zweimaligem Klingeln abgenommen: »Helfen Sie mir! Sarah! Sie ist nicht sie selbst und greift mich an!« Traudel drückte das Gespräch weg, nahm das Telefon herunter und blieb unschlüssig, was sie machen sollte, stehen. Ihre Lippen bebten vor Angst. Sarah stand ihr gegenüber auf der anderen Seite des Tisches und taxierte sie wütend.

»*Coraxo raasi paali zacur zamran!*« Die rasiermesserscharfe und kratzige Stimme, die die Worte förmlich ausspie, ließ Traudel einen kalten Schauer nach dem anderen über den Rücken laufen. Diese Stimme hatte überhaupt nichts mit der von Sarah gemein, die gewöhnlich sanft, leise und hoch war.

»Bleib weg von mir, was immer du bist«, stammelte Traudel, die vor Schreck das Handy fallen ließ, das auf den Boden knallte.

Die Kreatur in Sarahs Hülle lachte kehlig, offenbarte geschwärzte Zähne und leckte sich lasziv über die Lippen, bevor sie auf den Tisch stieg und auf allen vieren auf Traudel zukrabbelte. Die hielt das Silberkreuz vor sich, entschied sich dann aber, zu der nur wenige Meter entfernten Terrassentür zu rennen, um ins Freie zu flüchten. Vor dieser angekommen, hantierte sie am Griff herum und zog die Tür auf. Die kühle Nachtluft trug die Verheißung auf Rettung mit sich, aber das Wesen näherte sich Traudel entschlossen. Als diese nach draußen laufen wollte, wurde sie am Saum ihrer Strickjacke gepackt und zurück in den Wintergarten gezerrt. Traudel drehte sich um und hieb verzweifelt mit dem Kreuz nach der Sarah-Kreatur. Die fauchte und knurrte, packte sie mit kräftigem Griff an der Hüfte und schnappte nach Traudels Oberkörper. Zähne zerrissen Kleidung und zerfetzten die Haut ihrer linken Brust. Der abrupte vehemente Schmerz entlockte Traudel einen schrillen Aufschrei. Verzweifelt drückte sie das Kreuz in Sarahs Rücken. Verbrannte Haut zischte, die Kreatur stieß ein wütendes Schnauben aus und zog ihren Kopf zurück. Sarahs kleine Hand packte Traudel an der Gurgel und stieß sie mit unmenschlicher Kraft nach vorn, sodass sie hart mit dem Rücken gegen die Wand schlug. Knochen brachen knackend, ein Wandbild fiel krachend zu Boden. Die Heftigkeit des Aufpralls ließ Traudel wimmernd nach unten sinken und auf dem Hosenboden landen. Sarah hatte sich auf alle viere begeben und krabbelte erneut auf Traudel zu, wie eine lauernde Raubkatze, kurz bevor sie zum Sprung ansetzt. Die alte Frau wusste in diesem Moment, dass ihr Ende unvermeidlich war, und sie betete inbrünstig um einen schnellen und schmerzlosen Tod.

Kapitel 26

Blaulicht zuckte durch den Abendhimmel. Mehrere Streifenwagen und Transporter der Polizei standen neben den Privatfahrzeugen auf dem gut gefüllten Parkplatz der Gedenkstätte Esterwegen. Harms hatte Glück und erspähte eine Lücke, in die er sein Auto lenkte.

Als er ausgestiegen war, benetzte ein feiner Nieselregen seine Haut, während dumpfes Hundegebell an seine Ohren drang. Aus einem Transporter entstiegen Polizisten in voller Montur, die Sturmhauben trugen und Schäferhunde an der Leine führten. Schnellen Schrittes eilten sie über die Straße zum schräg gegenüberliegenden Haus der Heinrichs, vor dem rege Geschäftigkeit herrschte und mehrere Polizisten in Gruppen zusammenstanden.

Die Luft war empfindlich kalt und die feinen Regentropfen tanzten im Licht der Laternen wie Schneeflocken. Harms schob die Hände in die Hosentaschen, als er an der Gedenkstätte vorbei zum Kloster ging. Im Gedenkraum hinter der Eingangstür brannten wie üblich Teelichter auf den Steinsockeln, die an der Wand mit dem Moorsoldatenlied standen. Er näherte sich dem offenen Durchgang zur Kapelle, aus der andächtiges Gebetsgemurmel drang, und warf einen Blick hinein. Neben drei Nonnen, darunter Schwester Bernadette, drängten sich bestimmt zwanzig weitere Menschen in dem Raum, der nicht größer als ein normales Wohnzimmer war, und rezitierten das Ave Maria. Vor der Wand, an der das Kreuz mit den feuergeschwärzten Holzbalken hing, stand ein Sockel mit einer brennenden weißen Altarkerze, die den Raum zusammen mit der dezenten Wandbeleuchtung in stimmungsvolles Licht tauchte.

Bernadette fing Harms' Blick auf und lächelte ihm kaum merklich zu, bevor sie wieder nach unten auf ihre gefalteten Hände schaute und weiterbetete. »Heilige Maria, Mutter Gottes, bitte für uns Sünder, jetzt und in der Stunde unseres Todes …« Nachdem das Gebet beendet war, huschte Bernadette aus dem Raum, fasste Harms sanft am Arm und ging mit ihm in Richtung ihres Zimmers.

»Ganz schön was los heute hier«, bemerkte Harms.

»Die Leute sind beunruhigt«, sagte Bernadette. »Schon wieder ein polizeilicher Großeinsatz in unserem beschaulichen Dorf. Die Menschen merken, dass etwas Böses vor sich geht.«

In ihrem Klosterzimmer angekommen, schaltete Bernadette die Tischlampe an, während Harms seine Lederjacke auszog. Darunter trug er ein körperbetontes schwarzes Sweatshirt, das sich über seiner muskulösen Brust spannte.

Bernadette lehnte sich mit dem Rücken gegen den Schreibtisch und schaute Harms an, der sich am Fußende auf das Bett setzte und die Jacke neben sich ablegte. »Wie geht es dir? Du siehst abgespannt aus«, sagte sie.

Harms seufzte. »So fühle ich mich auch. Ich habe die ganze Nacht in Oldenburg auf dem Revier verbracht, den Kollegen erzählt, was ich weiß und ihnen natürlich die Speicherkarte gegeben. Bevor sie das Video gesehen hatten, haben sie mich mehrfach gefragt, ob ich getrunken oder irgendetwas genommen hätte. Hinterher waren sie zugänglicher. Um sechs Uhr konnte ich endlich gehen und dann hat mich mein Kollege Stefan angerufen. Er hat zuletzt in einer Sache ermittelt, bei der eine alte pflegebedürftige Frau an bestimmten Tagen völlig weggetreten wirkte, während sie an anderen wohlauf war. Schnell ergab sich der Verdacht, dass das wechselhafte Verhalten etwas mit der Pflegekraft zu tun hatte, die an manchen Tagen für sie zuständig war. Stefan hat Videokameras installiert und heute Morgen bat er mich her, um gemeinsam mit ihm den Pfleger, der die Dame in der letzten Nacht betreut hatte, zu konfrontieren.« Harms betonte das Wort *betreut* ironisch.

»Was haben die Aufnahmen gezeigt?«, fragte Bernadette.

»Das glaubst du kaum.«

»Ich ahne Schlimmes.«

»Der Pfleger, ein vierzigjähriger Familienvater, hat der Frau ein Schlafmittel verabreicht, das sie gar nicht brauchte, und als sie weggetreten war, hat er sie ausgezogen und vergewaltigt. Eine bettlägerige Achtzigjährige, das muss man sich mal vorstellen!«

Bernadette schlug sich eine Hand vor den Mund und schüttelte den Kopf.

»In was für einer kranken Welt leben wir?«, fuhr Harms fort. »Na ja, wir haben das Arschloch heute früh zur Polizei gebracht. Die Dame am Empfang hat gemeint, wenn ich sowieso dauernd auftauchen würde, könnte ich auch bleiben, sie hätten noch eine Zelle frei.«

Ein zaghaftes Lächeln stahl sich auf Bernadettes Gesicht.

»Bis wir da fertig waren, hat es sich auch wieder gezogen und als ich dann endlich zu Hause ankam und im Bett lag, kam meine Schwester, um sich, wie immer morgens, um meine Papageien zu kümmern. Ich hatte vergessen, ihr Bescheid zu sagen.«

»Dann hast du gar nicht geschlafen?«

»Heute Nachmittag ein wenig, aber das war natürlich nicht genug.«

»Gibt es schon Neuigkeiten von der Polizei wegen des Videos?«

»Weiß ich nicht. Ich habe gerade gesehen, dass sie das Tunnelsystem offenbar mit Hunden absuchen wollen. Was ist mit dir? Du wolltest etwas über diese Dschinn in Erfahrung bringen?« Dass Harms eine solche Frage ernsthaft stellte, fühlte sich für ihn immer noch komisch an. Ein Teil von ihm ging nach wie vor davon aus, dass sich alle Geschehnisse rational erklären ließen. Spätestens nach dem, was er auf dem Video gesehen hatte, ließ er aber den Gedanken zu, dass sie es hier mit etwas zu tun hatten, was seinen Verstand und den der meisten Menschen überstieg.

Die Nonne nickte. »Laut der fünfundfünfzigsten Sure des Koran hat Gott die Dschinn noch vor den Menschen aus Feuer geschaffen. Das hat dir dieser Professor ja bereits erzählt. Sie wurden mit einem freien Willen ausgestattet und es gab gute sowie böse von ihnen. Die

Dschinn werden als unsichtbare Geistwesen beschrieben, die sich in Tiere verwandeln und von Menschen Besitz ergreifen können. Bei den Arabern vor Mohammed werden sie als Wüstengeister beschrieben. Sie sollen sich aber auch in Wäldern, Steppen oder verfallenen Ruinen aufhalten. Überall wo es still und einsam ist. Was ihre Alterserwartung angeht, bin ich auf unterschiedliche Angaben gestoßen. Einer Überlieferung über König Salomo zufolge kann ein Dschinn mehrere tausend Jahre alt werden. In anderen Überlieferungen heißt es, sie sterben überhaupt keines natürlichen Todes, können also theoretisch seit Anbeginn der Zeit auf Erden weilen.«

Harms plusterte die Backen auf und schüttelte den Kopf. »Unsichtbare Geisterwesen, die sich in Tiere verwandeln können und Tausende Jahre alt werden. Alter Schwede!«

Schwester Bernadette stieß sich vom Schreibtisch ab und setzte sich links neben Harms aufs Bett. Ein hauchzarter Duft von Jasmin, vermischt mit der cremigen Süße der Vanille ging von ihr aus und verzückte seine Geruchsnerven. »Und wie wird man sie los? Kann man sie töten?«

»Den Legenden nach können sie getötet werden. Es heißt, Silber würde ihre Haut verbrennen und auch andere Metalle würden sie nicht gut vertragen.«

»Wenn die Polizei dem Verrückten, der sich da unten aufhält, 'ne Ladung Blei in den Körper pumpt, dürfte er das auch nicht gut vertragen.«

»Ich bezweifle, dass sie den Dschinn finden. Du tust dir immer noch schwer damit, das alles zu glauben, oder?« Bernadette schaute ihn aufmerksam an.

Sie saß so dicht neben ihm, dass sich ihre Knie fast berührten. Als Harms sich dieser Nähe bewusst wurde, stieg sein Puls spürbar an. Es war, als befände er sich im Feld ihrer direkten Anziehungskraft, was ein warmes Kribbeln in ihm entfachte. »Schon, ja.«

»Ich bin heute noch nicht dazu gekommen, weil ich bei einer Frau war, die im Sterben liegt. Aber ich wollte dir ein silbernes Amulett besorgen, das Schutz bietet.«

»Du kümmerst dich ja gut um mich«, sagte Harms fast schüchtern. In dem Blick, mit dem sie ihn bedachte, lagen Güte, Wärme und Zuneigung. Plötzlich übermannten Harms seine Gefühle und er nahm ihr zierliches Gesicht zwischen seine Hände und küsste sie sanft auf den Mund. Sie wich nicht zurück und seine Zunge tastete sich vor zu ihren Lippen, die sie zitternd öffnete. Zaghaft begrüßten sich ihre Zungen, dann verschmolzen sie miteinander. Leidenschaft tobte wie ein Orkan in seinem Herzen. Ihre Lippen waren so wunderbar warm und weich und ihr Mund schmeckte so süß und berauschend wie ein verbotener Nektar. Ihre Zungen tanzten zärtlich im Takt der Gefühle und das Kribbeln in seinem Inneren schwoll so sehr an, dass er sich wie unter Strom gesetzt fühlte. Doch der schrille Ton eines Handys ertönte und es war, als reiße er Harms auf barbarische Art aus dem schönsten Traum.

Bernadette löste sich von ihm, murmelte eine Entschuldigung und griff in ihren Habit. »Ja?«

Während Harms die Tragweite des gerade Geschehenen einzuordnen versuchte, vernahm er eine gedämpfte hektische Stimme aus dem Handy. Nach einigen Sekunden sprang Bernadette vom Bett und sah ihn erschrocken an. Ihr ohnehin schon blasser Teint erschien noch um einige Nuancen bleicher. »Komm, schnell!«

Kapitel 27

Harms wurde heftig durchgeschüttelt und immer wieder in den Gurt gepresst, als er sein Auto über eine Buckelpiste jagte, die zwischen zwei Feldern hindurchführte. Die Polizei hatte die Straße ab dem Haus der Heinrichs gesperrt, sodass sie gezwungen waren, eine Alternativroute zu nehmen, um in den Ort zu gelangen. Bernadette klammerte sich an den Handgriff über der Beifahrertür und starrte schweigsam in die Nacht hinaus.

»Da vorn rechts«, sagte sie schließlich, als der holprige Weg in die Landstraße mündete. Harms bog ab und drückte das Gaspedal durch. »Weißt du noch, wie du fahren musst?« Ihre Stimme verriet Anspannung.

»Sag lieber noch mal an. Was erwartet uns dort?« Bernadette hatte nach dem Telefonat nur gesagt, dass Sarah und ihre Oma sich in Gefahr befanden und war sofort aus ihrem Zimmer gestürzt.

»Ich glaube, der Dschinn hat von Sarah Besitz ergriffen. Als hätte ich es geahnt! Ich habe Traudel heute Morgen angerufen und ihr gesagt, dass sie vorsichtig sein soll.«

Bernadettes Anspannung hatte sich auf Harms übertragen. Er leckte sich nervös über die Lippen, auf denen er ihren wonnigen Geschmack noch auszumachen meinte. Der Gedanke an den Kuss sandte sofort wieder eine Welle Endorphine durch seine Adern. Sie näherten sich einer roten Ampel und Harms trat auf die Bremse.

»Fahr schon, es ist frei!«

Harms schaltete in den zweiten Gang, schoss über die Kreuzung und beschleunigte wieder.

»Gleich links ab.«

Harms bog in die Straße ein und erinnerte sich, dass das Haus von Sarahs Oma an deren Ende auf der rechten Seite lag. Er fuhr in die Auffahrt, bremste scharf und schaltete den Motor ab. Anschließend drehte er sich zur Rückbank um und öffnete den Reißverschluss einer kleinen Tasche, in der sich ein Holster mit einer Selbstladepistole im Kaliber neun Millimeter des Typs HK SFP9 von Heckler & Koch befand.

»Was machst du da?« Bernadette hatte die Beifahrertür schon geöffnet und hielt inne.

»Mich bewaffnen.« Harms zog seine ehemalige Dienstwaffe aus dem Holster und nahm sie an sich.

»Wenn Sarah besessen ist, kannst du die Waffe nicht einsetzen«, sagte Bernadette, bevor sie das Auto verließ und durch die kühle Nachtluft zur Vordertür eilte. Harms folgte ihr und steckte währenddessen die Pistole in die Seitentasche seiner Lederjacke. Hinter den Fenstern zur Straßenseite brannte kein Licht. Bernadette drückte kräftig auf die Klingel und sie warteten gebannt einige Sekunden ab, aber nichts tat sich.

»Hinters Haus!«

Harms lief, gefolgt von Bernadette, zur Auffahrt zurück, um an der Garage vorbei in den Garten zu gelangen. Hinter der Garage zwängten sie sich zwischen Sträuchern hindurch, rannten über eine Rasenfläche zum

Wintergarten und starrten durch die Fenster ins gedämpft beleuchtete Innere.

»Da, rechts!«, rief Bernadette aufgeregt und dann bemerkte Harms sie auch: Das Mädchen – es konnte sich nur um Sarah handeln – stand vor der Wand, schaute nach oben und malte mit dem Zeigefinger etwas darauf. Einen Moment später fiel ihm die neben ihr auf dem Boden sitzende reglose Gestalt auf, deren Kopf nach vorn zwischen ihre Beine gesunken war, und die er anhand der weißen Haare als Traudel Stratmann identifizierte. Sarah tauchte ihre Hand in den Hinterkopf der Frau und bewegte dann erneut ihre Finger über die Wand. Harms trat vor den Griff der Terrassentür und rüttelte kräftig daran. Verschlossen. Hektisch schaute er sich um und erblickte ein Blumenbeet wenige Meter weiter, das von schwer aussehenden, bestimmt zwanzig Zentimeter langen Steinen gesäumt wurde. Harms lief zu dem Beet und hob den erstbesten Stein auf. Der würde seinen Zweck erfüllen, dachte er, und kehrte vor die Tür zurück. Wie ein Kugelstoßer stieß er den Stein kraftvoll nach vorn auf die zwei Meter entfernte Scheibe, die mit einem ohrenbetäubenden Klirren zerbarst. Mit dem Unterarm schlug er schnell einige verbliebene Glaszacken ab, bis die Öffnung groß genug war, um ins Haus zu steigen.

Scherben knirschten unter ihren Schuhen, als sie den Wintergarten betraten. Sarah, die sich zu ihnen umgedreht hatte, stand in vier Metern Entfernung vor der Wand und knurrte wie ein tollwütiges Tier. Der Anblick dieses hageren Kindes passte in keiner Weise zu den kehligen, aggressiven Lauten. Harms fiel auf, dass irgendetwas mit ihren Augen nicht stimmte. Sie waren schwarz wie flüssiges Öl. An der Wand hinter ihr prangten dieselben fremdartigen Zeichen wie bei den anderen Verbrechen. Hinter der nach vorn gesackten Frau Stratmann befand sich ein dunkler Fleck von der Größe eines Fußballs. Bei genauerem Hinsehen war nun auch zu erkennen, dass der Hinterkopf der alten Frau nur noch eine breiige Masse war. Verstört blickte Harms zu Bernadette, unschlüssig, was er tun sollte.

»Sarah, erkennst du mich? Ich bin es, Schwester Bernadette!« Die Nonne sprach laut und deutlich.

Sarah knurrte und bewegte sich langsam und mit leicht gesenktem Kopf auf sie zu.

Harms erwachte aus seiner Erstarrung. Was auch immer mit dem Mädchen nicht stimmte, es war nichtsdestotrotz ein schmächtiges Kind und er ein muskelbepackter Mann, der hundert Kilo auf die Waage brachte.

»Christian, nicht!«, rief Bernadette.

Aber Harms, der ein paar schnelle Schritte auf das Mädchen zu gemacht hatte, beugte sich schon herunter und wollte Sarahs Arme packen, die neben ihrem Körper locker zu Boden baumelten. Mit ihrer kleinen Hand fasste sie wie beiläufig an seinen Oberarm und schubste ihn so kräftig, dass er zur Seite taumelte, die Kontrolle verlor und mit der Schulter voran gegen die Fensterscheibe stürzte, die unter seinem Gewicht zerbarst. Scherben regneten auf Harms hernieder, als er zu Boden fiel und perplex nach Luft schnappte. Er spürte in sich, ob er sich verletzt hatte, als Bernadettes Schreie durch den Wintergarten hallten und ihn bewogen, sich sofort hochzurappeln. Ächzend setzte er sich auf und kämpfte sich auf die Beine, darauf achtend, nicht in eine der zahllosen Glasscherben zu fassen.

Erneut stieß Bernadette einen gellenden, abgehackten Schrei aus. Sie wollte durch die von dem Stein zerschlagene Scheibe nach draußen fliehen, aber Sarah hatte von hinten die Arme um ihre Hüfte gelegt und schleifte sie zurück. Mit einigen schnellen Schritten war Harms hinter den beiden. Er packte Sarahs Arme und riss sie mit ganzer Kraft zurück hinter ihren Rücken. Sarah fauchte und knurrte, während Bernadette keuchend zur Seite torkelte und Abstand zwischen sich und dem Ungetüm brachte, das in dem Mädchen tobte. Harms drückte Sarahs dünne Arme fest zusammen, aber die wand sich, trat um sich und versuchte mit unmenschlicher Kraft, sich zu befreien.

»Der Gürtel in meiner Hose. Schnell, mach ihn los«, stieß Harms zwischen zusammengebissenen Zähnen hervor. Bernadette wusste offenbar sofort, was er meinte und schon war sie hinter ihm und hantierte an seiner Gürtelschnalle herum. In Lichtgeschwindigkeit rauschte der Gedanke durch seinen Kopf, dass sie so etwas hoffentlich in einer anderen, entspannteren Situation noch einmal machen würde.

Harms musste seine ganze Energie und Konzentration aufwenden, um die Kontrolle über dieses Wesen zu behalten, das sich heftig wehrte. Würde er nicht bereits glauben, dass jemand oder etwas von Sarah Besitz ergriffen hatte, wurde ihm dies nun eindrucksvoll bewiesen.

Ein ausgemergeltes Kind wie sie hätte niemals eine solche Kraft aufbringen können. Bernadette hatte inzwischen die Schnalle geöffnet und zog den Gürtel aus der Hose.

»Auf den Stuhl!« Harms drehte sich nach rechts und zerrte das vor ihm wild austretende, knurrende und fauchende Mädchen zu einem Stuhl, den Bernadette ein Stück vom Tisch weg- und zurechtrückte. Ächzend hievte Harms Sarah auf das Möbel. Ihr Hintern streifte über die Sitzfläche und Bernadette drückte von vorn gegen ihren Körper, bis sie richtig auf dem Stuhl saß. Immer noch versuchte Sarah sich loszureißen. Harms zerrte ihre Arme mit brutaler Gewalt hinter die Lehne und presste sie zusammen, um sie zu fixieren.

»Binde sie fest!«

Bernadette legte seinen Ledergürtel um deren Arme und zog ihn stramm zu.

»Schau dich nach Seilen oder irgendetwas um, das reicht so nicht«, sagte Harms, ohne die Arme loszulassen.

Von einer Sekunde auf die andere ließ Sarahs Gegenwehr nach und sie verstummte. Harms ließ dennoch nicht locker. Womöglich wartete sie nur darauf, dass er unachtsam wurde, um sich mit einem plötzlichen Kraftakt zu befreien. Bernadette stürmte los und wenig später hörte er, dass Schubladen aufgezogen wurden, was Geklapper verursachte. Harms atmete tief durch und spürte einen leichten Schmerz in der rechten Schulter, mit der er gegen die Scheibe gekracht war. *Nicht weiter schlimm*, nahm er an, und schüttelte den Kopf, weil er noch immer kaum glauben konnte, dass dieses fragil wirkende Geschöpf ihn durch eine Scheibe gestoßen hatte.

»Das sollte reichen«, sagte Bernadette, als sie zurück in den Raum kam. Sie legte etwas auf den Tisch hinter Harms, der kurz darauf ein reißendes Geräusch vernahm.

»Was hast du da?«

»Isolierband.« Bernadette wickelte das Band großzügig um Sarahs Handgelenke, die nach wie vor stillhielt. Endlich konnte Harms loslassen. Tief durchatmend richtete er sich auf und wischte sich Schweiß von der Stirn.

»Ihre Beine auch«, sagte er, bückte sich, packte die dünnen Beine und drückte sie gegen die des Stuhls.

Kurz darauf waren sie fertig, standen zu beiden Seiten des gefesselten Mädchens und schauten stumm auf es herunter.

In was für eine unglaubliche Sache bin ich hier nur geraten?, fragte Harms sich still. »Und nun?«, fragte er laut. Er sah hinüber zu Traudel Stratmann, um deren weißen Schopf sich inzwischen eine Blutlache gebildet hatte.

»Wir müssen den Dschinn austreiben und versuchen, Sarah zu retten.«

»Und wie?«

»Mit einem … Ritual«, antwortete Bernadette nach kurzem Zögern. »Du bleibst hier und passt auf sie auf. Ich muss kurz los und einige Sachen besorgen.«

»Was denn?«

»Siehst du dann. Ich nehme deinen Wagen.«

»Na dann.« Er nahm das Mäppchen mit dem Autoschlüssel aus der Hosentasche und warf es Bernadette zu, die es problemlos auffing.

»Lass dich auf nichts ein und sei auf der Hut. Ich weiß nicht, wozu es imstande ist.« Sie betrachtete Sarah misstrauisch.

»Ich komm schon klar.« Harms kratzte sich nachdenklich an der Glatze.

»Bis gleich.«

Einige Sekunden später hörte er, wie die Haustür ins Schloss fiel. Er trat um den Stuhl herum und inspizierte Sarah, als wäre sie ein außergewöhnliches Museumsexponat. Die verhielt sich regungslos und hielt den Kopf gesenkt. Harms beugte sich vor und näherte sich mit dem Gesicht dem ihren, um in ihre Augen zu sehen. Plötzlich hob sie ruckartig den Kopf, öffnete den Mund und spie einen strammen Schwall Kotze in Harms' Gesicht. Der kniff die Augen zusammen und zuckte zurück, als hätte er einen Schlag abbekommen. Anschließend stolperte er einige Schritte zur Seite und rieb sich über die Wangen, während ihm ein beißender, übelriechender Gestank nach verdorbenem Fisch und anderen unappetitlichen Sachen in die Nase drang.

»*Fuck!*«, stieß er hervor. In einer Hosentasche fand er ein Papiertaschentuch, mit dem er sich notdürftig säuberte. Währenddessen stieg die altvertraute Wut in ihm hoch. Er blickte Sarah zornig an und spürte den Impuls, sie zu schlagen.

Diese drehte den Kopf ein Stückchen zur Seite und durchbohrte Harms mit ihrem emotionslosen Blick. »*Zonarc cacarg dazis cynzir!*«

Harms trat unwillkürlich einen Schritt zurück. Die tiefe, kratzige Reibeisenstimme war das Fremdartigste, was er je gehört hatte. Das Wesen knurrte wie ein tollwütiger geifernder Hund, kurz bevor er sich auf seine Beute stürzte.

Das ist genauso abgefahren wie in den Exorzismus-Filmen, die ich gesehen habe, dachte Harms. Auf einmal spürte er ein unangenehmes Dröhnen im Kopf und ein Druckgefühl hinter den Ohren. Unwillkürlich fasste er sich an die Schläfen, dann war es vorbei. Mit schreckgeweiteten Augen brachte er einen weiteren Schritt Sicherheitsabstand zwischen sich und dieses Ding. Das wandte den Blick ab, knurrte nun leiser und senkte wieder den Kopf. Harms lehnte sich, plötzlich erschöpft, aber die Kreatur im Auge behaltend, an den Türrahmen zum Wohnzimmer. Zu der Wut und dem Erstaunen darüber, dass es so ein Wesen wirklich gab, mischte sich noch eine andere Empfindung. Ein tiefes Unbehagen, vielleicht sogar Angst. Nur drei, vier Meter ihm schräg gegenüber saß etwas Böses, das von einem kleinen unschuldigen Mädchen Besitz ergriffen und mit Traudel Stratmann einen weiteren von mittlerweile zahlreichen Menschen brutal ermordet hatte.

Nervös schaute Harms zu der Tür, die in den dunklen Flur führte. Was wollte Bernadette holen und von welchem Ritual hatte sie gesprochen?

»Willst du wissen, wie man dumme Kinder macht? Frag einfach deinen Vater!«, rief eine kehlige Stimme. Harms sah zu der Kreatur, die nach wie vor zu Boden starrte. Ihr Maul war geschlossen, doch Harms hörte Gelächter, das aus mehreren Kehlen zu dringen schien. Harms kam sich vor wie in einer Sitcom. Verblüfft schaute er zur Wand. Der ausgestopfte Hirschkopf mit dem prächtigen Geweih erwiderte seinen Blick aus pechschwarzen Augen. Seine Schnauze mit den gebleckten großen Zähnen hatte Ähnlichkeit mit einem Pferdegebiss. Unter ihm standen verschiedene Tierpräparate auf Sockeln im Regal, die Harms ebenfalls anschauten. Von ihnen stammte das Lachen. Ein aufgerichtetes Eichhörnchen, das einen Tannenzapfen zwischen den Pfoten hielt, grinste über das ganze Gesicht.

»Deine Geburt war ein Meilenstein der Umweltverschmutzung«, sagte der Hirsch und gemeinsam mit den anderen Tieren prustete er mit Inbrunst los. Ungläubig näherte sich Harms den Tierpräparaten, die ihn mit ihren Augen verfolgten. Sarah hatte inzwischen den Kopf gehoben und grinste ihn selbstgefällig an.

»Ey, Fratzengulasch! Deine Mutter hat dich doch beim Scheißen verloren!« Der Hirsch wieherte vor Belustigung. Die anderen Tiere grölten. Ein Marder hatte sein Maul weit aufgerissen und präsentierte lange Eckzähne. Ein Fuchs öffnete und schloss in schneller Abfolge seine spitze Schnauze und gluckste dabei.

Ein Fasan mit farbenprächtigem Gefieder gackerte: »Als Werbegesicht für Empfängnisverhütung wärst du ein Superstar.«

Harms stand keinen Meter vor dem bizarren Tiertheater, als das vor Erheiterung johlende Eichhörnchen ihm plötzlich den Tannenzapfen entgegenschleuderte, der von seiner Brust abprallte und auf die Erde purzelte. Plötzlich schoss aus der Körpermitte des auf zwei Beinen stehenden Nagetiers ein Strahl Flüssigkeit auf Harms zu und traf ihn am Hals. Harms benötigte eine Sekunde, um zu realisieren, dass das nach wie vor lachende Eichhörnchen ihn anpisste.

Währenddessen sagte der Hirsch: »Du bist wie der Buchstabe Q. Eine riesige Null mit winzigem Schwanz!«

Harms machte einen schnellen Schritt nach vorn und fegte die Tiere mit einer schwungvollen Bewegung seiner Arme vom Regal runter. Polternd fielen sie zu Boden, als Harms bereits nach dem Hirschkopf griff. In dem Moment spuckte der ihn aus seiner aufgerissenen Schnauze an. Harms zauderte nur einen Moment, dann riss er den Kopf kraftvoll mit beiden Händen von der Wand und schmiss ihn durch den Raum und die kaputte Fensterscheibe nach draußen.

Verstört wandte sich Harms der Kreatur auf dem Stuhl zu, die seinen Blick trotzig erwiderte. Mit ihrer kratzigen Stimme wetterte sie: »Unter der nichtsnutzigen Spezies der Menschen bist du einer der größten Versager. Du bist erbärmlich!«

Kalte Wut rauschte durch Harms' Venen und er spürte, wie sein Blutdruck weiter anstieg.

»Willst du dich nicht lieber nach Alkohol umsehen? Ohne schaffst du doch nichts.«

Harms machte einen Schritt auf die Kreatur zu, dann noch einen.

»Jedes Staubkorn in der Wüste ist mehr wert als du armseliges Geschöpf.« Die Kreatur lachte gehässig und entblößte geschwärzte kleine Zähne. Erbrochenes in der Farbe von Erbseneintopf klebte in ihren Mundwinkeln.

Harms schluckte trocken und näherte sich weiter.

»Du bist scharf auf die Pussy der Kirchenschlampe, dabei würde nicht mal solch ein frigides Weibchen ein kränkliches, beschädigtes Männchen wie dich zur Paarung nehmen.«

Harms stand nun direkt vor dem Stuhl und taxierte das Geschöpf, während der Zorn in ihm kochte.

»Ich werde mich an deinem Schmerz weiden, du degenerierter Primat!«

Harms schlug die flache Hand mit solcher Wucht gegen die Wange des Mädchens, dass sein Kopf zur Seite flog. Sofort zuckte sein Blick wieder zu Harms und es lachte kehlig und gurgelnd. Harms holte zu einem weiteren Schlag aus, als eine Stimme hinter seinem Rücken ertönte.

Kapitel 28

»Nein! Hör auf damit!«, rief Bernadette energisch.

Das Geschöpf lachte finster, bleckte seine fauligen Zähne und starrte Harms mit funkelnden, weit aufgerissenen Augen böse an.

»Komm!« Bernadettes entschiedene Stimme veranlasste Harms, den Blick von der Kreatur abzuwenden. Wie in Trance ging er auf Bernadette zu, die im Türrahmen stand. Als er ins Wohnzimmer trat, schloss sie sofort die Tür hinter ihm. Sie sah angespannt aus und blickte ihn streng an: »Du darfst dich nicht provozieren lassen. Er nährt sich von deinem Leid und Schmerz.«

»Woher weiß dieses … Ding so viel? Ist es allwissend?«

»Nein, nur Gott ist allwissend. Aber es handelt sich um einen mächtigen Dämon und er hat bestimmte Fähigkeiten. Vermutlich konnte er gewisse Sachen in deinem Geist lesen.«

»Das ist doch alles nicht wahr.« Harms schüttelte den Kopf. Unzählige Gedanken wirbelten durch sein Gehirn.

Bernadette begab sich zum Wohnzimmertisch und entnahm einer Stofftasche verschiedene Utensilien. Harms erkannte zwei Bibeln und ein größeres Silberkreuz von bestimmt zwanzig Zentimetern Länge. Dann holte sie einen Rosenkranz mit schwarzen Perlen und einem silbernen Kreuzanhänger hervor und sah Harms an.

»Trag das bitte.« Sie reichte ihm die Kette und nach kurzem Zögern nahm er sie entgegen. »Es wäre jetzt ein guter Zeitpunkt, dich Gott zuzuwenden und deine Sünden zu bekennen.«

»Ich soll beichten?«

»Es reicht, deine größten Vergehen auszusprechen und sie aufrichtig zu bereuen.«

Harms rieb sich über das Gesicht, in dem noch immer Reste der ekelhaften Kotze klebten. »Sorry, das ist mir alles zu viel gerade. Ich kann das jetzt nicht.«

Bernadette schürzte die Lippen und nickte knapp. Harms hängte sich mit einer schnellen, beinahe wütenden Bewegung die Kette um den Hals, als sie ihm eine Bibel mit schwarzem Ledereinband in die Hand drückte.

»Du liest nur die Antworten. Und lass dich, um Himmels willen, nicht mehr provozieren.«

»Wird das eine Art Exorzismus?«, fragte Harms ungläubig. »Kannst du so was? Bist du dazu befugt?«

»Der Exorzismus Leonis darf in Fällen von dämonischer Bedrängnis von jedermann eingesetzt werden. Ich habe an der Päpstlichen Universität Regina Apostolorum vor zwei Jahren einen Exorzismus-Kurs belegt.«

Harms deutete auf das Gerät, das sie nun in der Hand hielt. Es bestand aus einem etwa zwanzig Zentimeter langen silbernen Schaft und einer Kugel vorn, in die kleine Löcher eingestanzt waren.

»Das ist ein Aspergill, ein Weihwassersprenger. Bist du bereit?« Der ernste und intensive Blick aus ihren betörenden Augen brannte sich förmlich in ihn hinein.

Harms nickte. »Glaub schon.«

»Dann los!« Sie nahm das Silberkreuz vom Tisch, atmete tief durch und nachdem sie ihn noch einen Moment lang eindringlich angesehen hatte, ging sie entschlossenen Schrittes zur Tür des Wintergartens und öffnete sie.

Als sie wiederkamen, knurrte die Kreatur und beäugte sie hasserfüllt. »*Raas chirlan zonach sobca!*«, spie sie ihnen entgegen. Schwester Bernadette umkreiste den Stuhl und sprenkelte mit lockeren Wurfbewegungen Weihwasser auf das Wesen, das daraufhin fauchte und an seinen Fesseln zerrte. Verbrannte Haut zischte und dünne Rauschwaden stoben empor. Bernadette stellte sich vor dem Dschinn auf und hielt ihm das Kreuz entgegen. Harms positionierte sich schräg hinter sie und blickte in die Bibel.

»*In nomine Patris, et Filii, et Spiritus Sancti. Amen!*« Sie sprach laut und schnell, während sie sich andeutungsweise bekreuzigte.

Der Dschinn grollte und plötzlich ruckelte der Stuhl, auf dem er gefesselt war. Der Boden des Wintergartens bebte.

»Glorreichster Fürst der Himmlischen Heerscharen, heiliger Erzengel Michael, verteidige uns im Kampf gegen die Fürsten und Gewalten, gegen die Weltherrscher dieser Finsternis, gegen die bösen Geister unter dem Himmel.«

Irgendwo fiel eine Vase oder ein Glasgefäß herunter und zerbarst auf dem Boden. Der ganze Raum wurde erschüttert, als befände er sich im Epizentrum eines Erdbebens. Die Kreatur ruckelte auf dem Stuhl, als säße sie in einer rumpelnden Achterbahn und aus dem schwarzen Schlund ihres Mundes entkam ein anhaltender dumpfer Schrei. Bernadette warf Harms einen flehentlichen Blick zu.

Der starrte auf die Bibelpassage und stammelte mit belegter Stimme: »Erbarme dich unser!«

»Komm den Menschen zu Hilfe, die Gott nach seinem Ebenbild erschaffen und aus der Tyrannei des Teufels um einen hohen Preis erkauft hatte.«

»Erbarme dich unser!«, rief Harms gegen das zunehmende Tosen an, das ihn befürchten ließ, die Decke könne jeden Augenblick einstürzen und sie unter sich begraben. Weitere Dinge fielen scheppernd zu Boden. Der Dschinn grollte zornig, das Licht flackerte unstet. Bernadette streckte dem Dschinn das Kreuz entgegen, bannte ihn mit ihrem Blick und ging vor ihm auf und ab. »Bitte den Gott des Friedens, dass er Satan und seine Scharen unter unseren Füßen vernichtet, damit sie nicht mehr imstande sind, die Menschen gefangen zu halten und der Kirche zu schaden.«

»Erbarme dich unser!« Harms kam sich vor, als stünde er im Zentrum eines Orkans.

»Im Namen Jesu Christi, unseres Gottes und Herrn, und durch die Fürsprache der unbefleckten Jungfrau und Gottesmutter Maria, des heiligen Erzengels Michael, der heiligen Apostel Petrus und Paulus und aller Heiligen, gehen wir voll Zuversicht daran, die arglistigen teuflischen Angriffe abzuwehren.«

»Weiche von uns!« Harms trat vor und stand jetzt fast neben Bernadette. Der Dschinn rüttelte keuchend und stöhnend an seinen Fesseln. Bernadette trat näher an ihn heran und hielt das Kreuz direkt vor die Fratze der Hölle.

»Gott erhebt sich. Da zerstieben seine Feinde, seine Gegner fliehen vor ihm. Wie flüchtiger Rauch verweht, wie Wachs vor dem Feuer zerfließt, so vergehen die Frevler vor Gottes Antlitz.« Der Dschinn zischte wütend, der Radau hielt an. Bernadette warf Harms einen scharfen Blick zu, der daraufhin sofort wieder in die Bibel schaute.

»Seht das Kreuz des Herrn! Flieht, ihr feindlichen Mächte.«

»Im Namen und in der Kraft unseres Herrn Jesu Christi beschwören wir dich, jeglicher unreine Geist, jegliche feindliche Sturmschar der Hölle, jegliche teuflische Legion, Horde und Bande: Ihr werdet ausgerissen und hinausgetrieben aus der Kirche Gottes, von den Seelen, die nach Gottes Ebenbild erschaffen und durch das kostbare Blut des göttlichen Lammes erlöst wurden.« Schwester Bernadette schrie gegen das Tosen und wortlose Brüllen des Dschinn an.

»Die Kraft Jesu Christi bezwingt dich«, rief Harms, während Bernadette der Kreatur das Kreuz auf die Stirn drückte. Haut verbrannte rauchend. Plötzlich schwoll das Getöse ab und verstummte gänzlich. Die Wände wackelten nicht länger, der Dschinn saß still und reglos auf dem Stuhl.

»Macht mich los, ich habe Schmerzen«, wimmerte Sarah, nun wieder mit ihrer eigenen Stimme.

Harms sah verblüfft zu Bernadette. »War es das? Ist es vorüber?«

Ohne ihn anzusehen, schüttelte sie kaum merklich den Kopf.

»Macht mich los«, jammerte Sarah. Bernadette fasste an die verschmorte Stirn des Mädchens, auf welcher das Silberkreuz einen roten Wundabdruck hinterlassen hatte, und machte mit dem Zeigefinger ein Kreuz darauf.

»Im Namen Jesu vertreiben wir das Böse, was uns gesendet! Wage es nicht länger, hinterlistige Schlange, das Menschengeschlecht zu täuschen, die Kirche Gottes zu verfolgen und die Auserwählten Gottes zu schütteln und zu sieben wie den Weizen.«

»Gott im Himmel so sei es«, murmelte Harms. Ein leises Knurren und die nach wie vor unnatürlich schwarzen Augen zeugten davon, dass der Dschinn immer noch in Sarah wohnte.

In einem ruhigen, beinahe freundlichen Ton fuhr Bernadette fort: »Sag mir deinen Namen. *Dic mihi nomen tuum! Qui vocare?*«

»Fick dich, du Kirchenhure!«, keifte der Dschinn mit seiner Reibeisenstimme. »Kommst du mittlerweile damit klar, wie sehr du deine Familie enttäuscht hast? Deine Mutter würde sich so sehr ein Enkelkind wünschen. Deine verkorkste Schwester ist unfruchtbar und du verzichtest für deinen Herrgott auf Mann und Kind. Dabei schiebst du dir manchmal die Finger in die Pussy, weil du dem Verlangen nicht widerstehen kannst!«

Scheinbar ungerührt von den Worten fuhr Bernadette mit den Beschwörungen fort: »Wir gebieten dir, verfluchter Drache und allen teuflischen Legionen, durch Gott den Lebendigen, durch Gott den Wahrhaftigen, durch Gott den Heiligen …« Der Dschinn zitterte und schrie. Der Stuhl wackelte und zu Harms' Entsetzen befreite die Kreatur plötzlich Sarahs Ärmchen und riss sie nach vorn. Sie steckte den Zeigefinger der linken Hand in den Mund und biss hinein. Knochen splitterten und Blut tränkte ihren Mund, färbte die Lippen dunkelrot und floss die Mundwinkel hinab. Die Kreatur spuckte den Finger achtlos zu Boden, grinste hämisch und präsentierte ihre blutverschmierten Zähne.

»Schnell, wir müssen sie wieder fesseln!«, schrie Bernadette panisch. Noch bevor sie etwas unternehmen konnten, steckte schon der Mittelfinger der Linken im Schlund des Wesens und wurde mit einem kraftvollen Biss abgetrennt. Der Dschinn spuckte ihn Harms entgegen, der nach vorn preschte, den Arm mit der lädierten Hand packte und ihn hinter die Lehne riss. Mit Bernadettes Unterstützung gelang es ihm, auch den anderen Arm zu greifen und beide fest gegeneinanderzupressen. Nur wenige Augenblicke später wickelte Bernadette eine Lage Isolierband nach der anderen um die dünnen Handgelenke. Als die Hände zuverlässig gefesselt wirkten, richteten sich Harms und Bernadette auf und tauschten einen erschöpften Blick aus. Harms rann der Schweiß inzwischen in Strömen den Rücken hinunter.

Es war ein Kampf über mehrere Runden, den sie hier ausfochten und nach der kurzen Verschnaufpause läutete Bernadette die nächste ein. Sie trat vor den Stuhl und schleuderte dem Dschinn mit schnellen, aggressiven

Worten eine weitere Beschwörungsformel entgegen. Harms hob währenddessen die Bibel vom Boden auf, die ihm zuvor heruntergefallen war, und hoffte, dass sie bald siegreich aus dieser Schlacht hervorgehen würden.

»Im Auftrag und im Namen Gottes, im Namen unseres Herrn Jesus Christus befehle ich dir: Sag mir deinen Namen!« Bernadette nahm das Aspergill aus einer Tasche ihres Habits und besprenkelte den Dschinn mit Weihwasser. Der fauchte wütend und wand sich auf dem Stuhl.

»Deinen Namen, Geschöpf der Hölle!« Noch mehr Weihwasser spritzte auf den Dschinn und verbrannte blubbernd seine Haut. Er stöhnte laut und warf seinen Kopf zurück in den Nacken. Währenddessen lenkten ein Knacken und Knirschen Harms' Blick auf Sarahs nackte Füße. Ihre Zehen dehnten sich, schwollen an, veränderten ihre Farbe von blassem Weiß zu dunklem Grau. Ihre Zehennägel wurden im weiteren Verlauf dieser Metamorphose des Grauens zu spitzen Krallen. Harms starrte ungläubig auf das Geschehen, während Bernadette dem Dschinn weiter mit Weihwasser zusetzte.

»Deinen Namen! *Quod tibi nomen est?*«

Mit noch immer zurückgeworfenem Kopf stöhnte der Dschinn grollend: »Mein Name ist Djaaramac!«

Harms Blick flog von dem Dschinn zu Schwester Bernadette, die das Aspergill wieder in ihrem Habit verstaute. Er nahm an, dass sie dadurch, dass sie den Namen erfahren hatten, ihrem Ziel einen Schritt nähergekommen waren.

In einem leiseren Tonfall als zuvor fuhr Bernadette fort: »Du wurdest besiegt vom kostbaren Blute Christi …«

Plötzlich zuckte der Kopf des Dschinn nach vorn und sein boshafter Blick richtete sich direkt auf Harms. »Du bist ein Mörder. Er war doch noch ein Kind!«

Harms schluckte trocken, er hatte inzwischen nicht mehr damit gerechnet, auf diese Art von dem Dämon attackiert zu werden. Zum aufwallenden Zorn mischte sich Verwunderung. Woher wusste er davon? Auch Bernadette wirkte verblüfft und aus dem Konzept gebracht. Sie geriet ins Stocken und ihr überraschter Blick flog vom Dschinn zu Harms.

»Deine Frau hatte dich überhaupt erst genommen, weil ihr Verlobter zuvor gestorben war. Sie hat dich nie geliebt!«

Die Worte trafen Harms wie Maschinengewehrsalven. Eine Detonation ungeahnten Ausmaßes bahnte sich in ihm an.

»Das stimmt nicht, du Scheißlügner!«, presste er zwischen zusammengebissenen Zähnen hervor.

»Am Morgen ihres Todes hast du mit Jasmin gestritten. Du hast sie in den Tod getrieben!«

Die ohnehin maroden Schutzwände in Harms' Innerem brachen bei den Worten zusammen, die brutal in sein Herz schnitten. Er schnellte vor, packte den Mädchenhals mit seiner großen Hand und drückte zu.

»Christian! Nein!« Bernadette zerrte an ihm, bis er losließ. Der Dschinn lachte hämisch.

Harms bebte vor Zorn und war zutiefst verletzt. Dazu gesellte sich Enttäuschung über sich selbst, dass er sich zu dieser Aggression hatte hinreißen lassen.

Knacken und Knirschen setzten wieder ein und wie in einem im Schnelldurchlauf ablaufenden Film bildeten sich die monströsen Füße der Kreatur plötzlich zu den ursprünglichen Kinderfüßen zurück. Sarahs Augen veränderten sich. Das Dunkle wich aus ihnen und es wirkte, als käme sie aus einer tiefen Benommenheit zu sich. Sie schüttelte den Kopf, blinzelte und sah erst Harms, dann Bernadette aus ihren braunen Rehaugen verwirrt an. »Wo bin ich?«, fragte sie mit ihrer normalen, hohen Stimme.

Es ist vorbei. Gott sei Dank!, dachte Harms. Sie hatten es geschafft und ihm fiel eine Zentnerlast von den Schultern, auch weil sein Kontrollverlust ohne Folgen geblieben war.

Auf einmal weiteten sich Sarahs Augen, als sie an Harms vorbei auf etwas in seinem Rücken starrte. Ein schriller Schrei entwich ihrer Kehle. Verwirrt wandte sich Harms um und sein Blick fiel auf einen grauschwarzen Körper, der keine zwei Meter von ihm entfernt stand. Bernadette sah panisch zu der Kreatur, die um die eins achtzig groß war, da schnellte das Wesen vor. Mit einer krallenbewehrten Pranke packte es die Nonne am Hals und stieß sie mit unmenschlicher Kraft von sich weg. Wie eine Schaufensterpuppe flog Bernadette durch die Luft und schlug, begleitet von einem lauten Knall, rückwärts gegen die Wand.

Harms glaubte, das Bersten von Knochen zu hören. Leblos sank Bernadette auf den Hosenboden und ihr Oberkörper sackte nach vorn.

Alles war so schnell gegangen, dass Harms keine Zeit gehabt hatte zu reagieren. Erst jetzt schaffte er es überhaupt, einen klaren Blick auf das Wesen zu werfen, dessen zerfurchte grauschwarze Haut an eine Mondlandschaft voller Krater erinnerte. Auf einem sehnigen, muskulösen Körper saß ein großer ovaler Kopf mit breiter Stirn und spitzem Kinn. Mit den leicht schräg stehenden schwarzen Augen, runden Löchern als Nasenöffnungen, die an Nüstern erinnerten, und abstehenden spitzen Ohren hatte die Kreatur etwas von einem Ghul. Zornig knurrend preschte das Wesen mit gesenktem Kopf auf Harms zu, der seine Erstarrung abschüttelte und zu einem Faustschlag ausholte. Der Dschinn streckte jedoch seinen überlangen Arm aus und stieß ihm kräftig mit der Pranke gegen die Brust. Harms taumelte rückwärts und prallte hart mit dem Rücken gegen die Wand neben der Tür. Das Wesen trat hinter den Stuhl mit der schrill schreienden Sarah. Starr vor Schreck sah Harms, wie es seinen Mund öffnete, der mit seiner vertikalen Ausrichtung tatsächlich von der Form her Ähnlichkeit mit einer Vagina hatte und auf allen vier Seiten mit spitzen gelben Zähnen gespickt war.

Harms tastete nach seiner Pistole und stellte mit Entsetzen fest, dass sie nicht da war. Sie musste ihm vorhin, als er durch die Scheibe geflogen war, herausgefallen sein. Begleitet von einem hässlichen Knacken riss der Dschinn seinen Schlund immer weiter auf – hatte die

Mundhöhle zunächst die Größe eines Tennisballs, dehnte sie sich nun bis sie die Ausmaße einer Honigmelone hatte. Geifer tropfte daraus auf Sarahs Kopf herunter, den der Dschinn mit beiden Pranken gepackt hielt. Das Mädchen brüllte weinend nach Leibeskräften. Der Dschinn senkte sein Maul, das sich noch weiter öffnete, und wölbte seine wulstigen Lippen, die den Schlund wie Schläuche umrandeten, über den Kopf des Mädchens.

Heilige Scheiße, schoss es Harms durch den Kopf, der sich von der Wand abstieß und dem Mädchen zu Hilfe kommen wollte. Zu spät, inzwischen war der komplette Kopf im Maul der Kreatur verschwunden und es ertönten Geräusche, die an das Bersten von dicken Ästen im Wald erinnerten. Der Dschinn biss Sarah den Hals durch, aus dem das Blut sprudelte wie aus einem Geysir. Langsam beugte er sich zur Seite und ihr Kopf fiel aus seinem Maul und purzelte zu Boden. In Harms' Bauch zogen sich die Eingeweide vor Schrecken zusammen. Die Kreatur begab sich auf alle viere und legte sich bäuchlings auf den Boden. Mit geschmeidigen Bewegungen drehte sie sich auf den Rücken, reckte ihren Brustkorb empor und machte ein Hohlkreuz. Sie blickte Harms, der vor Entsetzen wie versteinert dastand, mit umgedrehtem Kopf aus der Brücke heraus an.

»Ich könnte in dich fahren und deiner jämmerlichen Existenz ein Ende bereiten«, sagte der Dschinn mit seiner kratzigen tiefen Stimme. »Aber viel schöner wäre es doch, mich an deinem Leid zu ergötzen. Die Kirchenschlampe habe ich dir genommen. Mal sehen, ob sich dein Schmerz noch steigern lässt, indem ich dir alles nehme, was du liebst. Halte mich auf, wenn du kannst!« Der Dschinn lachte kehlig, ließ sich zu Boden sinken und drehte sich zurück auf den Bauch. Er wandte sich um und lief mit behänden Schritten auf allen vieren durch die kaputte Scheibe hinaus in die Nacht.

Harms ließ sich völlig fertig mit dem Rücken an der Wand zu Boden rutschen, während Tränen in seine Augen traten.

Kapitel 29

Die zweite Nacht in Folge verbrachte Harms in der Polizeistation Hümmling-Esterwegen, wo die zuständige Sonderkommission der Polizeiinspektion Emsland/Grafschaft Bentheim ihre Einsatzzentrale eingerichtet hatte. Zwei der drei Beamten, die ihn vernahmen, gaben sich gar keine Mühe zu verbergen, dass sie Harms' Aussagen keinen Glauben schenkten und ernsthaft an seinem Geisteszustand zweifelten. Schlimmer noch, sie hielten ihn für verdächtig und lechzten förmlich danach, dem wachsenden Druck der Öffentlichkeit zu entkommen, indem sie ihn an den Pranger stellten. Sobald publik werden würde, dass die Krönung des aktuellen Gemetzels ein geköpftes zehnjähriges Mädchen war, würde die Presse der Polizei endgültig aufs Dach steigen und höchstwahrscheinlich Panik in der Bevölkerung ausbrechen.

Dass sie ihn nicht festnahmen, hatte er dem leitenden Kommissar mit dem Dackelgesicht zu verdanken, der das Video aus dem Tunnelsystem kannte, das Harms ihnen immerhin selbst ausgehändigt hatte. Er schien zu verstehen, dass die Geschehnisse hier die Grenzen des gesunden Menschenverstandes sprengten. Zudem hatte die Polizei, wie Harms während der Verhöre erfuhr, inzwischen die Leichen der beiden Urban Explorer gefunden, die ähnlich schlimm zugerichtet waren wie das Mädchen. Die Obduktion der Rechtsmedizin hatte einige Auffälligkeiten aufgedeckt, die offenbar gegen die Theorie eines herkömmlichen Mordes sprachen.

Er durfte die Polizeistation im Morgengrauen unter der Auflage verlassen, in der Region zu bleiben und jederzeit für weitere Fragen erreichbar zu sein. Trotzdem er körperlich, psychisch und emotional am Ende seiner Kräfte war, fuhr er danach nicht nach Hause, sondern ins Oldenburger Pius-Hospital. Einer der Rettungssanitäter aus dem Krankenwagen, den er zum Haus von Traudel Stratmann bestellt hatte, hatte ihm gesagt, dass sie Schwester Bernadette dorthin bringen würden. Zu seinem Verdruss wurde er von der resoluten Krankenschwester nicht zu ihr gelassen. Sie sagte ihm nur, dass der Zustand der Nonne kritisch sei und sie im Koma liegen würde. In der Cafeteria des Krankenhauses aß Harms zwei Berliner und trank einen doppelten Espresso, während er in einer Zeitung las, deren fette Headline ihm in dem Ständer am Eingang ins Auge gesprungen war: ›Terror im Herzen Niedersachsens‹.

In dem anstrengenden Spagat einerseits eine ermittlungstechnische Bankrotterklärung zu vermeiden und andererseits eine halbwegs nachvollziehbare Theorie für die stattgefundenen Gräueltaten vorzulegen, hatte der Polizeisprecher bei einer Pressekonferenz schwammig von einer mit Nervengift experimentierenden Terrorzelle gesprochen. Dieses Nervengift wäre mitunter in der Lage, harmlose Bürger in potenzielle Mörder zu verwandeln. Interessanter als diese verzweifelt an den Haaren herbeigezogene Märchengeschichte fand Harms den Bericht über die beiden Urban Explorer, in dem der

Journalist auch erwähnte, dass seiner zuverlässigen Quelle zufolge ein zum ehemaligen Konzentrationslager gehörendes bis dato unbekanntes Kellergewölbe entdeckt worden sei. Er versprach bald weitere Informationen dazu.

***

Während der Autofahrt zu seiner Wohnung in Oldenburg tätigte Harms einige Telefonate und als er daheim ankam, ging er schnurstracks ins Schlafzimmer und ließ sich völlig ausgelaugt ins Bett fallen. Er machte sich nicht mal die Mühe, sich vorher auszuziehen. Trotzdem er die eine oder andere schwerwiegende Entscheidung treffen musste und gute Gründe hatte, sich zu sorgen, übermannte der Schlaf ihn augenblicklich.

Er wusste nicht, wie lange er weggetreten gewesen war, als ein ohrenbetäubendes Gekreische und Gezeter seine Ruhe störte. Schwerfällig setzte er sich auf und versuchte, sich zu orientieren. Er fühlte sich so unsagbar müde und erschöpft. Ein leichter, aber unangenehm ziehender Schmerz machte sich an der rechten Schulter bemerkbar, mit der er durch die Fensterscheibe gekracht und hart auf den Boden gefallen war. Langsam drang der Schrecken des vorangegangen Abends zurück in sein Bewusstsein und er hätte sich am liebsten wieder hingelegt und ewig geschlafen, um den ganzen Irrsinn und die schmerzhaften Gefühle auszublenden. Aber da war dieser Radau.

Harms stieg aus dem Bett und ging durch das halbdunkle Schlafzimmer in den Flur. Das Getöse kam aus dem Raum mit der Vogelvoliere, in dem irgendetwas die Papageien in helle Aufregung versetzte. Er legte die wenigen Meter bis zu dem Zimmer zurück und trat hinein. Der Anblick, der sich ihm bot, entsetzte ihn derart, dass er zur Seite taumelte und nur mit Mühe das Gleichgewicht bewahrte. Dann preschte er vor das Gitter und starrte schockiert auf den Boden des großen Käfigs. Lautstark kreischend und zeternd hackte einer der Vögel mit dem Schnabel auf den anderen ein, der reglos und mit ausgestreckten Extremitäten auf dem Rücken lag. Harms sah, dass Clyde der Angreifer war. Mit schnellen Kopfbewegungen, die an einen ekstatischen Headbanger erinnerten, stieß er den Schnabel immer wieder in die im hellgrauen Gefieder seiner Partnerin klaffende blutende Wunde.

»Sag mal …« Harms blieben die Worte vor Grausen in der Kehle stecken. Clyde hatte ihn trotzdem gehört, denn er erstarrte plötzlich, hob seinen Kopf und drehte ihn zur Seite, um Harms mit einem Auge anzuglotzen. Seine eigentlich gelbe Iris war komplett schwarz. Auf eine motorisch unnatürliche Weise sprang der Vogel in einer schnellen Bewegung rückwärts in die Höhe, vollführte in der Luft eine Drehung um hundertachtzig Grad und krallte sich direkt vor Harms' Gesicht in das Käfiggitter. Dann verlagerte er seine Körperposition mit Hilfe seiner Krallen langsam im Uhrzeigersinn, bis er mit dem Kopf nach unten hing. Er starrte Harms an und öffnete seinen Schnabel, an dem ein blutiger Fleischfetzen klebte.

Mit einer kratzigen, tiefen Stimme sagte er: »Ich nehme dir alles, was dir lieb ist. Wie viel Schmerz kannst du noch ertragen?«

Der Papagei gackerte wie ein mit Methamphetamin gefüttertes Huhn. Laut kreischend flog er ungebremst gegen die entgegengesetzte Käfigwand der Voliere. Nach dem Aufprall fiel er zu Boden. Augenblicklich rappelte er sich auf, um erneut mit voller Geschwindigkeit gegen das Gitter zu fliegen, von dem er diesmal mit blutendem Kopf herunterfiel. Harms schlug sich die Hände vors Gesicht.

Panisch nach Luft schnappend setzte er sich ruckartig im Bett auf und sah sich im Schlafzimmer um, während er seine Gedanken zu sortieren versuchte. Er schüttelte den Kopf, in dem Bemühen seine Benommenheit loszuwerden, und schob ächzend die Beine über die Bettkante. Vor Erschöpfung torkelnd stürzte er in den Flur und in den Raum mit der Vogelvoliere hinein.

»Kojak«, begrüßte ihn Clyde, der einträchtig neben Bonnie auf einer Kletterstange saß. Erleichtert atmete Harms durch.

Kapitel 30

Um Punkt sechzehn Uhr betrat Harms die Kirche St. Nikolaus, einen neugotischen Backsteinbau, in dem es dezent nach Weihrauch roch. Gedämpftes Tageslicht drang durch die hohen Buntglasfenster in den Kirchenraum, der mit Reliefs zu biblischen Motiven an den Emporen und Skulpturen an den Kapitellen der Marmorsäulen kunstvoll geschmückt war.

Harms' Schritte hallten auf dem blank polierten Marmorboden des Mittelganges wider, während er an den leeren dunklen Holzbänken vorbei in Richtung des mit reichen Schnitzereien verzierten Hochaltars ging, dessen Gemälde Jesus am Kreuz zeigte. Vor der Kanzel bog er ins rechte Seitenschiff ab, an dessen Rand er den schrankartigen hölzernen Beichtstuhl erspäht hatte. Die rechte Tür des in drei Abteile unterteilten Möbelstücks quietschte leise, als er sie öffnete. Er betrat den Beichtstuhl, in dem die Gerüche nach Holz und Möbelpolitur den Weihrauchduft überdeckten. Langsam schloss er die Tür und kniete sich auf die Bank vor die mit einem vergitterten Fenster ausgestattete Trennwand. Dahinter machte er in der Dunkelheit schemenhaft die obere Körperhälfte des Pfarrers aus, den er zuvor angerufen und um diesen Termin gebeten hatte.

Der Geistliche bekreuzigte sich und Harms tat es ihm gleich. Er fühlte sich beklommen, seine letzte Beichte hatte er als Kind abgelegt. Vorhin hatte er kurz den Ablauf der Prozedur gegoogelt, um zu wissen, wie er sich verhalten musste.

»Denn der Herr euer Gott ist gnädig und wird sein Angesicht nicht von euch wenden, wenn ihr euch zu ihm bekehrt«, murmelte der Pfarrer.

»Amen«, sagte Harms mit belegter Stimme.

»Möchten Sie sich kurz vorstellen und erzählen, was Sie heute vor das Angesicht Gottes führt?«

Harms räusperte sich und stellte sich in knappen Worten vor. Er nannte Alter und Beruf und erklärte, dass er aus einem katholischen Elternhaus stamme, Gott aber mit der Zeit aus den Augen verloren habe. Außerdem erzählte er, dass der Tod seiner Familie vor einigen Jahren ihn negativ verändert und er sich endgültig von Gott abgewandt hatte. »Ich möchte in Demut meine Sünden bekennen«, fügte er hinzu.

»Sprich zu Gott, mein Sohn«, antwortete der Pfarrer.

»Nach meinem Verlust entwickelte ich Hass und Wut auf alles und jeden. Ich begann zu viel zu trinken und habe einige Dinge getan, die ich aufrichtig bereue. Bei einem Polizeieinsatz verlor ich die Kontrolle über mich und setzte einem jungen Dealer körperlich so zu, dass er später an seinen Kopfverletzungen starb. Ich habe mich von ihm provozieren lassen und sah in dem Moment denjenigen in ihm, der den Unfall meiner Familie verursacht hatte. Eine Weile nach dem Tod meiner Frau fing ich an, zu Prostituierten zu gehen, obwohl ich merkte, dass die meisten von ihnen aus purer Not heraus ihrer Tätigkeit nachgingen. Ich hatte kein gutes Gefühl dabei, tat es aber dennoch monatelang. Nachdem ich meine

Detektei gegründet hatte, dachte ich, ich wäre über das Schlimmste hinweg und es würde wieder aufwärtsgehen. Aber die Aggressionen in mir sind immer noch vorhanden. Kurz nach meinem Ausstieg bei der Polizei hatte ich eine Therapie diesbezüglich abgebrochen. In Kombination mit Alkohol, den ich regelmäßig trinke, kocht die Wut noch schneller hoch. Durch dieses Verhalten mache ich Fehler und bringe mich und andere in Gefahr.«

Harms dachte an den gestrigen Abend zurück und stellte sich zum wiederholten Mal die Frage, ob der Exorzismus so grandios schiefgelaufen war, weil er die Kontrolle über sich verloren und sich von dem Dschinn hatte provozieren lassen. War sein Verhalten der Grund dafür, dass Sarah tot war und Bernadette im Koma lag?

Nach einigen Momenten der Stille fügte Harms hinzu: »Mehr fällt mir gerade nicht ein. Meine Verfehlungen tun mir aufrichtig leid.«

»Gott ist gütig, barmherzig und liebevoll. Es ist nur menschlich, dass Sie nach Ihrem schweren Verlust vom rechten Weg abgekommen sind. Leid trübt den Blick auf Gott und erschwert es uns, das Richtige zu tun. Es zeugt von Stärke, dass Sie heute hergekommen sind. Holen Sie sich Hilfe wegen Ihres Alkoholproblems und machen Sie vielleicht ein Anti-Aggressionstraining. Bereiten Sie außerdem regelmäßig anderen Menschen eine Freude, dann wird die Freude auch wieder in Ihr Leben zurückkehren.«

»Danke, Pater.«

»Gott, der allmächtige Vater hat durch den Tod und die Auferstehung seines Sohnes die Welt mit sich versöhnt und uns den Heiligen Geist gesandt zur Vergebung der Sünden. Durch den Dienst der Kirche schenke er dir Verzeihung und Frieden. So spreche ich dich los von deinen Sünden: Im Namen des Vaters und des Sohnes und des Heiligen Geistes.«

Während seiner letzten Worte deutete der Pfarrer das Kreuzzeichen vor dem Holzgitter an und Harms bekreuzigte sich ebenfalls.

»Deine Sünden sind dir vergeben. Gehe hin in Frieden.«

Harms bedankte sich und spürte eine gewisse Erleichterung und Zuversicht in seinem Inneren. Es war richtig gewesen hierherzukommen. Nun konnte er befreit und mit neuer Kraft die vor ihm liegende Aufgabe angehen. Sein Vorhaben war riskant und nicht nur für ihn selbst gefährlich, aber eine bedeutende Grundvoraussetzung für das Gelingen hatte er gerade hoffentlich erfüllt. Er erinnerte sich an Bernadettes Worte: *Du musst dich Gott anvertrauen, um das Böse zu bekämpfen.* Harms räusperte sich.

»Ich möchte Sie noch um einen Gefallen bitten«, sagte er zu dem Pfarrer.

Kapitel 31

Die Sonne hatte im aussichtslosen Kampf gegen die dichten Regenwolken eines weiteren trüben Herbsttages längst kapituliert, als Harms mit einer Sporttasche in der Hand gegen neunzehn Uhr das Alten- und Pflegeheim St. Elisabeth betrat. Hinter der geschwungenen, glänzend weißen Empfangstheke im weitläufigen Foyer saß eine blonde Frau im mittleren Alter, der Harms schon einige Male bei seinen Besuchen begegnet war, und schenkte ihm ein einstudiertes Lächeln. Neben ihr hockte ein beleibter Polizist um die fünfzig, der seine Uniform trug. Die braune Haut, die dunklen Augen, die Harms neugierig musterten, und der von grauen Haaren durchsetzte schwarze Hufeisenbart, zeugten von einer südländischen Abstammung. Rodriguez lautete der Name des Beamten, erfuhr Harms, als er an die Theke trat und sich seinerseits vorstellte.

»Danke, dass Sie hier sind«, sagte er höflich zu dem Polizisten, nickte der Empfangsdame zu und begab sich in Richtung Aufzug.

Kommissar Behrendts hatte zwei seiner Leute zum Schutz von Harms' Vater abgestellt, was Harms ihm hoch anrechnete, schließlich waren momentan so ziemlich alle verfügbaren Einsatzkräfte in Esterwegen tätig. Außerdem hatte der Dschinn Georg Harms nicht explizit bedroht.

Über den Edelstahltüren des Fahrstuhls blinkte das rote Licht einer Überwachungskamera. Harms drückte auf den Aufzugknopf und nach wenigen Sekunden glitten die Türen zur Seite. Ein Greis mit zerzausten weißen Haaren und einem Gehstock in der Hand trat heraus.

»Moin«, sagte er mit schwacher Stimme im Vorbeigehen. Harms erwiderte den Gruß und betrat den Fahrstuhl. Nachdem er die Taste für die zweite Etage gedrückt hatte, schlossen sich die Türen wieder und der Lift setzte sich in Bewegung. Der Anblick, der sich Harms in der verspiegelten Fahrstuhlwand bot, gefiel ihm noch weniger als bei seinem letzten Besuch in der Einrichtung. Die tiefen Tränensäcke unter seinen blauen Augen, die jeglichen Glanz vermissen ließen, kündeten von zu viel Ärger und zu wenig Schlaf. An den war momentan jedoch nicht zu denken. Nach der Beichte hatte er noch einiges erledigt und war dann kurz nach Hause gefahren, wo er zwei Tassen starken Kaffee getrunken hatte. Die mussten ausreichen, um die nötige Energie für diesen Abend aufzubringen.

Der Aufzug hielt und die Türen glitten auseinander. Harms wandte sich nach links zur Station, auf der sein Vater untergebracht war. Die Neonröhren an der Decke tauchten den lang gestreckten Flur mit seinen blassgrünen Wänden in kaltes Licht. Eine auffallend hübsche Pflegerin in blauer Uniform, die um die zwanzig sein mochte und ihre langen blonden Haare zu einem Zopf gebunden hatte, kam Harms entgegen und nickte ihm lächelnd zu. Er grüßte zurück und hörte, wie sich irgendwo vor ihm auf dem Gang eine Tür öffnete. Aus dem Raum, der sich ein Stück vor dem Zimmer seines Vaters befand, kam sein Kollege Stefan heraus. Er trug eine Jeans und ein eng anliegendes schwarzes Sweatshirt, das seiner trainierten Figur schmeichelte. Obwohl er gestern, bei der Überführung des Seniorenvergewaltigers, die Nacht durchgemacht hatte, wirkte er ausgeruht und voller Elan.

»Hey, ich hab dich schon kommen sehen.« Er deutete nach oben, wo zwei an der Deckenleuchte angebrachte Kameras festgemacht waren, die jeweils eine Richtung des Ganges überwachten. »Du siehst fertig aus, Chef.«

»Alles in Ordnung so weit?« Harms blieb stehen und blickte von den Kameras in das Gesicht seines Kollegen, ohne auf dessen Bemerkung einzugehen.

»Ich habe alles vorbereitet, wie du es gesagt hast.«

»Sehr gut.« Harms gab ihm einen Klaps auf die Schulter. »Wo ist der zweite Polizist?«

»Entweder flirtet er in der Teeküche mit den Schwestern«, Stefan deutete in die Richtung, aus der Harms gekommen war, »oder er macht einen Patrouillengang.«

Harms nickte und betrat das Zimmer, in dem sich sein Kollege eingerichtet hatte. Dies war im Wesentlichen genauso ausgestattet wie das seines Vaters: Ein Bett, eine Sitzecke und eine Kommode mit einem Fernsehapparat. In diesem Raum fehlte jedoch jegliche persönliche Note und Gemütlichkeit. Es gab keine Blumen, keine Bilder oder andere Dekorationssachen. Vermutlich stand es derzeit leer und Stefan hatte es deswegen in Beschlag nehmen können. Sein Kollege schloss die Tür und trat neben Harms, dessen Blick auf einen schlichten Holztisch gerichtet war, auf dem ein flacher Monitor stand. Das Bild war in vier quadratische Ausschnitte unterteilt.

»Das sind die Aufnahmen der vier Überwachungskameras in Echtzeit«, erklärte Stefan.

Harms trat näher und sah, dass ein Ausschnitt das Bild der Kamera über dem Fahrstuhl darstellte und auf zwei weiteren der Gang zu sehen war. Das Quadrat rechts unten zeigte das Zimmer seines Vaters. In der oberen Ecke sah Harms das Bett. Unter der Decke lugte ein weißer Haarschopf hervor.

»Was hast du jetzt vor? Wie gehts weiter?«

»Kannst du mir einen Zugriff auf die Kamerabilder auf meinem Smartphone einrichten?«

»Klar, dazu muss ich dir nur die App überspielen.«

Harms stellte die Sporttasche ab, zog sein Handy aus der Hosentasche und reichte es Stefan, der auf dem Stuhl vor dem Tisch Platz genommen hatte und sein eigenes Mobiltelefon in der Hand hielt.

»Jetzt sag aber mal, was hier abgeht. War das dein Ernst mit dem Dämon? Und der bedroht deinen alten Herrn?« Stefan hantierte mit beiden Telefonen herum und überspielte per Bluetooth eine App von seinem auf das andere.

Harms seufzte. Er war ehrlich zu seinem Kollegen gewesen und hatte versucht ihm zu vermitteln, wie gefährlich dieser Einsatz sein könnte. Aber natürlich hatte Stefan seine Schwierigkeiten damit gehabt, an eine Kreatur zu glauben, die Besitz von anderen Menschen ergriff und ihnen die Köpfe abbiss. Er hatte Harms angesehen, als hätte der seinen Verstand restlos weggesoffen.

»Ja, das war mein Ernst und ich möchte, dass du in höchster Alarmbereitschaft bist und im Falle des Falles nicht versuchst, den Helden zu spielen. Ich hab hier noch was für dich.« Harms bückte sich, zog den Reißverschluss der Sporttasche auf und entnahm ihr eine lederne Scheide, in der ein silbernes Messer von zwanzig Zentimetern Länge steckte. Der aus dunkelbraunem Holz gefertigte Griff war mit kunstvollen Ornamenten verziert. Harms hielt es Stefan entgegen, der sein Handy auf den Tisch legte und es mit perplexem Gesichtsausdruck an sich nahm.

»Ein Messer? Warum ausgerechnet ein Messer?«

»Vertrau mir einfach. Benutze es im Notfall.« Stefan sah ihn skeptisch an, nickte aber schließlich nur und gab Harms sein Handy zurück.

»Die weiße App mit dem schwarzen C«, sagte er. »Sobald du sie öffnest, siehst du, wie hier auf dem Monitor, alle vier Bildausschnitte. Ein Doppelklick auf einen Ausschnitt und er füllt den kompletten Bildschirm. Noch ein Doppelklick und es erscheinen wieder alle vier Aufnahmen. Hältst du das Mikrofonsymbol gedrückt, kannst du mit mir sprechen. Quasi wie bei WhatsApp, allerdings höre ich die Nachricht sofort und muss sie nicht erst abrufen.«

»Prima.« Harms schob das Handy zurück in die Hosentasche. »Sei vorsichtig, ich gehe in den Keller. Wenn irgendetwas Ungewöhnliches ist, sag mir sofort Bescheid.«

Das Stirnrunzeln seines Kollegen war so ausgeprägt, dass es tiefe Falten hinterlassen würde, befürchtete Harms.

»Aye, aye«, antwortete Stefan jedoch nur. Harms war einmal mehr froh, den Mann in seinem Team zu haben. Er mochte Menschen, die in gewissen Situationen einfach die Klappe hielten und machten, was von ihnen erwartet wurde.

»Bis später.« Harms nahm die Tasche wieder an sich, verließ das Zimmer und ging zurück in Richtung Aufzug. Währenddessen dachte er darüber danach, ob er das Richtige tat oder eine riesige Dummheit beging. Er setzte alle, die heute Abend hier waren, bewusst einer großen Gefahr aus. Allerdings hatte der Dschinn angekündigt, Harms alles nehmen zu wollen, was ihm etwas bedeutete. Da stand sein Vater ganz oben auf der Liste. Außerdem war es das geringere Übel ihn heute vorbereitet zu konfrontieren, statt darauf zu warten, dass er womöglich in einigen Tagen oder Wochen in dem Heim erschien. Dann würde nicht mal jemand versuchen, ihn aufzuhalten, denn der Polizeischutz war höchstens auf ein paar Tage begrenzt und Harms konnte auch nicht rund um die Uhr auf seinen Vater aufpassen. Die Sache war heikel, aber das alles musste hier und heute ein Ende haben. An ein Scheitern des Plans wollte Harms gar nicht denken. Er fürchtete sich schon davor, zur Ruhe zu kommen, weil er wusste, dass dann die Selbstvorwürfe und der Schmerz wegen der vorangegangenen Ereignisse ungehindert in sein Bewusstsein strömen würden. Einen Fehlschlag würde er nicht verkraften können.

Er stand im Fahrstuhl, dessen digitale Anzeige mit einem roten ›K‹ darauf hinwies, dass er im Keller angekommen war. Die Türen öffneten sich und er trat in einen Gang, der sich nach rechts erstreckte. Eine der Leuchtstoffröhren, die ihr fahles Licht auf die kargen Wände warfen, flackerte unstetig. Zahlreiche von einer Plastikfolie überzogene Krankenhausbetten reihten sich auf der linken Seite aneinander. Harms' Schritte hallten ungewöhnlich laut auf dem hellen Linoleumboden wider. Vielleicht kam es ihm auch nur so vor, weil es hier unten so außergewöhnlich still war. Nachdem er die Betten hinter sich gelassen hatte, mündete der Gang in einen weitläufigen Raum. Mehrere riesige Tanks und technische Gerätschaften befanden sich hier. Harms' Blick haftete sich an einen großen zylindrischen Stahlbehälter, von dessen Oberseite voluminöse Schläuche zu Rohren an der Decke führten. Er kehrte zu den Betten zurück, stellte seine Tasche auf eines davon, räumte sie aus und machte sich an die Arbeit.

Zwanzig Minuten später blickte er auf einen von neun brennenden Teelichtern umgebenen Kreis von etwa einem Meter Durchmesser. Die Teelichter waren auf Pentagrammen platziert, die er, wie auch den Kreis und das ein Stück weit davon entfernte Dreieck, mit schwarzer Kreide auf den Boden gezeichnet hatte. In dem Dreieck stand eine Metallschale, aus der eine schwache

Rauchschwade emporstieg, die nach Weihrauch, Kampfer und balsamischem Styrax roch.

Harms brachte eine innere Stimme zum Schweigen, die ernsthaft an seinem Geisteszustand zweifelte, indem er an die Erlebnisse des gestrigen Abends zurückdachte. Dann rief er sich den Ablauf des Rituals zur Dschinn-Beschwörung in Erinnerung, die ihm Professor Karim vorhin während eines Skype-Telefonats verraten hatte. Zuvor hatte er Harms angesehen, als wäre der verrückt geworden. Harms hatte ihm daraufhin in Kurzform von den Ereignissen in Esterwegen erzählt und anschließend erwies sich der Professor als äußerst hilfsbereit. Er erklärte Harms, dass sich eine Zusammenkunft mit einem Dschinn mittels einer Beschwörung erzwingen ließ, warnte jedoch davor, dass Dschinn-Beschwörungen nach dem islamischen Glauben verboten waren. Sie bereiteten dem Dschinn große Qualen. Deswegen wäre der nach seinem Erscheinen in äußerst übler Stimmung und darauf aus, sich an dem Beschwörer zu rächen.

Umso besser, hatte Harms nur lapidar entgegnet und sich den Ablauf des Rituals ausführlich erklären lassen. Anschließend hatte er alles, was er dafür benötigte in einem düsteren Hinterhofladen für Ritualbedarf in der Oldenburger Innenstadt eingekauft. Zu den Utensilien, die ihm der Hippie mit den langen grauen Haaren, in dem nach einem Potpourri aus verschiedenen Gewürzen und Kräutern riechenden Geschäft ausgehändigt hatte, gehörte auch ein besonderes Kurzschwert. Es hatte einen dunklen Holzgriff und eine etwa fünfzig Zentimeter lange Silberklinge, in welche die Begriffe ›ADONAI‹ auf der Vorder- und ›ARATRON‹ auf der Rückseite eingearbeitet waren.

Harms nahm das Schwert mit der rechten Hand vom Bett und trat damit vor die Metallschale. Er bückte sich, hielt seinen linken Arm über die Schale und fügte sich einen kleinen Einschnitt am Unterarm zu, wobei er darauf achtete keine Vene oder Arterie zu erwischen. Augenblicklich sickerte Blut aus der Wunde, wenig später fielen einige Tropfen davon in die Schale. Nachdem er notdürftig mit einem Papiertaschentuch über den Einschnitt gewischt hatte, wandte er sich zufrieden wieder dem Bett zu und tauschte das Schwert gegen einen etwa vierzig Zentimeter langen Stab aus Haselnussholz, auf dem die magische Formel ›INRI‹ eingraviert worden war. Dabei handelte es sich um eine von den Rosenkreuzern gebrauchte Abwandlung der Kreuzinschrift, die für *Igne Natura Renovatur Integra* stand. Übersetzt bedeutete dies: »Durch Feuer wird die reine Natur wiederhergestellt.«

Harms zog ein Blatt Papier aus seiner Hosentasche, faltete es auseinander und trat wieder vor das Arrangement auf dem Boden. In der linken Hand hielt er das Papierblatt vor sich, auf das er das Siegel des Dschinn aufgezeichnet hatte. Mit dem Stab in der anderen Hand zog er dieses Siegel nun gemäß Professor Karims Instruktionen langsam und konzentriert nach. Anschließend tauschte er Stab und Schwert noch mal aus, begab sich wieder vor Kreis und Dreieck und berührte mit der Schwertspitze das Siegel auf dem Papier. Dabei sprach er andächtig die Beschwörungsformel, die er darunter notiert hatte: »*Incubus de profundis ascende! Ad ligandum eos pariter eos coram me.*«

Er dachte daran, dass er bis vor Kurzem bei Filmen mit allem Übersinnlichen schnell gegähnt hatte. Eine Dämonenbeschwörung auszuprobieren, wäre ihm ganz sicher nie in den Sinn gekommen. Aber die Zeiten hatten sich geändert und nach allem, was er erlebt hatte, glaubte er tatsächlich, dass sein Ritual eine Wirkung nach sich ziehen würde. Er hoffte zudem, dass der Dschinn dadurch gerade wirklich Qualen litt.

Hoffentlich gefällt dir das, du Missgeburt! Harms malte sich aus, dass jedes Beschwörungswort wie ein Messerstich auf die Kreatur einwirkte. Also wiederholte er die Formel genüsslich und langsam noch einmal. Anschließend wandte er den Blick ab und starrte nachdenklich, erwartungsvoll und nervös an die Decke, wo die Neonröhre noch immer leise knisternd flackerte.

Kapitel 32

Polizeimeister Antonio Rodriguez, von Freunden und Kollegen einfach Toni genannt, saß an der Rezeption, lutschte ein Pfefferminz-Dragee und schielte zum wiederholten Mal auf die große Uhr, die auf der anderen Seite des Foyers an der Wand hing. Es war beinahe zwanzig Uhr, was bedeutete, dass er noch eine Stunde durchhalten musste, bis er endlich abgelöst wurde und zu seiner Alba nach Hause konnte. Sie hatte ihm bei WhatsApp bereits ein Foto von der Paella mit Chorizo und Hähnchenkeulen geschickt, die auf dem Herd auf ihn wartete. Seine Frau machte die beste Paella der Welt, deswegen lief ihm beim Gedanken daran schon jetzt das Wasser im Mund zusammen. Ohnehin verfügte sie über exquisite Kochkünste, was auch Tonis stattliche Figur erklärte. *»An einem echten Mann muss schon was dran sein«*, behauptete Alba immer, und Toni pflegte sich dabei demonstrativ mit einem Lächeln auf den Lippen über den Bauch zu streicheln.

Zwei Meter neben ihm saß die blonde Mittfünfzigerin, die sich ihm betont förmlich als Frau Krüger vorgestellt hatte. Dabei hatte er ihr angeboten, ihn Toni zu nennen. Schon seit Stunden spielte sie, von der Entgegennahme gelegentlicher Anrufe abgesehen, irgendeinen Tetris-Verschnitt auf dem Computer, dessen monotones Gedudel Toni auf die Nerven ging. Er hatte mehrfach versucht, sich mit ihr zu unterhalten, aber ihre einsilbigen Antworten erstickten jedes Gespräch im Keim.

»Wann schließt ihr hier eigentlich die Türen?«, konversierte er erneut.

»Um zehn müssen die Bewohner zurück sein«, entgegnete Frau Krüger, ohne den Blick von ihrem Monitor zu wenden. Toni brummte nur, weil ihm darauf keine Antwort einfiel. Eigentlich vertrug er Schweigen nicht gut, wenn es nichts gab, womit er sich ablenken konnte. Ihm war ohnehin nicht ganz klar, was er hier eigentlich machte. Ein alter demenzkranker Mann sei bedroht worden, hatte man ihm gesagt, und er sollte zusammen mit einem Kollegen für Sicherheit sorgen. Nun gut, dann tat er das eben, auch wenn er sich nicht vorstellen konnte, warum jemand diesem Greis, der sowieso bald abnibbeln würde, etwas antun wollte. Aber er würde seinen Job gewissenhaft erledigen, wie er es immer tat. Rodriguez war ein zuverlässiger Beamter, dem es lediglich an etwas Ehrgeiz mangelte. Deswegen hatte er auch, seit er der Polizei angehörte, nie einen höheren Dienstgrad erlangt.

Das Telefon läutete und Frau Krüger nahm den Anruf nach zweimaligem Klingeln entgegen: »Alten- und Pflegeheim St. Elisabeth, was kann ich für Sie tun?«

Toni verdrehte die Augen wegen ihrer aufgesetzt freundlichen Stimme. Ihm gegenüber tat sie so distanziert, aber am Telefon heuchelte sie Nettigkeit. *Dumme Schlunze.* Er wuchtete seinen Körper von dem Drehstuhl hoch und schlenderte um den Empfangstresen herum zum Ausgang.

Ein von zwei Säulen getragenes Vordach schützte den Eingangsbereich vor dem in diesen Tagen allgegenwärtigen Regen, über den Toni die Nase rümpfte. Das Wetter war ein Grund, warum er sich nach Valencia zurücksehnte, das er zusammen mit Alba vor nunmehr vierzehn Jahren verlassen hatte, weil ihre Eltern in Oldenburg wohnten und sie in ihrer Nähe sein wollte.

Der rieselnde Regen glitzerte im Schein einer Straßenlaterne wie Schnee und die frische Luft kündete vom herannahenden Winter. Bis auf das leise Prasseln des Regens auf dem Dach und den Verkehrsgeräuschen der nahen Straße war es still. Toni holte die Zigarettenpackung und sein Feuerzeug aus der Brusttasche seiner Uniform hervor, steckte sich einen Glimmstängel in den Mund und zündete ihn an. Genüsslich sog er den Rauch in seine Lunge, woraufhin die Rezeptoren in den Nervenzellen aktiviert wurden, die das augenblicklich mit einem entspannenden Gefühl honorierten. Rodriguez blies den Rauch durch die Nase aus, während er auf der Stelle trat und gedankenverloren in Richtung Straße starrte. Plötzlich erklang irgendwo links von ihm ein Geräusch, das sich wie ein gleichmäßiges Hämmern anhörte. Zuerst dachte Toni, es wäre der aufs Dach prasselnde Regen, aber dafür hörte es sich zu eindringlich an. Toni zog erneut an seiner Zigarette und ging langsam auf das Geräusch zu. Nach einigen Metern verließ er den asphaltierten und vom Vordach geschützten Bereich und betrat den Rasen. Einige Regentropfen trafen direkt auf seine Zigarette, als er sie gerade erneut zum Mund führen wollte.

»Mist«, murmelte er und warf die Kippe weg. Das Hämmern wurde lauter – sein Ursprung schien oben hinter der Hausecke zu liegen. Er schaute an der dunklen Fassade des großen Pflegeheims hoch, die mehrere Stockwerke in den Himmel ragte.

Tock, tock, tock.

Was ist denn das? Rodriguez tastete mehr instinktiv als beunruhigt nach seiner Dienstwaffe, die im Holster an seiner rechten Hüfte steckte. Er hielt einen Moment inne und lauschte. Es klang, als ob jemand direkt hinter der Ecke einen Nagel in die Wand schlug. Nun machte sich ein nervöses Kribbeln in Toni breit und mit der Hand am Griff seiner Waffe schob er sich langsam um die Biegung des Gebäudes.

Kapitel 33

Harms saß neben dem von Teelichtern umgebenen Kreis mit dem Rücken an die Wand gelehnt auf dem Boden. Er nestelte an der Rosenkranzkette herum, die er von Bernadette hatte und um den Hals trug, und starrte auf sein Handy. Sein linkes Bein hatte er zu sich herangezogen und das Gerät lag auf seinem Oberschenkel. Die Überwachungs-App war geöffnet und zeigte die vier Bildausschnitte an.

Während er wartete, machten sich wiederholt Zweifel in ihm breit, ob er das Richtige tat. Würde dieses Ritual den Dschinn tatsächlich in den Keller locken, damit sie es eins zu eins zu Ende bringen konnten? Harms' altes Ich hielt die Vorstellung für absurd, aber sein altes Ich hatte ausgedient und war von neuen Überzeugungen verdrängt worden, die sich allerdings erst noch festigen mussten. Vielleicht hätte er den Dschinn auch lieber in eine abgelegene Lagerhalle oder einen Wald locken sollen, wo sich keine anderen Menschen aufhielten. Aber unter dieser Voraussetzung standen die Chancen noch schlechter, dass er erscheinen würde. Diese Kreaturen liebten den Wettstreit, erinnerte sich Harms, und je mehr auf dem Spiel stand, desto unwiderstehlicher war solch eine Herausforderung für sie. Seine Gedanken wanderten zu Bernadette und er hoffte inständig, dass sie durchkam. Vor seinem geistigen Auge sah er erneut vor sich, mit welcher Wucht ihr zarter Körper gegen die

Wand geschmettert worden war. Er verdrängte die schmerzlichen Bilder. Zunächst mal musste er diesen Abend überstehen, vielleicht würde Gottes Gnade sie dann noch einmal zusammenführen.

»Auweia«, murmelte Harms. Er klang schon wie ein ehrfurchtsvoller Betbruder. Übertreiben musste er es mit der Frömmigkeit ja nun auch nicht gleich. In einem der Bildausschnitte bewegte sich was und Harms war dankbar für die Ablenkung von seinen wirren Gedanken. Ein betagter Mann mit Glatze und Gehstock schlurfte durch den Gang. Die Aufnahme lief ohne Ton, aber Harms stellte sich das leise Klackern des Gehstocks einfach vor: *Tack-tack-tack.*

Plötzlich durchdrang tatsächlich ein Geräusch die Stille im Keller. Es war ein leises Rumpeln und kam aus der Wand hinter ihm. Es musste sich um den Fahrstuhl handeln, dessen Türen sich etwa fünf Meter zu seiner Linken befanden. Harms griff nach seiner Pistole, die er neben sich auf den Boden gelegt hatte, und stand auf. Er begab sich in Schussposition. Zwar konnte er von seinem Standpunkt nicht in die Kabine sehen, aber sobald jemand in den Gang trat, hätte er ihn im Visier. Vielleicht konnte er den Dschinn nicht mit der Pistole töten, aber ein paar Volltreffer würden ihn zumindest temporär außer Gefecht setzen, und dann könnte er ihm mit dem Silberdolch erledigen, den er in der Scheide an seinem Gürtel befestigt hatte.

Es rumpelte erneut, diesmal lauter – der Aufzug war im Keller angekommen. Harms' Herz trommelte in einem schnellen Rhythmus, während er angespannt mit der Waffe den Gang entlang zielte. Ein leises Scheppern erklang, gefolgt von einem hydraulischen Zischen – die Fahrstuhltüren glitten auseinander. Nervös leckte sich Harms über die Lippen. Die Sekunden verstrichen. Er runzelte die Stirn. Wer auch immer in der Kabine war, hätte diese längst verlassen müssen. Sein Finger spannte sich um den Abzug der Pistole. Langsam näherte er sich in schussbereiter Position dem Lift. Als etwas in seinem Sichtfeld erschien, blieb er sofort stehen. Er benötigte mehrere Sekunden, um zu erkennen, was da in den Gang geschoben wurde: ein Rollator. Daran klammerte sich eine alte Frau mit gebückter Statur fest. Nachdem sie aus dem Aufzug getreten war, wandte sie sich mitsamt ihrer Gehhilfe nach rechts und schlurfte mit gesenktem Kopf auf Harms zu.

»Stehen bleiben!«, rief der. Die Frau trug einen Strohhut in Blassrosa, dessen Krempe ihre Augen verdeckte. Trotz seiner Warnung kam sie weiter auf ihn zu, was seine Nerven bis zum Zerreißen spannte. »Sofort stehen bleiben!«

Sie bewegte sich zwei weitere Schritte auf Harms zu und hob schließlich den Kopf. Erschrocken starrte sie ihn an. Ihre Augen hinter der dicken Hornbrille wirkten normal, die genaue Farbe konnte Harms nicht erkennen, aber sie sahen nicht ölig-schwarz aus.

»Nicht schießen«, stammelte die Oma.

Harms nahm die Waffe herunter und näherte sich ihr vorsichtig, während er sie genauestens musterte. Runzlige Haut, niedlich anmutende Lachfältchen und blaue

Augen, wie er nun sah, die vor Angst geweitet waren. Harms gestattete sich ein Durchatmen.

»Ich tue Ihnen nichts. Was machen Sie hier?«

»Bitte? Ich höre nicht mehr gut.«

Harms wiederholte seine Frage lauter.

»Ich wollte zum Süßigkeitenautomat im Foyer. Meine Nichte Carmen hat mir neulich eine Packung KitKat mitgebracht, wissen Sie? Nun ist kein Riegel mehr übrig. Ich habe mich aber schon so daran gewöhnt.« Ein vorsichtiges Lächeln stahl sich auf ihr Gesicht, was aber schnell wieder von einem misstrauischen Ausdruck verdrängt wurde.

»Sie sind im Keller gelandet, gute Frau. Das Erdgeschoss ist eins höher. Kommen Sie …« Harms schaute so freundlich drein, wie es ihm möglich war, und machte eine galante Geste in Richtung Fahrstuhl. Als ihm auffiel, dass er noch immer die Pistole in der Hand hielt, schob er sie schnell in den Hosenbund. Quälend langsam wendete die alte Dame ihren Rollator und ging zurück zum Aufzug.

»Was machen Sie denn hier?«, fragte die Oma zögerlich.

»Ich bin vom Sicherheitsdienst«, sagte Harms und bestaunte die filigrane dunkelblaue Stoffblume, die mit einer Schleife an ihrem Hut angebracht war.

»Aaah!«, machte die alte Frau nur und schlurfte zurück in den Lift. Harms folgte ihr und betätigte die entsprechende Taste für das Erdgeschoss an der Armatur. Die Fahrstuhltüren glitten aufeinander zu, also stellte er sich schnell dazwischen.

»Lassen Sie sich Ihr KitKat schmecken!«

»Hüftgold ist das. Eigentlich achte ich auf meine Figur, aber das schmeckt so gut.«

Harms schmunzelte und trat in den Keller. Bevor sich die Türen schlossen, winkte er der alten Dame zu.

Kapitel 34

Den Blick nach oben gerichtet, trat Toni um die Ecke. Diese Seite des Pflegeheims wurde nur von einem schmalen Rasenstreifen gesäumt, neben dem sich Bäume aneinanderreihten, deren Äste sich als dunkle Umrisse vor dem Nachthimmel abzeichneten.

Tock, Tock, Tock.

Wo kommt denn dieses Geräusch her? Er kniff die Augen zusammen und ging zur Seite auf den Rasen, um besser an der Fassade hochschauen zu können. An einem Blumenkasten im ersten Stock machte er eine Bewegung aus. Er erkannte die Silhouette eines Vogels, der mit seinem Schnabel gegen den Blumenkasten hämmerte und so das Geräusch verursachte. Der Vogel krächzte, flatterte mit den Flügeln und hob in den Himmel ab.

Schmunzelnd schüttelte Toni den Kopf und kehrte zur Frontseite des Gebäudes zurück.

Auf zum Endspurt! Jetzt dürfte es seinem Zeitgefühl zufolge nicht länger als eine Dreiviertelstunde dauern, bis er endlich nach Hause konnte. Er war nur noch drei, vier Meter vom Haupteingang entfernt, als sich plötzlich von oben ein Schemen auf ihn herabsenkte. Rodriguez vernahm aufgeregtes Krächzen und Geflatter. Ein Vogel flog frontal in sein Gesicht, Krallen kratzten über seine Haut. Unwillkürlich taumelte er zur Seite. Der Vogel rutschte an seinem Oberkörper hinunter, während ein Ruck wie ein Stromschlag durch seinen Körper ging.

Einige Sekunden zitterte er am ganzen Leib, dann richtete er sich schnurgerade auf und ging entschlossenen Schrittes auf die Eingangstür zu.

Drinnen angekommen näherte Toni sich dem Empfangstresen, hinter dem Frau Krüger telefonierte. Sie schaute kurz auf, bemerkte seinen starren, psychotischen Blick jedoch nicht – vermutlich, weil seine schwarzen Augen im Schatten der Polizeimütze lagen. Er trat um den Tresen herum und stellte sich hinter ihren Stuhl.

»Ich verbinde Sie mit Herrn Lüttgens, kleinen Moment«, sagte die Empfangsdame freundlich und drückte eine Taste an dem Telefon. Rodriguez packte ihren Kopf und drehte ihn mit einer schnellen, ruckartigen Bewegung um einhundertachtzig Grad zur Seite. Dabei brach ihre Wirbelsäule unterhalb der Schädelbasis und ihr Rückenmark wurde durchtrennt, was eine akute Lähmung des ganzen Körpers zur Folge hatte. Frau Krüger konnte außerdem nicht mehr atmen. Binnen ein, zwei Minuten würde sie jämmerlich krepieren, ohne in der Lage zu sein, ihre heftigen Schmerzen durch einen Schrei oder andere Laute kundzutun. Toni ließ ihren Kopf los, der schlaff nach vorn sackte, packte die Frau unter den Achseln und zog ihren regungslosen Körper vom Stuhl, um sie zu Boden gleiten zu lassen. Eine eintönige Warteschleifenmelodie drang aus dem Telefonhörer, der ihr bei der Attacke aus der Hand auf den Tisch gefallen war.

Rodriguez verließ den Bereich hinter dem Empfangstresen und ging, den Blick apathisch nach vorn gerichtet, über den marmorierten Boden des Foyers auf den Fahrstuhl zu. Dort angekommen, wollte er den

Aufzug gerade durch Betätigen des entsprechenden Knopfes auf dem Wandpaneel herbestellen, als seine Türen zischend auseinanderglitten. Für die Dauer eines Herzschlags standen sich Toni und die im Fahrstuhl stehende alte Frau reglos gegenüber und sahen sich stumm an. Dann betrat er den Aufzug und stellte sich direkt vor den Rollator der Oma. Mit großen Augen blickte die betagte Dame zu ihm auf. »Ich muss hier raus, Herr Wachtmeister.«

Toni drückte die Zwei, woraufhin sich die Türen schlossen und der Fahrstuhl sich rumpelnd in Bewegung setzte. Unverständnis und eine Spur Traurigkeit lagen in dem Blick der Frau, die mit der Situation überfordert war und nicht wusste, was sie sagen oder machen sollte. Darüber musste sie sich auch nicht mehr den Kopf zerbrechen. Rodriguez griff über den Rollator hinweg unter ihre Achseln und wuchtete sie mit brutaler Gewalt in die Höhe, sodass ihr Kopf durch das harte Plexiglas der Fahrstuhllampe schlug, das krachend zerbarst. Er platzte wie ein rohes Ei, nur, dass statt gallertartigem Eiklar Blut und Gehirnflüssigkeit spritzten und Wände und Türen besprenkelten. Glasscherben fielen zu Boden und als Toni ihren schlaffen Körper wieder herunterzog, segelte ihre plattgedrückte blassrosa Mütze zwischen sie.

Er stieß die alte Frau kraftvoll nach vorn gegen die Spiegelwand, die mit noch lauterem Getöse als die Lampe zerbarst. Die Oma sackte reglos an der zerstörten Wand hinunter in eine sitzende Position. Toni packte ihre Beine und zog sie zu sich, sodass sie nun ausgestreckt auf dem Boden lag. Anschließend griff er sich eine große Glasscherbe, deren längste Seite bestimmt fünfzig Zentimeter maß. Er hielt die Scherbe mit beiden Händen und stellte sich breitbeinig über den Oberkörper der alten Frau, die mit geschlossenen Augen und offenem Mund dalag. Ihre Brille saß noch immer fest auf ihrer Nase, dafür war das Gebiss aus ihrem Mund gepurzelt und lag neben ihr auf dem Boden. Rodriguez stieß die Scherbe mit einer kraftvollen Bewegung nach unten, sodass ihre Längsseite wie eine Guillotine auf den Hals herunterschnellte. Durch Tonis unmenschliche Kraft glitt das Glas durch die Haut wie ein Messer durch ein zartes Stück Filet, zermalmte Muskeln, Sehnen und Knochen und trennte den Kopf ab. Zerfetzte und blutverschmierte Sehnen, Bänder, Blutgefäße und weitere Versorgungsbahnen wie Speise- und Luftröhre hingen unten aus dem Kopf heraus wie ein Wirrwarr durchgetrennter Kabelstränge. Das Blut strömte literweise aus dem Torso und bildete eine Pfütze auf dem Boden, die sich sekündlich vergrößerte.

Inzwischen hatten sich die Türen geöffnet. Als Rodriguez den Fahrstuhl verließ, quietschten seine von Blut nassen Schuhe auf dem Linoleumboden und ließen rote Abdrücke darauf zurück. Er orientierte sich nach links und ging entschlossenen Schrittes auf die Station 21. Dort passierte er gerade einen kleinen Sitzbereich neben dem Eingang, als weiter vor ihm eine Tür geöffnet wurde und Stimmen ertönten. Eine Krankenschwester in den mittleren Jahren, mit blonden Haaren und fülliger Oberweite trat zusammen mit einem hageren Polizisten aus einem Zimmer auf der rechten Seite. Die beiden unterhielten sich angeregt und die Schwester lachte über etwas, das der Mann sagte. Sie kamen auf Toni zu und waren noch etwa fünf Meter von ihm entfernt, als der Polizist ihn bemerkte.

»Hey, Toni, was machst du …?«

Dieser zog seine Pistole und drückte ab. Begleitet von einem dröhnenden Knall drang die Kugel mitten ins Gesicht des Mannes und sprengte ein faustgroßes Loch in dessen Stirn. Blut, Knochensplitter und weitere Körpersubstanzen spritzten aus der Wunde und die Mütze fiel ihm vom Kopf, als er in sich zusammensank.

Die Krankenschwester war einen Moment wie zur Salzsäule erstarrt, ihre Augen weiteten und der Mund öffnete sich zu einem entsetzten Schrei. Dieser entfuhr ihr, nachdem ihr fassungsloser Blick von dem Polizisten zu Toni gewechselt hatte. Sie rannte den Flur entlang von ihm weg. Rodriguez zielte auf ihren Rücken und wollte gerade schießen, als im Türrahmen eines weiteren Zimmers ein groß gewachsener Mann erschien, der seine Aufmerksamkeit ablenkte. Toni richtete die Waffe auf ihn und drückte ab. Der Dunkelhaarige ging in Deckung, indem er ins Zimmer zurückhechtete. Die Kugel schlug in der Flurwand ein.

Gänzlich unbeeindruckt setzte Toni seinen Pfad der Zerstörung fort und visierte schon wieder die Schwester an, die allerdings in diesem Moment um die Ecke rannte und aus der Schusslinie verschwand. Rodriguez' ausdrucksloser Blick heftete sich auf Zimmer 44, welches sein eigentliches Ziel war. Er ging gerade an dem Raum vorbei, in dem sich der Dunkelhaarige aufhielt, als er von dem mit voller Kraft von der Seite im Stil eines Football-Tackles gerammt wurde. Durch die Wucht des Aufpralls nach links geschleudert, prallte Toni kraftvoll mit der Seite gegen die gegenüberliegende Wand. Trotz der harten Erschütterung behielt er die Waffe in der Hand und wollte sie auf den Angreifer richten, der mit geneigtem Oberkörper seine Hüfte von der Seite umklammert hielt. In dem Moment, als Rodriguez den Pistolenlauf auf den Rücken des Dunkelhaarigen senkte, löste der sich von ihm, packte sein Handgelenk und drückte es nach oben. Toni wurde bei dem Gerangel gegen die Wand gepresst und hatte keine optimale Hebelwirkung, um die Waffe kraftvoll herunterzureißen und sie auf seinen Gegner zu richten. Dann jedoch hob Toni schwungvoll sein Knie an und rammte es in den Solarplexus des Dunkelhaarigen, der laut aufstöhnte. Nun gelang es Rodriguez, den Arm mit der Waffe zu senken und die Mündung näher an den Kopf seines Widersachers heranzuführen. Der biss die Zähne zusammen und versuchte verzweifelt dagegenzuhalten. Sein Blick wurde mit jedem Millimeter, den sich die Mündung seinem Gesicht näherte, panischer. Tonis unmenschliche Stärke war zu viel für ihn. Der Lauf befand sich direkt vor der oberen Kopfseite des Mannes. Toni wollte abzudrücken, als ihn plötzlich die Kräfte verließen. Er krümmte sich, sein Kopf sank nach unten und sein Arm wurde widerstandslos weggedrückt. Die Klinge eines silbernen Dolchs steckte bis zum Ansatz in Rodriguez' Bauch, der mit glasigem Blick auf den Griff starrte, über den sein Blut schwappte. Tonis Knie gaben nach und er sank zu Boden, wobei der Dunkelhaarige ihn festhielt und seinen Sturz abfederte, als würde er einem Betrunkenen helfen, sich hinzulegen.

***

Als Rodriguez reglos auf dem Gang lag, setzte Stefan ein Knie auf dessen Brust und kontrollierte mit zwei Fingern am Hals seinen Puls, der in diesem Moment aufhörte zu schlagen.

Stefan atmete tief durch und wischte sich mit seiner freien Hand den Schweiß von der Stirn. Plötzlich erklangen hinter ihm Geräusche, die an das Knacken von Gelenken erinnerten. Mit noch immer einem Knie auf dem toten Polizisten, drehte Stefan seinen Oberkörper zur Seite und schielte nach hinten. Die auf allen vieren keinen Meter von ihm entfernt stehende Kreatur hatte eine von tiefen Furchen durchzogene dunkelgraue Haut und einen irgendwie deformiert erscheinenden übergroßen Kopf. Ihre leicht schräg stehenden schwarzen Augen taxierten Stefan emotionslos. Das Knacken rührte vom Aufreißen des ovalen Mauls mit den dunkelgelben spitzen Zähnen her, aus dem Geifer heraustropfte und das sich auf groteske Weise von einer kleinen Spalte zu einem großen Höllenschlund ausdehnte. Stefan war wie gelähmt vor Unglauben und Entsetzen, und als er sich gerade aus seiner Erstarrung lösen wollte, war es zu spät. Die Kreatur sprang ihn mit ausgestreckten Pranken an wie ein Löwe eine Antilope, versenkte ihre Zähne in seiner rechten Gesichtshälfte und biss ihm den halben Kopf weg.

Kapitel 35

Nachdem sich die Fahrstuhltüren geschlossen hatten, ging Harms noch mit einem Schmunzeln auf den Lippen im Kellergang auf und ab und kontrollierte die Bildausschnitte der Überwachungs-App. Die niedliche alte Dame hatte ihn an seine vor nunmehr fast dreißig Jahren verstorbene Oma Ida erinnert, die er mit Werther's Bonbons, Klößchensuppe und Fanta assoziierte. Regelmäßig hatte sie ihm mit einem gutmütigen Lächeln im Gesicht in ihrer kleinen Küche ein Fünfmarkstück in die Hand gedrückt, das er meist sogleich im Kiosk gegen Fußballsammelbilder oder Süßigkeiten eintauschte. Harms tippte zweimal kurz auf ein Bildquadrat, weil er sah, dass sich jemand in der Eingangshalle dem Fahrzeug näherte. Es war der Polizist; dieser Spanier oder Portugiese. Harms fragte sich, warum er seinen Posten verließ. Womöglich wollte er seinem Kollegen etwas mitteilen.

Harms wandte den Blick ab zu dem Beschwörungs-Arrangement mit dem von Teelichtern umgebenen Kreis. Wahrscheinlich war das ganze Ritual eine Schnapsidee gewesen, der Dschinn würde nicht erscheinen und er sollte die Sache abblasen. Die Kreatur nicht stellen zu können, verursachte ein flaues Gefühl in seinem Magen. Er hatte mit eigenen Augen gesehen, wozu sie fähig war und er würde ständig mit der Angst leben müssen, dass sie ihm oder seinen Familienangehörigen irgendwann etwas antat.

Ein Geräusch riss ihn aus seinen Gedanken. Es war ein entferntes Poltern von oben. Harms fuhr mit Zeigefinger und Daumen die Konturen seines Bartes nach. Irgendetwas stimmte nicht – und dann wusste er, was. Die alte Frau hatte doch ins Erdgeschoss zum Süßigkeitenautomaten gewollt, also hätte er sie inzwischen aus dem Fahrstuhl kommen sehen müssen.

Vielleicht ist sie diesmal im ersten Stock gelandet, dachte er amüsiert, bis ihm einfiel, dass er selbst die Taste für das Erdgeschoss gedrückt hatte. Während er noch eine Erklärung suchte, sah er den Polizisten in dem Bildausschnitt auftauchen, der im zweiten Stock eine Seite des Ganges erfasste. Aus einem der Zimmer traten die polnische Pflegeschwester Olga, mit der Harms gelegentlich geflirtet hatte, und der zweite Polizist. Sie näherten sich dem Südländer und verdeckten die Sicht auf diesen, aber plötzlich sackte der andere Polizist zusammen. Harms konnte den Südländer nun wieder sehen – in der Hand seines ausgestreckten Arms hielt er eine Pistole.

»Was zur Hölle …?«

Harms' Eingeweide zogen sich zusammen. Er starrte wie gelähmt vor Schreck auf den kleinen Bildausschnitt. Die Aufnahme war ohne Ton, aber es sah aus, als gäbe der Südländer weitere Schüsse ab. Nach einigen Sekunden, die sich wie eine Ewigkeit anfühlten, gelang es Harms, sich aus seiner Erstarrung loszureißen. Er rannte die paar Schritte zum Fahrstuhl und hämmerte wild auf die Taste im Wandpaneel.

»Verdammte Scheiße!«, stieß er aus, während er damit beschäftigt war, die Ereignisse einzuordnen. Hatte der

Dschinn von dem Polizisten Besitz ergriffen? Es musste so sein. »Komm endlich!«

Harms erwog schon, die Treppe zu nehmen, als ein Rumpeln den eintreffenden Aufzug ankündigte. Das leise hydraulische Zischen ertönte und die Türen glitten zur Seite.

»Aahh …« Bei dem Anblick, der sich ihm bot, versteifte sich Harms vor Abscheu wie eine an Arachnophobie leidende Frau beim plötzlichen Erscheinen einer riesigen Spinne in der Dusche. Auf dem von unzähligen Glasscherben und einer ausgedehnten Blutlache bedeckten Fahrstuhlboden lag der Torso der alten Dame, der an eine weggeworfene Puppe erinnerte. Der abgetrennte Kopf befand sich ein Stück neben ihrem rechten Arm. Ihre schreckgeweiteten Augen hinter der Brille schienen Harms anklagend anzustarren, während der zahnlose Mund wie zu einem letzten Protestschrei geöffnet war.

Ein Wirbelsturm der Gefühle, allen voran gewaltige Wut, fegte durch Harms' Inneres, als er mit angewidertem Gesichtsausdruck, aber zum Äußersten entschlossen in den Lift stürmte und mit der Faust auf die Taste Zwei schlug. Glas knirschte unter seinen Schuhen. Der eindringliche metallisch-süße Geruch nach Blut ließ ihn würgen. Als sich die Türen geschlossen hatten und der Fahrstuhl nach oben fuhr, zwang sich Harms auf eine Stelle in der zersprungenen Spiegelwand zu starren, während er damit kämpfte, sich nicht zu übergeben. Er zog seine Waffe. Dieses Ding musste aufgehalten werden, koste es, was es wolle, bevor es seinen rücksichtslosen brutalen Zerstörungszug weiter fortsetzen konnte.

Mach schon!, beschwor er den Aufzug in Gedanken. Sein Magen rumorte und fast rechnete Harms damit, dass sich dessen Inhalt jeden Moment als Topping auf das Gericht des Grauens in der Fahrstuhlkabine verstreuen würde.

Endlich öffneten sich die Türen. Harms war so darauf aus, aus dieser grässlichen, übelriechenden und zu allem Überfluss auch noch stickigen Kabine zu kommen, dass er beim Heraustreten mit seinen vom Blut feuchten Schuhen auf dem Linoleumboden des Ganges schlitterte wie auf einer von Eis überzogenen Straße. Laut fluchend trat er auf der Stelle, bis er die Kontrolle über sein Gleichgewicht wiedererlangt hatte. Er stürmte auf die Station 21 und erreichte den lang gestreckten Gang. An dessen anderen Ende kauerte jemand am Boden. Beim Näherkommen erkannte er den Dschinn in seiner ursprünglichen Gestalt, der über einem Körper hockte wie ein Raubtier über seiner Beute.

Harms blieb stehen und zielte mit der Pistole auf die Kreatur, die in diesem Moment den Blick auf ihn richtete und wütend fauchte. Krachend löste sich der Schuss, die Kugel traf den Dschinn in der rechten Schulter. Kreischend galoppierte er auf allen vieren von Harms weg den Gang entlang. Der senkte die Waffe und lief hinterher. Vor dem Zimmer, in dem Harms' Vater lag, stoppte der Dschinn ab und blickte nach hinten. Es sah aus, als würde die Kreatur abwägen, ob sie es wagen konnte, den Raum zu betreten. Harms blieb erneut stehen und zielte. Der Dschinn grollte zornig und verschwand von Harms aus gesehen rechts um die Ecke. Harms wollte nachsetzen, aber dann fiel sein Blick auf den geschundenen Mann, über den der Dschinn sich gebeugt hatte. Anhand von Statur und Kleidung erkannte er Stefan. Sein Gesicht war nur noch eine fleischige blutige Masse und sah aus, als hätte sich ein Rudel tollwütiger Rottweiler daran gütlich getan. Neben der Leiche seines Kollegen sank Harms auf ein Knie, während ihm die Tränen in die Augen schossen. Trauer, Verzweiflung und unbändiger Zorn entluden sich in einem urtümlichen Schrei, der durch den fahl beleuchteten Gang hallte.

Kapitel 36

Ich muss es zu Ende bringen, dachte Harms und wischte sich die Tränen aus den Augen. Zu viele unschuldige Menschen waren dieser hasserfüllten Kreatur bereits zum Opfer gefallen. Jetzt machte dieser abscheuliche Dschinn seine Drohung wahr und fing an, Harms nach und nach die wenigen Menschen zu nehmen, die ihm etwas bedeuteten.

Er oder ich, schwor sich Harms beim Anblick des an Hackfleisch erinnernden Gesichts seines Kollegen Stefan. Um auf Nummer sicher zu gehen, fühlte er an seinem Hals nach dem Puls, was das Offensichtliche nur bestätigte. Stefan war tot.

Er wandte sich dem südländischen Polizisten zu und legte auch ihm den Zeige- und Mittelfinger in die Vertiefung zwischen der Luftröhre und dem großen Halsmuskel. Nichts. Die Augen des Beamten waren so schreckgeweitet, dass sie an Billardkugeln erinnerten. Aus seinem Bauch ragte der blutgetränkte Griff des Messers, das Harms Stefan gegeben hatte. Er rekonstruierte das Geschehen im Schnelldurchlauf in Gedanken: Nach seiner Beschwörung war der Dschinn irgendwie in den Polizisten gefahren und hatte auf dem Weg zur Station 21 ein Massaker angerichtet, bis er von Stefan aufgehalten worden ist. Anschließend hatte er seinen Wirt verlassen und Stefan auf barbarische Weise exekutiert.

Harms stand auf und schluckte die aufkeimenden Schuldgefühle hinunter. Ohne ihn wäre sein Kollege definitiv noch am Leben.

Dein Tod wird nicht umsonst sein, mein Freund. Mit vorgehaltener Waffe nahm Harms die Verfolgung auf. Vor dem Zimmer seines Vaters machte der Gang eine Biegung nach rechts und führte in einer Schleife auf die Station 22. Die beiden Stationen waren zusammen wie ein Hufeisen angeordnet. Die Waffe langsam hin- und herschwenkend, bereit, jederzeit abzudrücken, schlich er den Flur entlang, passierte ein unbenutztes Krankenhausbett an der Wand und schob sich um die nächste Biegung auf die benachbarte Station. Vor ihm erstreckte sich ein langer Gang, in dem sich niemand aufhielt. Einige der Neonleuchten, dir ihr kaltes Licht verströmten, flackerten gespensterhaft. Auch wenn von dem Dschinn nichts zu sehen war, senkte Harms die Waffe nicht. Er näherte sich den ersten Türen, die von dem Flur abzweigten. Beide waren verschlossen. Er blieb stehen, legte den Kopf schief und lauschte. Aus dem Raum zu seiner Linken vernahm er eindeutig ein Stöhnen – lang gezogen und schmerzerfüllt.

Harms' Nerven waren zum Zerreißen gespannt, als er vor die Tür trat und seine linke Hand auf die Klinke legte. Tief durchatmend drückte er sie herunter, stieß die Tür auf und stürmte mit schussbereiter Waffe in den Raum. Nach einem Augenblick, den er zur Orientierung in dem hell beleuchteten Zimmer benötigte, zielte er mit der Pistole auf das Geschehen, von dem das Stöhnen ausging. Auf einem Bett kniete eine nackte Frau von mindestens siebzig Jahren mit feuerroter Bob-Frisur und runzliger Haut auf dem Gesicht eines anderen Menschen, von dem nur die weißen Locken auf dem Kopf zu sehen waren. Darüber wabbelte wie ein fleischfarbener Vorhang ein Hautlappen, der zum Bauch der Alten gehörte. Ihre Brüste hingen herab wie die geplatzten Luftballons einer Wurfbude auf einem Jahrmarkt. Das lustvolle Stöhnen, das Harms falsch interpretiert hatte, erstarb und die Frau starrte ihn erschrocken an.

»Alter Schwede …«, murmelte Harms und wandte sich zur Tür ab.

»Ein perverser Spanner …«, hörte er die Frau beim Herausgehen raunen.

Zurück im Flur schloss Harms die Tür hinter sich und sah sich um. *Wo steckst du, Arschloch?* Womöglich war der Dschinn im Kreis gelaufen und während Harms hier nach ihm suchte, näherte er sich gegenüber auf der anderen Station ungestört dem Zimmer seines Vaters.

Ein Geräusch erregte seine Aufmerksamkeit und lenkte ihm von dem Gedanken ab – ein leises Rumpeln. Harms ging ein paar Schritte den Gang entlang, hielt inne und lauschte. Rechts von ihm lag ein offener Bereich ohne Türen. Die Beleuchtung aus dem Gang erhellte mehrere Tische und Stühle, bevor sie nach und nach von Dunkelheit verdrängt wurde. Auf einem der Tische standen ein Salzstreuer und eine Maggi-Flasche. Offenbar ein Speiseraum, und in diesem schien das Rumpeln seinen Ursprung zu haben.

Mit schussbereiter Waffe schlich Harms zwischen die Tische, jederzeit damit rechnend, dass die Kreatur plötzlich aus den Schatten sprang und ihn attackierte. Schemenhaft zeichneten sich rechts vor ihm die Umrisse eines Tresens ab. Harms hörte das Rumpeln immer lauter. Er blieb stehen, zog sein Handy aus der Hosentasche und startete die Taschenlampen-App, woraufhin ein gleißender Lichtstrahl von dem Gerät ausgesendet wurde. Mit dem Handy in der einen und der Pistole in der anderen näherte sich Harms weiter dem Tresen, hinter dem das Licht auf Küchenschränke fiel, die an der Wand hingen.

Das Rumpeln hörte auf. Langsam ging Harms am Tresen entlang, bis er an dessen Seite eine hüfthohe Schwingtür erreichte. Harms schluckte trocken und trat entschlossen durch die Tür. Sein Blick flog umher und er stellte erleichtert fest, dass niemand auf ihn lauerte. Aber was hatte das Geräusch verursacht? Er machte einige Schritte auf die gegenüberliegende Wand zu und bemerkte eine Edelstahltür und ein kleines Wandpaneel mit mehreren Knöpfen daneben. Der Knopf, auf dem ein ›E‹ prangte, leuchtete schwach. Ein kleiner Fahrstuhl, etwa einen Meter sechzig in der Höhe und einen Meter breit. Harms drückte auf den Knopf mit der Nummer Zwei, woraufhin das Rumpeln wieder einsetzte.

Hatte der Dschinn den Fahrstuhl benutzt? Wer sonst sollte diesen Lastenaufzug, der offenbar nicht zur Personenbeförderung gedacht war, gestartet haben? Das Rumpeln wurde lauter, der Fahrstuhl näherte sich. Harms ging davor in Schussposition, den Lichtstrahl seines Handys auf die Tür ausgerichtet. Es polterte leise, als der Aufzug zum Stehen kam. Ein Zischen setzte ein und die Tür schob sich zur Seite.

Leer. An den Seiten der Kabine waren Schienen angebracht, die offenbar dazu dienten, Tabletts hineinzuschieben. Wahrscheinlich wurde unten in der Küche das Essen zubereitet und dann auf diesem Wege nach oben befördert. Skeptisch schätzte Harms ab, ob er in die Kabine passte. Der Dschinn hätte hineingepasst, wenn er sich klein gemacht hatte. Sein Instinkt verriet ihm, dass er auf der richtigen Spur war, also zwängte Harms sich geduckt und mit eingezogenem Bauch seitlich in die Kabine. Die Enge war erdrückend und bot ihm keinerlei Bewegungsspielraum, aber er stand komplett in dem Fahrstuhl. Mit der linken Hand griff er um die Ecke, tastete nach dem untersten Knopf fürs Erdgeschoss und drückte ihn. Er zog die Hand wieder in die Kabine, als sich die Tür schloss und sich der Aufzug rüttelnd in Bewegung setzte.

Scheiße, dachte Harms und begann zu schwitzen. Er hätte sich andersherum in den Fahrstuhl stellen sollen. Jetzt konnte er seine rechte Hand, in der er die Pistole hielt, aufgrund der Enge nicht anheben und ausrichten. Würde der Dschinn unten auf ihn warten, um ihn zu attackieren, säße er in der Scheiße.

Kapitel 37

Der Dschinn war zornig und dürstete nach weiterem Menschenblut. Die Beschwörung und die Pistolenkugel, die in seine Schulter gedrungen war, hatten ihm Schmerzen verursacht. Dafür verabscheute er den kahlköpfigen Mann nur noch mehr. Trotz seiner muskulösen Statur konnte er sich ohne Waffe gegen den Dschinn nicht behaupten, was nur seine Unterlegenheit bewies. Anscheinend wusste er nicht, dass die Feuerwaffe dem Dschinn zwar Schmerzen bereiten, ihn aber nicht töten konnte. Der würde diesem Spiel und der elendigen Existenz des Mannes schon bald ein Ende bereiten.

Bei ihrer ersten Begegnung, als der Dschinn im Körper einer Hyäne durch sein neues Revier gestreift war, hatte er in dem Mann etwas Besonderes gesehen. Er wirkte auf ihn wie ein gebeutelter Krieger, von einer feurigen Energie und Ruhelosigkeit getrieben, wie der Dschinn selbst. Als sich die Gelegenheit ergab, forderte der Dschinn ihn zu einem Duell heraus, was wesentlich mehr Befriedigung versprach, als ihn einfach zu vernichten. Schließlich lag es in seinem hitzigen Naturell, seine Kräfte messen zu wollen und den Wettstreit zu suchen. Aber der Mann bewies nur, was der Dschinn ohnehin gewusst hatte und was die Wurzel der in ihm schwelenden Wut war: Dass die menschliche Rasse der seinen hoffnungslos unterlegen war und dass es sich um einen Frevel Allahs an seiner eigenen Ordnung handelte, diesen minderwertigen Geschöpfen die Herrschaft über den Planeten übertragen zu haben, während die Dschinn als Geistwesen ein Schattendasein im Verborgenen fristeten. Es schien sogar so, als wollte der Mann eindrucksvoll bestätigen, wie recht der Dschinn hatte. Immerhin hatte er ihn an einen Ort gerufen, an dem es vor dahinsiechenden Menschen nur so wimmelte. Körperlich völlig entkräftet und krank, mit einem von Ängsten zerfressenen destruktiven Geist, warteten sie hier auf ihr Ableben, das nicht nur für sie selbst, sondern vor allem für die Erde eine Erlösung bedeutete. Der Dschinn tat dem Planeten einen Gefallen, indem er ihn von solchem Abschaum säuberte.

Die alte blinde Schwarzmagierin in dem Wüstendorf hatte der Welt mit der Beschwörung ebenfalls einen Gefallen getan, auch wenn sie nur auf ihren eigenen Vorteil aus gewesen war. Der Dschinn erinnerte sich, wie sie einen leisen Singsang und Beschwörungsformeln von sich gebend in ihrer düsteren Lehmhütte gesessen hatte. Vor ihr hatte eine Schale aus Lavagestein gestanden, die mit Wüstensand gefüllt war, auf dem erbsengroße goldgelbe Klumpen Weihrauch-Harz, tote Spinnen und eine Gewürzmischung aus syrischem Majoran, Safran und Kardamom lagen. Ein balsamischer Duft mit einer zitronigen Note erfüllte die stickige Luft.

Zu den besonderen Fähigkeiten des Dschinn gehörte es, im Geiste der Menschen lesen zu können, wenn er die erforderliche Energie einsetzte. So konnte er Stimmungen, Ereignisse und Gegebenheiten in Erfahrung bringen. Die alte Vettel war erfüllt gewesen von Sorgen, ihre Familie litt Hunger und hatte in jüngster Zeit mehrere Unglücksfälle zu beklagen gehabt. Während der Séance war ihr ältester Sohn im Türrahmen erschienen und der kurze Moment hatte dem Dschinn gereicht, auch in seinen wirren Geist einzutauchen. Der in löchrige Lumpen gekleidete dreißigjährige Mann, der streng nach Exkrementen und Ziegenbock roch, hatte ein kaffeebraunes Gesicht, das von roten Ekzemen befallen war Sein Gestank rührte nicht von seiner wenig einträglichen Arbeit als Viehhirte her, sondern davon, dass er gerade, in dem der Hütte angrenzenden Stall, eine männliche Hausziege gefickt hatte. Er hatte sich an den Hörnern des kläglich meckernden Tieres festgehalten und seinen Schwanz kraftvoll in dessen Anus gehämmert, bis sein Sperma daraus hervorschoss. In dem Zusammenhang hatte der Dschinn erfahren, dass die Frau des Mannes vor einigen Wochen an den Folgen einer schweren Krankheit verstorben war. Wie es für die Menschen typisch war, hatte es dem Mann an Disziplin und Willenskraft gefehlt, seine Triebe für eine Weile zu unterdrücken.

Nachdem die Alte ihren Sohn weggeschickt hatte, schloss der Dschinn einen Pakt mit ihr. Er würde seine Begabungen nutzen und ihrer Familie zu Wohlstand verhelfen, wenn sie im Gegenzug ein Tor für ihn öffnete, durch das er in die Welt zurückkehren konnte. Klugerweise hatte die alte Hexe dafür gesorgt, dass der wütende Dschinn seinen zerstörerischen Rachefeldzug fernab ihrer Heimat startete.

Das Geräusch einer sich schließenden Tür holte den Dschinn in die Gegenwart zurück. Auf allen vieren lief er zum Ausgang der weitläufigen Küche, in die der Fahrstuhl ihn gebracht hatte. Knurrend stellte er sich kurz auf die Hinterläufe, um die Tür zu öffnen, bevor er sich in den dahinter liegenden spärlich beleuchteten Flur bewegte. Er schnüffelte und durch seine sensiblen Nüstern nahm er eindringlichen Menschengeruch wahr. Vor ihm links befand sich ein Raum, neben dessen großer Milchglastür ein Schild mit der Aufschrift ›Wellness‹ prangte. Der Dschinn begab sich zu der Tür und richtete sich erneut auf, um sie zu öffnen. Nachdem er seine Pranken wieder auf dem Boden aufgesetzt hatte, kroch er in den Raum, bei dem es sich um ein Hallenbad handelte und schaute sich aufmerksam um. Das Wasser in dem kleinen Becken, das etwa acht Meter breit und fünfundzwanzig Meter lang war, schimmerte türkisblau unter zahlreichen an der Decke angebrachten kreisrunden Lichtspots. Ein intensiver Chlorgeruch hing in der Luft. Der Dschinn beachtete die rechts abgehenden Türen zu den Umkleidekabinen nicht. Leichtfüßig trabte er am Becken entlang auf den Durchgang an der rückwärtigen Wand zu. Dieser führte zu einem kleinen Bereich mit gepolsterten Ruheliegen. Der Dschinn passierte sie und blieb vor einer holzverkleideten Kabine stehen, die in die Wand eingelassen worden war. Er richtete sich auf und drückte seine graue Hand mit den knochigen krallenbewehrten Fingern gegen den hölzernen Türgriff.

Eine Dampfwolke hüllte ihn ein, als er die Sauna betrat. Sitz- und Liegebänke in unterschiedlichen Höhen säumten den komplett aus hellem Holz gefertigten quadratischen Raum. In seiner Mitte stand ein rechteckiger steinerner Saunaofen, in dem zahlreiche dunkelgraue Granitsteine lagen, von denen dünne Rauchschwaden in die Luft stiegen. Die von dem Ofen ausgehende Hitze wirkte auf den Dschinn belebend, weil sie ihn an die Wüste erinnerte. Ein leichter Harzgeruch vermischte sich mit dem aromatischen Duft nach ätherischen Ölen. Der Dschinn ließ sich elegant zurück auf alle viere fallen und taxierte den alten Mann, der nackt und mit geschlossenen Augen auf einer der untersten Bänke saß. Auf seiner Brust und an den Rändern seines von Schweiß glänzenden kahlen Kopfes kräuselten sich kurze graue Haare. Er hatte sich ein weißes Handtuch lässig um die Schultern gelegt und die Anwesenheit des Dschinn offenbar noch nicht wahrgenommen. Aus dessen Poren triefte von Schleim durchsetzter Schweiß auf die Holzfliesen.

Der Dschinn knurrte leise, woraufhin der Mann seinen Kopf ein wenig vorschob, die Augen aber immer noch nicht öffnete. Das Knurren schwoll an und der Mann blinzelte, dann riss er die Augen weit auf. Stumm und regungslos starrte er auf die Kreatur, die keine zwei Meter vor ihm auf dem Boden kauerte. Er blinzelte erneut und noch einmal – seine Miene verriet keine Gefühlsregung, vielleicht wähnte er sich in einem Hitzetraum. Mit einem einzigen schnellen Satz war der Dschinn über dem Mann, die Klauen rechts und links neben dessen Körper auf der Holzbank abgestützt, das Gesicht wenige Zentimeter von seinem entfernt. Der Mund des Alten öffnete sich zu einem Schrei, der augenblicklich zu einem atemlosen Röcheln verkümmerte. Es knirschte, als der Dschinn seine Kiefer weit spreizte. Schleim tropfte dabei auf die Brust des Mannes und sickerte in seine Behaarung. Der Dschinn rammte seine Hauer in die Nase des Alten. Das Geräusch, als seine Zähne den Knochen zermalmten, erinnerte an einen langsam durchgebissenen Cracker. Warmes, süßlich schmeckendes Blut tränkte den Mund des Dschinn, der es gierig hinunterschluckte. Sich heftig windend, röchelte der Alte mit weit aufgerissenem Mund, im verzweifelten Bemühen, Luft zu holen. Der Dschinn setzte ein Stück zurück, packte den Mann unter den Achseln, drehte sich in einer schnellen Bewegung um hundertachtzig Grad mitsamt ihm herum und knallte ihn mit dem Rücken auf die heißen Granitsteine des Saunaofens. Rauchschwaden quollen unter dem wie ein Fisch auf dem Trockenen zappelnden Körper hervor; das Zischen von verbranntem Fleisch setzte ein. Nach einigen Sekunden wurde das Geräusch schwächer und erstarb schließlich gänzlich, während sich ein beißender, süßer Gestank ausbreitete. Die Bewegungen des Mannes ebbten ab und schließlich schmorte er mit zu Boden baumelnden Extremitäten auf dem Grill.

Der Dschinn grunzte zufrieden, schluckte die letzten Reste der zermalmten Nase herunter und leckte sich über die Lippen. Er kroch aus der Kabine, verharrte einen Moment und blickte in Richtung Hallenbad. Dort hatte er ein leises Schwappen vernommen und nun sah er auch eine Bewegung im Becken. Mit gesenktem Körper robbte er langsam über die Fliesen auf den Beckenrand zu. Dort angekommen, fiel sein Blick auf einen von einer roten Badekappe bedeckten Kopf, der sich dem gegenüberliegenden Beckenrand näherte.

Der Dschinn glitt lautlos schleichend in das Becken wie ein Alligator in einen Fluss. Sofort tauchte er unter und schwamm dicht über dem zwei Meter tiefen Boden. Schon nach wenigen Schwimmschlägen machte er die Silhouette des Menschen aus, der am anderen Ende des Beckens gewendet hatte und nun auf ihn zukam. Anhand der Körperstatur und des Badeanzugs erkannte er, dass es sich um eine Frau handelte, die brustschwimmend ihre Bahnen zog. Kurz bevor sich ihre Wege kreuzten, stieß der Dschinn schräg nach oben und kollidierte von unten mit der Frau. Er rammte sie mit der Schulter und griff dabei um ihre Hüfte. Sein Kopf schoss an die Oberfläche, Wasser spritzte. Die Frau schrie panisch, während sie heftig zappelte und mit den Beinen trat, um dem Griff des Dschinn zu entkommen. Der hielt sie jetzt von hinten gepackt und wollte ihr seine Zähne in den Nacken rammen, als er beschloss, dass sie ihren Angreifer zuvor sehen sollte. Also drehte er sie um, sodass sich ihre Gesichter einander zuwandten. Aus der Entfernung hätte man meinen können, zwei Liebende würden in einer innigen Umarmung unter dem künstlichen Sternenhimmel miteinander im Wasser turteln. Der schrille Schrei der Frau schwoll in ungeahnte Höhen an, als sie mit bizarr weit aufgerissenen Augen in die Fratze des Dschinn starrte. Der kostete den Moment aus, bevor er sie nach oben drückte, sein Maul in ihren Bauch presste und tief hineinbiss. Die Frau schlug und trat wie von Sinnen um sich, das Wasser spritzte in alle Richtungen. Ihr Blut flutete den Mund des Dschinn, der seinen Kopf ruckartig hin- und herbewegte und wie ein Wolf das Fleisch seiner Beute mit den Zähnen ihre Gedärme zerfetzte. Das Gezappel wurde langsam schwächer, bevor es ganz aufhörte. Immer mehr Blut strömte ins Becken und trübte das zuvor klare Wasser. Auf den blutigen Innereien kauend ließ der Dschinn den Körper der Frau los, der sofort versank, und schwamm auf den Beckenrand zu.

Kapitel 38

Als sich die Türen des Lastenaufzugs öffneten, schob sich Harms hastig nach draußen, erleichtert der bedrückenden Enge zu entkommen. Gott sei Dank hatte die Kreatur nicht vor dem Fahrstuhl auf ihn gelauert und seine Manövrierunfähigkeit für eine Attacke genutzt, dachte er.

Er befand sich in einer dunklen großen Küche. Geräte und Armaturen aus Edelstahl reflektierten das gleißende Licht aus seinem Handy. Mit schussbereiter Waffe und angespannten Sinnen schlich Harms durch den Raum auf einen schwachen Lichtschein zu, der durch einen Spalt in einer offen stehenden Tür hereindrang. Das leise Brummen eines Kühlschranks war das einzige Geräusch. Sein Blick glitt über Pfannen, Kellen, große Löffel und weitere Utensilien, die an den Hängeleisten eines Küchenregals über dem Herd hingen. Harms zog die Tür langsam weiter auf und spähte in den spärlich beleuchteten Flur dahinter, der sich zu beiden Seiten erstreckte. Er steckte das Handy weg und war unschlüssig, in welche Richtung er gehen sollte. Zögerlich wandte er sich einige Schritte nach rechts bis zu einer weiteren Tür, neben der ein Schild mit einem Kreuz und der Aufschrift ›Kapelle‹ hing. Da er ausschloss, dass der Dschinn sich freiwillig in einen Gott geweihten Raum begeben würde, wandte sich Harms um. Der mit einem hellen Linoleumboden ausgelegte Gang war breiter als oben auf den Stationen und verlor sich in der Ferne in der Dunkelheit. Die Kreatur konnte überall sein. Womöglich war sie bereits wieder auf dem Weg zum Zimmer seines Vaters, während er hier nach ihr suchte.

In der von der Küche aus gesehen anderen Richtung ging nach einigen Metern eine weitere Tür ab. ›Wellness‹ verkündete ein Schild daneben und Harms erinnerte sich daran, es bei der Suche nach einem geeigneten Heim für seinen Vater als Pluspunkt betrachtet zu haben, dass die Einrichtung über verschiedene Angebote verfügte, die das körperliche und geistige Wohlbefinden förderten. Er drückte die zweiflügelige Milchglastür auf, die, nachdem er eingetreten war, wieder zu schwang, und blickte auf ein ansprechend beleuchtetes Schwimmbecken, aus dem in diesem Moment jemand herauskam. Als Harms sich orientiert und die Situation gänzlich erfasst hatte, war der Dschinn bereits mit geschmeidigen Bewegungen auf allen vieren außerhalb des Beckens. Die beiden trennten nur vier oder fünf Meter.

Ihre Blicke trafen sich. Beide verharrten. Harms starrte in die emotionslosen schwarzen Augen, dann richtete er die Waffe auf den Dschinn. Der bleckte seine Zähne, setzte wie ein Panther zum Sprint an und preschte auf Harms zu. Harms schoss. Die Kugel traf den Dschinn, der inzwischen auf zwei Meter heran war, in die linke Schulter. Die Kreatur kreischte, preschte aber ungebremst weiter fort und hob zum Sprung ab. Harms versuchte, zur Seite auszuweichen, aber da rammte der Dschinn ihm schon Schädel und Schultern in die Magengegend. Harms wurde mit extremer Wucht nach hinten gegen die Tür geschleudert, woraufhin Glas barst.

Er schlug hart mit dem Rücken auf dem Boden auf, der Dschinn landete auf ihm drauf. Glassplitter regneten auf sie hernieder. Von einem Moment auf den anderen hatte Harms höllische Schmerzen in der Magengegend und am Rücken. Der Dschinn schien selbst unter dem heftigen Aufprall gelitten zu haben, sein Kopf ruhte links neben Harms' Gesicht. Der holte tief Luft und wollte die Kreatur herunterstoßen, als diese ihren Kopf hob und ihn bösartig anknurrte. Ihre Gesichter trennten nur wenige Zentimeter, der Atem des Dschinn roch modrig wie eine Gruft. Ein hässliches Knirschen erklang, als sich die Kiefer des Wesens weit auseinanderdehnten und scharfe Zähne offenbarten. Der Dschinn setzte dazu an, seine Hauer in Harms' Gesicht zu graben, der hob allerdings geistesgegenwärtig seinen rechten Arm, legte seine Hand um die Kehle der Kreatur und drückte mit aller Kraft deren Maul von sich weg. Die lederartige Haut fühlte sich rau und kühl an. Lediglich Zentimeter trennten die Reißzähne von Harms' Nase, der sich unter dem Körper seines Widersachers verzweifelt wand, wodurch unter ihm etliche Glasscherben knirschend zermalmt wurden.

Vor Anstrengung keuchend, versuchte Harms alles, um einem Biss, des inzwischen bereits nach ihm schnappenden Höllenmauls zu entgehen. Die Kraft des Dschinn war unmenschlich: Obwohl Harms mit stahlhart angespannten Muskeln gegen seine Kehle drückte, näherten sich die Zähne des Dschinn noch weiter seinem Gesicht. Verzweifelt presste und schob Harms, aber die Kiefer der Kreatur schlossen sich um seine Nase und die rasiermesserscharfen Zähne durchschnitten das Fleisch an deren Spitze.

Harms schrie schmerzerfüllt auf und löste seine Hand von der Kehle des Dschinn. Als der zum zweiten Mal zubeißen wollte, drückte er verzweifelt seine Daumen in die Augen der Kreatur und drehte seinen Körper mit ganzer Kraft nach links. Der Dschinn stieß ein Brüllen aus und führte seine Pranken zu den Augen, was Harms nutzte, um unter seinem Widersacher wegzurollen. Augenblicklich kämpfte sich Harms auf die Beine, wobei er mit einer Hand in einen Glassplitter griff und sich schmerzhaft schnitt. Er torkelte unsicher ein paar Schritte wie ein Betrunkener, der Mühe hatte, das Gleichgewicht zu halten. Als er wieder sicher stand, fixierte ihn der Dschinn bereits mit seinem starren Blick und startete einen erneuten Angriff. Wie ein gereizter Stier stürmte er heran, um Harms noch einmal frontal zu rammen. Diesmal wich Harms zur Seite aus und entkam der Attacke in letzter Sekunde. Der Dschinn quittierte das mit einem wütenden Grunzen, machte kehrt und ging wieder in Stellung.

»Du erbärmliches Geschöpf«, spie er Harms mit seiner tiefen, rauen Stimme entgegen. »Kannst dich kaum noch auf den Beinen halten. Ich habe dir die Betschwester genommen und deinen Freund, dessen süßes Blut ich noch schmecken kann.« Er leckte sich geradezu lasziv über die wulstigen Lippen. »Jetzt ist es an der Zeit, es zu Ende zu bringen.« Gelenkig richtete er sich auf die Hinterbeine auf und kam näher.

Harms tastete nach der Scheide am Gürtel seines Hosenbundes, öffnete den Clipverschluss und zog den Silberdolch daraus hervor. Mit schulterbreit aufgestellten Beinen und leicht nach vorn gebeugtem Oberkörper taxierte er seinen Gegner. Die infernalischen Schmerzen, die ihn in gefühlt sämtlichen Körperregionen malträtierten, ignorierte er tapfer und so gut er konnte.

»Ständig brauchst du Hilfsmittel, weil du so unzulänglich bist!« Der Dschinn wirkte wenig beeindruckt von der Stichwaffe, die beiden umkreisten sich wie zwei Boxer. Jeder wartete darauf, dass der Gegner sich eine Blöße gab. Mit einem plötzlichen Hieb seiner Pranke attackierte der Dschinn die Hand, in der Harms den Dolch hielt. Der riss den Arm zurück, um ihn dann schnell wieder vorzustoßen und das Messer in die ihm zugeneigte rechte Schulter des Wesens zu stechen. Ungeheuer agil zog der Dschinn die Schulter im letzten Moment zurück, während er zeitgleich mit der anderen Pranke auf Harms' Messerhand einschlug. Scharfe Krallen schnitten in dessen Haut und verursachten einen Schmerz, der wie flüssiges Feuer brannte. Der Dolch fiel scheppernd zu Boden und ehe Harms sich versah, schloss sich die andere Klaue um seine Kehle und drückte ihm die Luft ab. Er röchelte und taumelte ein, zwei Schritte rückwärts. Der Dschinn taxierte Harms mit einem unbarmherzigen Blick, den Mund zu einem zornigen, stummen Schrei geöffnet. Harms schlug seine linke Faust in einem Haken kraftvoll gegen die Schläfe der Kreatur, aber die schüttelte den Schlag ab, als hätte lediglich eine lästige Fliege sie gestört. Noch ein Schlag gegen den Kopf, den der Dschinn ebenso unbeeindruckt wegsteckte. Seine sehnigen Muskeln spannten sich an und dann stieß er Harms mit voller Wucht von sich, so wie er es bei Schwester Bernadette gemacht hatte. Harms krachte mit hoher Geschwindigkeit rückwärts durch die noch intakte zweite Milchglastür des Hallenbads. Glas zerbarst und Scherben prasselten auf den Fliesenboden, auf den Harms so schwungvoll aufschlug, dass er noch ein Stück weit in Richtung Schwimmbecken rutschte. Benommen und am Ende seiner Kräfte stöhnte er auf. Vor seinen Augen tanzten Sterne. Weggetreten hörte er wie aus weiter Ferne das Knirschen von zertretenen Glasscherben, gefolgt von einer Reibeisenstimme, die eine unheilvolle Drohung aussprach: »Jetzt hole ich mir das Letzte, was dir geblieben ist, und überlasse dich deiner elenden Existenz. Dieser wirst du dann hoffentlich selbst ein Ende setzen.«

Kapitel 39

Der Dschinn fühlte sich angewidert und getrieben. Angewidert von der erbärmlichen Schwäche des kahlköpfigen Mannes, der sich nicht als annähernd ebenbürtig erwiesen hatte. Natürlich war dem Dschinn klar gewesen, dass ein Mensch aufgrund seiner rudimentären Konstitution normalerweise niemals in der Lage sein würde, einen Spitzenprädator wie ihn zu besiegen, der am oberen Ende der Nahrungskette stand. Dass der Mann jedoch so hoffnungslos unterlegen war, überraschte den Dschinn schon. Er hatte sich eine Herausforderung erhofft.

Außerdem widerte ihn diese Behausung an, in welcher der Gestank nach Siechtum, Krankheit und Gebrechlichkeit wie eine klebrige Masse in der Luft hing und die Unzulänglichkeiten der Menschen noch offensichtlicher hervortraten als andernorts. Allah hatte der Erde eine Plage unvorstellbaren Ausmaßes beschert, als er die Menschen erschaffen und ihnen zur Herrschaft über den Planeten verholfen hatte. Dass er und seinesgleichen wegen dieser jämmerlichen Rasse seit Jahrtausenden gezwungen waren ein freudloses Dasein in der Verbannung zu fristen, ließ das Feuer der Wut in jeder Zelle seines Körpers lodern. Von kurzen Aufenthalten in der Realität abgesehen, bei denen sie sich in der Wüste manifestierten, waren seine Artgenossen dazu verdammt, auf der geistigen Ebene zu verbleiben, während die kümmerlichen Menschen sich immer zahlreicher auf der Welt ausbreiteten.

Getrieben fühlte sich der Dschinn, weil er diesen Hort des Elends schnellstmöglich wieder verlassen wollte, um sich wichtigeren Aufgaben zu widmen. Er musste sich ein neues Zuhause suchen, nachdem die Menschen nun in dem Tunnelsystem herumwuselten wie lästige Ameisen in einem Löwenbau. Zwar war er in der Lage, sich temporär unsichtbar zu machen, aber das kostete jedes Mal beträchtliche Energie und er brauchte einen Rückzugsort, an dem er sich ausruhen konnte. Auf die weitreichende Lebensspanne seiner Art bezogen, stand er im Zenit seines Daseins, aber auch ein Dschinn verfügte nicht über grenzenlose Kraftreserven. Das hatte er zuletzt bemerkt, als er im Moor in die junge Frau gefahren war. Noch geschwächt durch den Wechsel der Dimensionen bei der Portaldurchquerung und der anschließenden Säuberung, hatte er sich zu viel auf einmal zugemutet und erst mal ausruhen müssen, bevor er weitermachen konnte.

Es gab noch viel zu tun. Der Dschinn konnte nur eine verschwindend geringe Anzahl von Menschen selbst vernichten, die bei der ungeheuren Masse, welche die Welt verschmutzte, gar nicht ins Gewicht fiel. Er hatte die Schwarzmagierin allerdings in deren Träumen instruiert und so den Weg für eine gewaltige Säuberung geebnet, durch welche die Vorherrschaft auf der Erde wieder an ihre rechtmäßigen Besitzer übergehen würde. Die Auseinandersetzungen würden viele hundert Jahre dauern, da machte sich der Dschinn keine Illusionen, aber in militanten Konflikten war er erfahren. Einst, vor der Zeit der Menschen, hatte der Dschinn Heerscharen von Kriegern kommandiert und unzählige erbitterte Schlachten gefochten. Jetzt war es seine Aufgabe, die Seinen in einen Feldzug epischen Ausmaßes zu führen, an dessen Ende sie wieder ihren rechtmäßigen Platz in der Welt einnehmen würden. So lautete auch die Prophezeiung, die er mit dem Blut seiner Opfer aufgeschrieben hatte.

Während ihm diese Gedanken durch den Kopf gingen, war der Dschinn in die zweite Etage zurückgekehrt, wo er sich nun in dem lang gestreckten Gang Zimmer 44 näherte. Er bewegte sich im gemächlichen Tempo auf allen vieren vorwärts, den geneigten Kopf abwechselnd von einer Seite zur anderen neigend und schnüffelnd. Er roch die Nähe weiterer schwächlicher Menschenwesen, die hinter den Türen, die vom Gang abgingen, vor sich hin vegetierten. Kurz erwog er, weitere von ihnen zu vernichten, aber da er Dringlicheres zu erledigen hatte, überließ er es der Zeit, sie vom Angesicht der Erde zu tilgen. Einen von ihnen würde er aber noch töten, so wie es sein ursprünglicher Plan gewesen war.

Als der Dschinn die Leiche des Polizisten passierte, den er selbst vorhin erschossen hatte, beschloss er, den Erzeuger des Kahlköpfigen besonders grausam zu exekutieren. Die Bilder des Blutbads, das er anrichten würde, sollten dem Kahlköpfigen die Seele verätzen und ihn endgültig dazu verleiten, seinem Dasein ein Ende zu setzen. Ohne die beiden weiteren im Gang liegenden Leichen zu beachten, legte der Dschinn die letzten Meter bis zu seinem Ziel zurück. Dort angekommen, erhob er sich mit einer fließenden Bewegung auf die Hinterbeine, öffnete die Tür und schlich in den Raum, in dem lediglich eine kleine Lampe für dezente Beleuchtung sorgte. Er pirschte sich bis zum Fußende des Bettes vor. Als er einen weißen Haarschopf erblickte, der unter der Decke hervorlugte, grunzte er zufrieden. Knurrend machte er sich über seine Beute her.

Kapitel 40

Während seiner Zeit bei der Polizei war Harms einmal infolge einer aus dem Ruder gelaufenen Drogenrazzia von einer Gruppe Albaner krankenhausreif geschlagen worden. Eine gefühlte Ewigkeit waren die Schläge und Tritte der Männer auf ihn eingeprasselt und am Ende hatte er nichts anderes mehr wahrgenommen als allgegenwärtige Schmerzen. Ähnlich wie damals fühlte er sich jetzt.

Stöhnend wand er sich am Boden und versuchte die Benommenheit loszuwerden, die sich über ihn gelegt hatte wie eine dicke Schicht aus Watte. Jedes Mal, wenn er sein Körpergewicht verlagerte und sich leicht von einer Seite auf die andere wälzte, knirschten Glasstücke unter ihm wie zermalmte Chips. Er schüttelte den Kopf im verzweifelten Bemühen, die Sterne verschwinden zu lassen, die vor seinen Augen tanzten. Mit einer gewaltigen Willensanstrengung hob er den Oberkörper an und setzte sich auf. Einige Momente atmete er tief ein und aus. Ein Blutstropfen fiel aus seinem Gesicht auf eine Glasscheibe, die zwischen seinen Beinen auf dem Boden lag. Zaghaft berührte Harms seine Nase und bereute es augenblicklich, als ein stechender Schmerz durch seine Nervenbahnen raste.

Das Scheusal hat mir die halbe Nase abgebissen, dachte er zornig, während er mit schwerfälligen Bewegungen über seinen Kopf strich und kleine Glassplitter von seiner

Haut wischte. Erleichtert registrierte er, dass die vertraute Wut zurückgekehrt war. Wie eine energetische Droge wurde sie durch seine Adern gepumpt, überlagerte den Schmerz mehr und mehr und verlieh ihm neue Kraft. Es war längst zu einer persönlichen Angelegenheit zwischen ihm und dem Dschinn geworden. Für sie beide gemeinsam gab es keinen Platz mehr auf dieser Welt.

Harms bündelte seine Kraft, biss die Zähne zusammen und stand auf. Starke Schmerzen, vor allem im Rücken und Nacken, plagten ihn, aber er kämpfte sich ächzend auf die Beine, die ihm zunächst den Dienst verweigerten und ihn wie einen Betrunkenen im Kreis torkeln ließen. Schließlich stand er – wackelig, aber aufrecht –, auf dem mit Scherben übersäten Fliesenboden des Hallenbads. Erschöpft durchatmend blickte er zum Schwimmbecken, dessen Wasser seltsam getrübt war. Ein leicht süßlicher und stechender Geruch, der an ein Barbecue erinnerte, hing in der Luft.

Harms hatte keine Zeit, sich damit zu beschäftigen, was hier nicht stimmte. Er stolperte zur Tür, von deren Scheiben nur ein paar scharfe Zacken an den Rändern verblieben waren, und trat durch die Öffnung in den Flur. Dort suchte er den Boden ab, bis er den Silberdolch fand, dessen Klinge heller funkelte als die Glasscherben ringsum. Beim Bücken entfuhr ihm ein lautes Aufstöhnen – ein von Arthritis geplagter Greis musste sich ähnlich fühlen, nahm er an. Nachdem er den Dolch zurück in die Scheide an seinem Gürtel gesteckt hatte, wankte er in die Küche und fuhr mit dem Lastenaufzug in die zweite Etage.

Die Türen des Fahrstuhls glitten zur Seite und entließen ihn in den Speiseraum, von dem er, immer noch leicht taumelnd, in den Gang der Station gelangte. Als er sich dem Zimmer seines Vaters näherte, hörte er den Tumult. Im Abstand von einigen Sekunden ertönte ein lautes Krachen wie von schweren Gegenständen, die mit unbändiger Kraft gegen die Wand geschleudert wurden. Harms trat um die Ecke und fand sich in dem Teilstück der Gänge wieder, welches die Stationen 22 und 21 miteinander verband. Das Zimmer seines Vaters befand sich einige Meter voraus auf der rechten Seite. Die Tür stand weit offen.

Harms blieb stehen, tastete in seiner Hosentasche nach einer Packung Zigaretten und holte sie gemeinsam mit einem Feuerzeug heraus. Er zog einen der Glimmstängel aus der Packung, schob ihn sich zwischen die Lippen und entzündete die Spitze mit dem Feuerzeug. Während er einen tiefen Zug von der Zigarette nahm, fiel sein Blick auf den Aufenthaltsbereich in der Nische neben Zimmer 44. Harms wappnete sich gedanklich für die Konfrontation und legte die paar Schritte bis zum Zimmer seines Vaters zurück. Vor der Türschwelle blieb er stehen.

»Hey, Arschgesicht!« Das lautstarke Gepolter verstummte und der Dschinn erschien in seinem Blickfeld. Die beiden trennten sechs, sieben Meter. Zwischen ihnen lagen diverse Gegenstände wie ein Bilderrahmen, dessen Glasabdeckung zerborsten war, ein platter Fußball und eine weiße Perücke auf dem Boden verteilt. Der Fußball hatte sich, als er noch nicht wie von einem tollwütigen Kampfhund zerfleddert aussah, zusammen mit der Perücke im Bett seines Vaters befunden. Fast hätte Harms gelacht. Stattdessen zog er an seiner Zigarette und lieferte sich ein Blickduell mit dem Dschinn, der auf seinen Hinterbeinen stand, Harms wütend anstierte und sein Maul öffnete. Während sich der Schlund, begleitet von dem ekelhaften Knirschen, weiter ausdehnte, wurden die Vorhänge wie von starkem Wind aufgebauscht und Gegenstände fielen krachend zu Boden. Dann spürte Harms, wie schon beim Exorzismus, unangenehme Dröhn- und Druckgefühle in seinem Kopf.

»Jetzt weiß ich, wo du ihn hast hinbringen lassen. Dann hole ich ihn mir eben gleich, du Narr! Nachdem ich dich getötet habe!« Der Dschinn ließ sich nach vorn auf alle viere fallen und setzte geschmeidig wie ein Gepard zum Angriff an. Harms hatte damit gerechnet und drückte die brennende Zigarettenspitze auf einen Lappen, den er aus der Hosentasche gezogen hatte und in der linken Hand hielt. Der benzingetränkte Stoff fing augenblicklich Feuer.

Das plötzlich aufflammende Objekt bewog den Dschinn, drei Meter vor Harms abzustoppen. Nach einem Moment gab er ein tiefes kehliges Lachen von sich. »Damit willst du mich aufhalten? Dschinn sind aus Feuer gemacht! Du bist noch viel dümmer, als ich dachte.«

Er senkte den Kopf zum Angriff und jagte auf Harms zu. Der schmiss den Lappen auf den zu seiner Linken stehenden Tisch, auf dem verschiedene Zeitschriften lagen. Schnell drehte er sich zur Seite, um der Attacke auszuweichen, aber es war zu spät. Der Dschinn hatte zum Sprung angesetzt und prallte mit voller Wucht gegen Harms' rechte Körperhälfte. Die Vehemenz des Aufpralls ließ Harms meterweit durch den Gang taumeln und hart zu Boden stürzen. Ächzend fing er an, sich aufzurappeln, als der Dschinn schon über ihm war und seinen Kopf so dicht vor seinen hielt, dass sie sich hätten küssen können. Harms spürte, wie seine Knöchel kraftvoll von den Krallenfüßen des Dschinn auf dem Boden fixiert wurden. Einen seiner Arme hatte die Kreatur auch bereits gepackt und drückte ihn nieder. Seine zur Faust geballte freie Hand drosch Harms seitlich gegen den Kopf des Dschinn, aber der zuckte nur kaum merklich, ohne den starren Blick von seinem Widersacher abzuwenden.

»Deine Zeit ist abgelaufen. Ich werde deine wertlose, jämmerliche Existenz nun beenden!« Die kratzige Stimme triefte vor Hass und Geringschätzung.

Harms boxte weiter gegen die Schläfe des Dschinn, aber seine Schläge zeigten keinerlei Wirkung. Schreckliches Knirschen setzte ein, als die Kreatur ihr Maul weit aufriss, die wulstigen Lippen zurückzog und ihre spitzen gelblich-schwarzen Zähne präsentierte.

Harms wurde mit einem Mal sehr klar, dass sein kühner Plan nicht mehr als eine Schnapsidee gewesen war. Sein zuletzt seit Jahren von Fehlschlägen, Tragödien und eigenen Unzulänglichkeiten geprägtes Leben stand vor dem unwiderruflichen Ende. Er konnte nur hoffen, dass er einen schnellen Tod sterben und Gott, zu dem er zurückgefunden hatte, ihm so doch noch seine Barmherzigkeit offenbaren würde. Der Kopf des Dschinn schoss nach unten und seine Zähne bohrten sich in Harms' Brustkorb. Sengende Schmerzen ließen Harms inbrünstig aufschreien, während sein Körper unter den schnellen Bewegungen erbebte, die der Dschinn durch seine hin- und herreißenden Zähne verursachte.

Zuerst nahm Harms es an der Haut seines Arms wahr, den der Dschinn auf den Boden gepresst hielt. Zunächst hielt er es für eine Halluzination, hervorgerufen durch die unbändigen Schmerzen und die drohende Bewusstlosigkeit, die ihn an der Schwelle des Todes erwarten würde. Als er es aber auch an dem anderen Arm und am Kopf spürte, wusste er, dass er es sich nicht nur einbildete. Es regnete. Es zischte, Rauch wirbelte auf und der Dschinn hob verwundert seinen Kopf aus der Wunde in Harms' Brustkorb. Noch nie hatte sich Harms so sehr über das kühle, erfrischende Nass gefreut wie jetzt.

Der schmerzerfüllt kreischende Dschinn ließ Harms' Arm los und richtete seinen Oberkörper auf. Wie eine Geliebte in der Reiterstellung saß er auf ihm. Sein Oberkörper zuckte spastisch, als würden ihn ekstatische Gefühle durchströmen. Nur, dass es keine angenehmen Empfindungen waren, die ihn erfüllten, sondern brennende Schmerzen, hervorgerufen durch das Wasser, das auf ihn niederprasselte wie aus einer voll aufgedrehten Dusche. Jeder Tropfen verbrannte die Haut der Kreatur, von der Rauchschwaden emporstiegen. Das Weihwasser, das Harms in den Tank der Sprinkleranlage gefüllt hatte, verwandelte wie eine toxische Essenz das eigentlich harmlose Nass in eine für den Dschinn mörderische

Flüssigkeit. Durch den Erfolg seines Plans euphorisiert, richtete Harms sich auf, packte den Dschinn an den Schultern und drehte sich mit ihm um, sodass er nun in die Oberlage kam. Der Dschinn kreischte und stieß schrille Geräusche aus, die einem Winseln glichen.

»Wir Menschen mögen unzulänglich und dir körperlich unterlegen sein. Aber wir haben einen starken Geist, und vor allem«, Harms zog den Dolch aus der Scheide, »haben wir Herz und Seele.« Er rammte dem Dschinn die Stichwaffe dorthin, wo bei Menschen das Herz saß. Augenblicklich zog er die mit einer schleimigen schwarzen Substanz getränkte Klinge heraus, stach erneut zu und wiederholte die Aktion noch einige Male, bis er völlig entkräftet auf seinen schon längst reglosen Gegner sank.

Epilog

Eicheln knackten und bunte Blätter raschelten leise unter den Rädern des Rollstuhls, den Harms über den gepflasterten Gehweg des Parks schob, der an das Pius-Hospital in Oldenburg angrenzte. Er steuerte das Gefährt, in dem Schwester Bernadette saß, neben eine Parkbank, auf der er anschließend Platz nahm. Die Strahlen der Herbstsonne glitzerten im Wasser eines kleinen Teichs wie Edelsteine. In dessen Mitte spritzte eine Pumpe Fontänen funkelnder Wasserperlen in die Luft. Die umliegenden Bäume trugen ein scharlachrotes Blätterkleid zur Schau, mit dem sie in jedem Indian Summer brilliert hätten. Aus den Sträuchern hinter der Parkbank kamen zwei leise vor sich hin schnatternde Enten gewatschelt. Sie überquerten den Gehweg und ließen sich auf dem schmalen Rasenstreifen vor dem Gewässer nieder. Die beiden Erpel trugen ihre Prachtkleider mit metallisch grünen Köpfen und leuchtend gelben Schnäbeln. Die milde Herbstluft roch nach Laub, reifen Äpfeln und Hoffnung.

»Schön hier«, sagte Schwester Bernadette, die statt ihres Habits eine graue Übergangsjacke trug und die Hände im Schoß gefaltet hatte. Die schwarzen Haare fielen ihr in sanften Wellen auf die Schultern. Harms sah sie von der Seite an und erkannte hinter dem sorgenvollen Schleier in ihrem Blick etwas von dem alten Glanz, der sonst darin gelegen hatte.

Durch den brutalen Aufprall an der Wand hatte sie eine sogenannte Parese erlitten, eine inkomplette Querschnittslähmung, bei der ihr in den Beinen und Beckenorganen zwar noch eine Restsensibilität verblieb, aber keinerlei motorische Funktionen. Die Ärzte hatten ihr mitgeteilt, dass sie aller Wahrscheinlichkeit nach für den Rest ihres Lebens im Rollstuhl sitzen würde.

»Ja.« Harms wandte den Blick von ihrem hinreißenden Profil ab und starrte in das Wasserspiel. Er selbst hatte nur oberflächliche Verletzungen davongetragen. Bei dem Biss in seine Brust waren wie durch ein Wunder keine Organe geschädigt worden und seine Nase, die ein dicker weißer Verband verdeckte, der sich von einer Wange zur anderen erstreckte, war verstümmelt. Aber der chinesische Chirurg namens Doktor Wong hatte ihm mit einem gutmütigen Lächeln auf den Lippen versichert, dass sie nach einer unkomplizierten kosmetischen Operation wieder annähernd genauso aussehen würde wie vorher.

»Was denkst du?«, fragte Bernadette.

»Hm«, machte Harms nach einigen Sekunden des Schweigens. Er wusste nicht, wie er ansprechen sollte, was ihm auf dem Herzen lag.

»Ich weiß noch nicht genau, wie es weitergeht«, sagte Bernadette nach einer Weile. »Gib mir etwas Zeit. Jetzt steht die lange Reha an und ich muss mich erst mal mit allem abfinden.«

»Klar.« Harms war verblüfft, dass sie immer wieder intuitiv erfasste, was in ihm vorging. Sie hatten nach ihrem Kuss im Kloster – Harms kam es vor, als läge er

Monate zurück – noch nicht wieder über ihr privates Verhältnis geredet. Bernadette legte ihre Hand auf seinen rechten Unterarm und streichelte darüber. »Du bist mir wichtig und ich habe Gefühle für dich, Chris.«

In einem einsam auf dem Rasen stehenden Baum mit strahlend gelben Blättern gurrte eine Taube.

»Ich dachte, Nonnen dürfen sich gar nicht verknallen.«

Bernadette schmunzelte. »Meine Mentorin im Noviziat, Schwester Agatha, sagte mir mal, ich solle mich freuen, wenn es passiert. Wenn wir die Fähigkeit verlieren, uns zu verlieben, so meinte sie weiter, geht uns auch die Gabe abhanden, unsere Herzen richtig für Gott zu öffnen.«

»Aha«, antworte Harms erstaunt. »Dann ist das Zölibat ja hinfällig?«

»Na ja, sie wollte freilich nicht, dass wir diese Gefühle auch sexuell ausleben. Wir sollten sie zulassen, aber dann das Gespräch mit der Gemeinschaft suchen oder uns unter kaltem Wasser abkühlen.«

»Ja, einfach mal kalt baden gehen, das ist für viele Probleme eine profunde Lösung.«

Bernadette grinste. »Ach, du machst dich lustig. Jedenfalls muss ich in mich gehen. In Gottes Plan wird alles zur rechten Zeit klar. Vielleicht kann ich mein Liebesverhältnis zu ihm in eine tiefe Freundschaft verwandeln und wäre dann frei. Wobei … was würdest du denn von mir wollen … erst recht jetzt, wo ich verkrüppelt bin?« Sie schniefte leise, zog ihre Hand weg und rieb sich über das Gesicht. In ihren Augen glitzerten Tränen.

Harms schaute sie entrüstet an.

»Schau nicht so böse«, sagte sie schmollend. »Wenn du so guckst, kriege ich Angst vor dir – erst recht mit deinem dicken Verband da. Damit hast du was von einem Horrorclown.« In ihren Augen blitzte es schelmisch auf.

Zärtliche Gefühle entfachten ein warmes Kribbeln in Harms und er beugte sich zu ihr hinüber und nahm sie fest in die Arme. Es tat unheimlich gut, ihren zarten Körper zu halten und ihre Nähe zu spüren. In diesem Moment wurde ihm bewusst, dass er, unabhängig davon, wie ihr weiterer Weg aussehen würde, endlich auf dem Weg war, Frieden zu finden.

***

Hinter einem überdachten Verkaufsstand im Souk der Wüstenstadt Al-Bahia saßen zwei Gestalten. Einer der beiden – ein schlanker dreißigjähriger Mann mit kaffeebrauner Haut und einer mit kunstvollen Stickereien verzierten Kofia auf dem Kopf – trug eine aus edler Baumwolle gefertigte, blütenweiße Dischdascha. Vom Ausschnitt des langärmeligen Gewands baumelte eine parfümierte Quaste, die den opulenten Duft nach dem Räucherholz Oud und Gewürzen wie Zimt, Nelke und Muskat verströmte.

Der Mann beobachtete die Heerscharen von Touristen, die durch die staubige Gasse schlenderten. Wann immer jemand an dem lang gestreckten Tisch stehen blieb, auf dem sich neben handgemachten Tongefäßen auch Amulette, Traumfänger und altertümliche Röhrenradios befanden, lächelte er und entblößte seine marode Gebissruine. In den letzten Wochen hatte sich sein von Armut und Not geprägtes Leben sehr zum Positiven gewandelt und er wusste, dass so mancher Verkauf seinen neu erlangten Wohlstand zementierte, wenn auch bestimmt nicht durch den Erlös der billigen Waren. Jedes Mal wenn einer der hellhäutigen Heiden seine Geldbörse gezückt und einen ihrer verwunschenen Gegenstände mit sich genommen hatte, lächelte auch seine stämmige, komplett in ein schwarzes Gewand gehüllte Begleiterin. Dann lüftete sie ihre Kapuze ein Stück weit und wandte den Kopf mit ihren milchig-trüben Augen in Richtung der davonschreitenden Urlauber, während sich ihre Lippen freudig zurückzogen und vereinzelt verbliebene braune Zahnstummel offenbarten.

***

Der Wüstenfalke glitt lautlos durch die sternenklare Nacht. Ausgehungert hatte sich der Vogel bei der Suche nach Nahrung immer weiter von seiner üblichen Jagdroute an der Randzone der Rub al-Chali entfernt und war tief in die riesige Wüste vorgedrungen. Aus seiner Perspektive glich die Einöde mit ihren bis zu dreihundert Meter hohen Dünen der stillen Momentaufnahme eines tosenden ockerfarbenen Wellenmeers. Als der Falke in einem Tal eine Bewegung auszumachen glaubte, legte er seine Flügel an und ging anmutig in den Sturzflug über. Doch in dem wie geharkt aussehenden allgegenwärtigen Sand, den noch nie jemand betreten oder dessen Spuren der Wüstenwind längst überpinselt hatte, fand sich nichts Lebendiges. Enttäuscht krächzte der Falke und hob wieder in den Himmel ab, an dem Millionen Sterne funkelten und der aufgedunsene Mond sein kaltes Licht verströmte. Elegant schwebte der Vogel über einen Dünenkamm und krächzte erneut, diesmal vor Verwunderung.

In der ausgedehnten Talsenke schlichen Hunderte Kreaturen mit grauschwarzem Körper lauernd auf allen vieren wie monströse Höllenhunde herum. Die Wesen flirrten vor den Augen des Vogels wie eine Fata Morgana und er ordnete sie bereits instinktiv als geisterhafte Trugbilder ein, hervorgerufen durch fortschreitende Erschöpfung und Nahrungsmangel. Doch dann hob eines der Wesen ruckartig seinen dämonischen Kopf und starrte ihn aus pechfinsteren Augen zornig an.

»Eek-eek-eek.« Der Wüstenfalke stieß einen durchdringenden Warnruf aus. Dann erfasste eine Erschütterung seinen Körper und seine Augen wurden schwärzer als der fahl erleuchtete Nachthimmel.

VERLAGSPROGRAMM

www.redrum-verlag.de

31 Franka: *Moe Teratos*
32 Melvins Blutcamp: *Dagny S. Dombois*
33 Frosttod: *Moe Teratos*
34 Franklin: *Stefanie Maucher*
35 Ratz 1 – Mordhaus: *Moe Teratos*
36 Hexentribunal: *Gerwalt Richardson*
37 Ratz 2 – Mordsucht: *Moe Teratos*
38 Voyeur: *Kati Winter*
39 Ratz 3 – Das Mordgesindel: *Moe Teratos*
40 Die Sünde in mir: *A.C. Hurts*
41 Ficktion: *Ralph D. Chains*
42 Das Kinderspiel: *Simone Trojahn*
43 Todesangst im Labyrinth: *A.C. Hurts*
44 Crossend: *Marvin Buchecker*
45 Mörderherz: *Simone Trojahn*
46 Die Prinzessin: *Simone Trojahn*
47 Doppelpack: *Moe Teratos*
48 Billy – Die Blutlinie: *Gerwalt Richardson*
49 Ratz – 4 Mordversprechen: *Moe Teratos*
50 Selina´s Way: *Simone Trojahn*
51 Infam*: André Wegmann*
52 Ratz – 5 Blutige Ketten: *Moe Teratos*
53 Sinnfinsternis: *Reyk Jorden*
54 Carnivore – Sweet Summer: *A.C. Hurts*
55 Der Schlächter: *Jacqueline Pawlowski*
56 Grandma: *Inhonorus*
57 Billy 2 – Les chants from hell: *Gerwalt Richardson*
58 Endstation Hölle: *Jean Rises*
59 Runaways 2: *Alexander Kühl*
60 Totentanz: *Moe Teratos*
61 Leichenexperimente: *Moe Teratos*
62 Folterpalast: *Gerwalt Richardson*
63 Scary Monsters: *Wolfgang Brunner*
64 Schwarze Mombo: *Baukowski*
65 14 Shades of Unicorns: *Anthologie*
66 Ratz – 6 Blutiger Augenblick: *Moe Teratos*
67 Rabenbruder: *Ralph D. Chains*
68 Rednecks: *Faye Hell, M.H. Steinmetz*
69 Bad Family: *Simone Trojahn*
70 Homali Sagina: *Marie Wigand*

71 Todsonne: *Simone Trojahn*
72 Albino Devil: *André Wegmann*
73 Sommertränen: *Simone Trojahn*
74 Über uns die Hölle: *Simon Lokarno*
75 Weil ich dich hasse: *Simone Trojjahn*
76 Der Leichenficker 2: *Ethan Kink*
77 Marvin: *Moe Teratos*
78 Projekt Sodom: *Gerwalt Richardson*
79 Totes Land: *M.H. Steinmetz*
80 Road to Death – Fred Manson Trilogy: *Simone Trojahn*
81 Road of Pain: *Simone Trojahn*
82 Blood Season: *Anthologie*
83 Road´s End: *Simone Trojahn*
84 Wo ist Emil?: Andreas Laufhütte
85 Fuchsstute: *Gerwalt Richardson*
86 Kaltes Lächeln: *Simone Trojahn*
87 Das Leben nach dem Sterben: *Simone Trojahn*
88 Paraphil: *Jacqueline Pawlowski*
89 Schicksalshäppchen 2 – Dark Menu: *Simone Trojahn*
90 Schicksalshäppchen 1
91 Pro-Gen: *Wolfgang Brunner*
92 Selina´s Way 2: *Simone Trojahn*
93 Tunguska: *U.L. Brich*
94 Ratz – 7 Blutige Bestien: *Moe Teratos*
95 Ausgeliefert an das Böse: *A.C. Hurts*
96 Hof Gutenberg: *Andreas Laufhütte*
97 Bad Toys 2: *Anthologie*
98 Sam – Band 1 Die Jagd: *Gerwalt Richardson*
99 Sam – Band 2 Die Lust: *Gerwalt Richardson*
100 Geständnis 1: *Moe Teratos*
101 Geständnis 2: *Moe Teratos*
102 Moonshine Games: Jutta Wölk
103 Cannibal Holidays 2 - Reborn: *Ralph D. Chains*
104 Martyrium: *Baukoeski*
105 Schaffenskrise: Simone Trojan
106 Dschinn: *André Wegmann*

REDRUM CUTS

JUTTA WÖLK
Thriller
GAMES
MOONSHINE
REDRUM

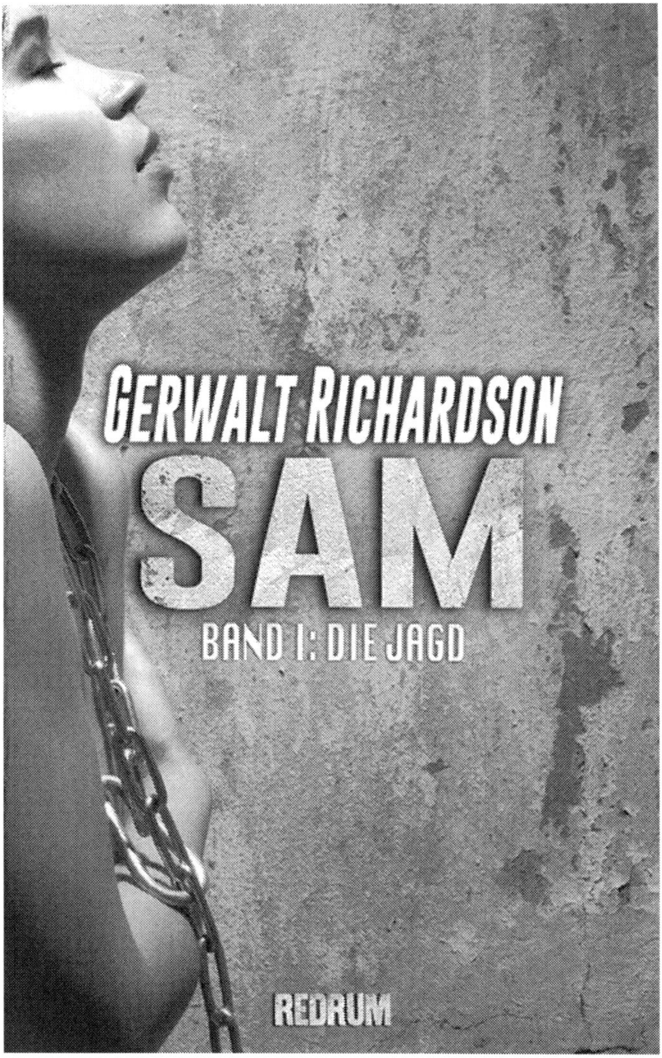
GERWALT RICHARDSON
SAM
BAND I: DIE JAGD
REDRUM

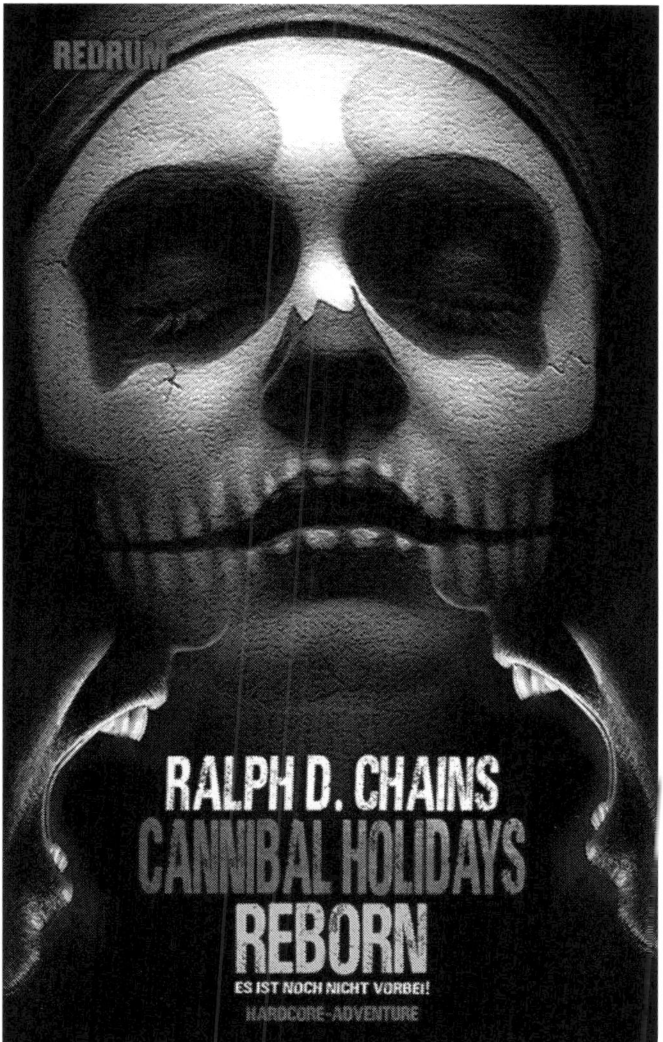

REDRUM
RALPH D. CHAINS
CANNIBAL HOLIDAYS
REBORN
ES IST NOCH NICHT VORBEI!
HARDCORE-ADVENTURE

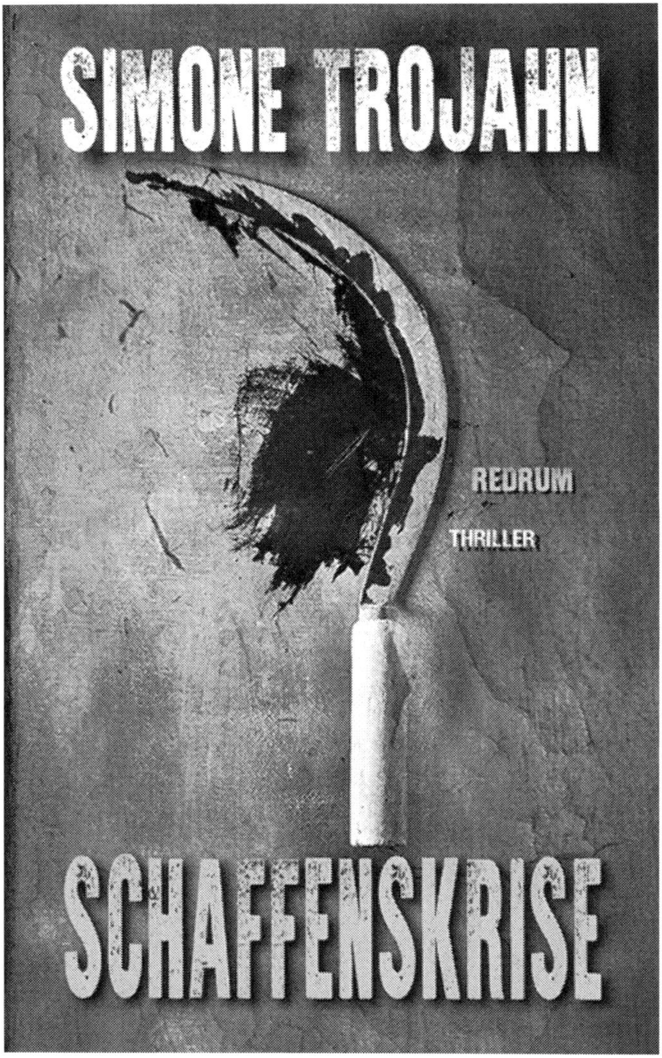
SIMONE TROJAHN
REDRUM
THRILLER
SCHAFFENSKRISE

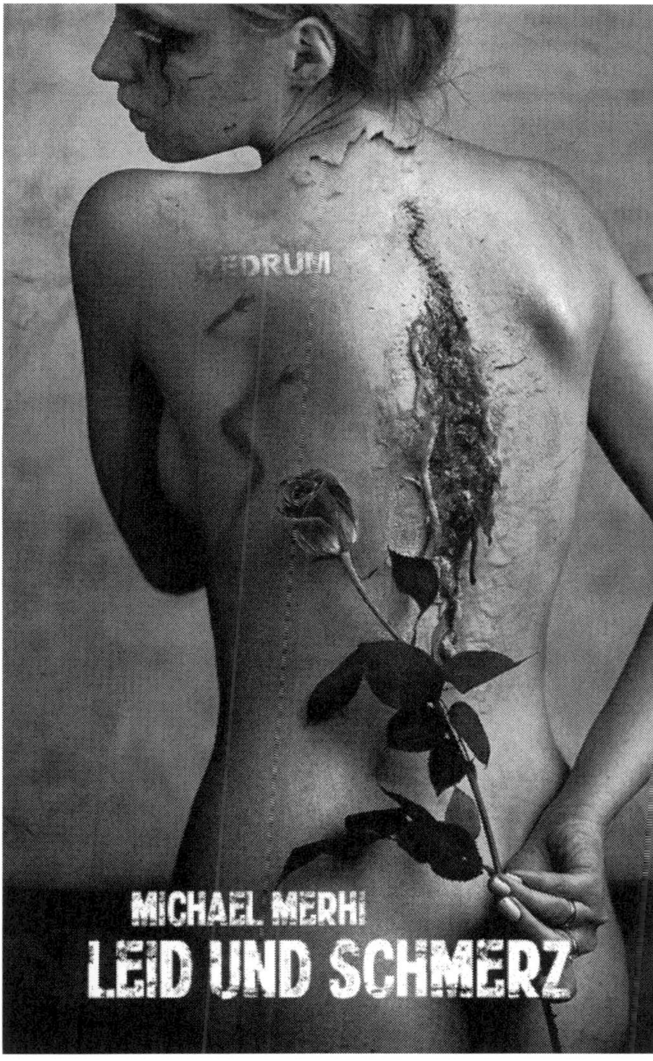
REDRUM
MICHAEL MERHI
LEID UND SCHMERZ

REDRUM loves you!

REDRUM liebt dich!

Printed in Germany
by Amazon Distribution
GmbH, Leipzig

26816740R00206